[鹿小姐书系]

Manhattan

曼哈顿、有时晴

is sometimes sunny

时巫 —— 著

Shiwu

长江出版社

图书在版编目（CIP）数据

曼哈顿有时晴 / 时巫著. — 武汉：长江出版社，
2018.8
ISBN 978-7-5492-5883-3

Ⅰ. ①曼… Ⅱ. ①时… Ⅲ. ①言情小说—中国—当代
Ⅳ. ①I247.5

中国版本图书馆CIP数据核字（2018）第133812号

曼哈顿有时晴 / 时巫著

出　　版	长江出版社 （武汉市解放大道1863号，邮政编码：430010）
项目策划	大周互娱·图书
市场发行	长江出版社发行部
网　　址	http://www.cjpress.com.cn
责任编辑	胡　箐
封面设计	小　鱼
印　　刷	湖南凌宇纸品有限公司
版　　次	2018年9月第1版
印　　次	2018年9月第1次印刷
开　　本	880mm×1230mm　1/32
印　　张	9
字　　数	250千字
书　　号	ISBN 978-7-5492-5883-3
定　　价	34.80元

电话：027-82926557（总编室）027-82926826（市场营销部）

目录 Contents

楔　子

有些人终其一生都在等，等一个不可能的人，等他回首一顾，等他携手白头，而我后知后觉地发现，世界如同孤岛，我即便用尽气力，舍生忘死，也终究等不到那一尾来自深海里的鱼。

2018年的曼哈顿上东区和我离开的那一年并无两样，我站在东七十六街仰头望去，试图在装潢奢华的酒店窗口里找到周至深入住的那一扇。

然而日光倾城，除了泪流满面，我别无所获。

在昨日飞机抵达曼哈顿之后，我便直奔上东区。我以为我这样风尘仆仆地不远千里而来，他总应该见我一面，但我忘记了他向来是个冷情的人。

他不肯见我。

酒店的接待礼貌地告知我："对不起，小姐，前台有义务保密，不可以泄露客人的住房信息。"

这么多年过去，我已经可以在旁人面前掩藏好自己的情绪，所以我用自以为无懈可击的笑容谢过前台，没有再追问下去。

继续在大堂里徘徊太引人注目，我只好佯装离去，站在酒店对面的马路上，一遍又一遍地拨打周至深的电话号码。

回应我的是语音信箱里周至深清冷的声音："I am not available

to answer your phone, please leave a message."

这半个月来的每一天他都如此，没有像往常一样接起电话，笑着喊我一声“阿遇”，仿佛早就下定了和我老死不相往来的决心。

寒风彻夜，浓缩的黑咖啡亦褪不去疲惫感，我睁着眼睛，等着天色由暗到白，等着那个人来到面前，给我一个答案。

周至深出现在晨光穿破云层的下一刻，阳光薄且淡，但仍旧照得他如同光芒万丈。这是我爱了许多年的男人，一直那么优秀，一直都是站在云端的天之骄子。

然而，他不是一个人。

一只指甲修饰精致的手挽在他的手臂上，才子佳人，这样登对。

那只手的无名指上戴着一枚璀璨的婚戒，在阳光下熠熠生辉，让人无法直视。

踏出去的脚步在刹那间顿住，有豪车经过，猛地踩了刹车，见我不动，忍不住按起了喇叭。

周至深终于看过来，明明隔着半条马路，我却听到他轻轻地叹了一口气。

“你不该在这里。”他终于同我面对面地站在路旁，阔别半个月，他对我说的第一句话冷淡得像陌生人。

可回忆那样清晰，在那些年岁里，他曾霸道地命令我：“从今以后，我在哪里，你就必须在哪里。”

难过到极致的时候，人往往会做出出乎意料的反应，我抬手捂住眼睛，眼眶周围是干的，但自己轻笑的声音却响在耳畔：“他们知道了我和你的关系，给我罗列了一条又一条的商业罪状，至深，我身败名裂，有极大的可能要坐牢……”

我另一只手捏住手里的皮包，要努力呼吸才能不让自己发抖。这半个月来，噩梦始终折磨着我，那一封随时可能会收到的法院传票提醒着我三年来的努力即将化作灰烬。

“可是阿遇，我并没有要求你为我做这一切。”他打断我，目光如同初遇时一般冷漠。我以为这些年来，他同我之间至少不再有冰冷屏障，原来一切不过是我以为。大难临头，他不愿管我了。

一辆加长林肯停在酒店门前，他身后的人上了车，降下车窗，然后探出头来唤他：“至深，该走了。”

冷静的面具再也无法维持，我用力揪住了他的衣袖：“不要走……”

周至深没有理会，朝她点点头，手臂在我手里挣了一下，我不放，攥得更紧。

他终于皱起了眉头：“你要什么？你的事情，我无能为力！”

昨夜的风甚至没有今天的阳光阴冷，我将自己所有的自尊抛在一旁，用最低的姿态哀求他：“你知道我有多辛苦才能站在这里吗？如果我注定逃不过牢狱之灾，我希望你能陪我走完这最后一程。”

我的声音发颤：“你说过，你爱我。”

他说过的，在普吉岛的一个夜晚，他的轻声呢喃被吹散在晚风里，可是我确实听到了那句在耳边响起的短促的话。

他看着我，眼底似乎有了悲戚：“阿遇，你知道那个时候我并不清醒。”

我与他相识三年，或许更久，但他推开我的时候这样干脆，不留情面：“三年了，你总不会还想着依赖男人解决问题吧？你真的连一点进步都没有！”

他终于转身，不再看我：“我要结婚了，请你不要再来找我。如果这句话对你有用，那么我希望你知道，其实我从来没有爱过你！”

他的声音冰冷：“乔遇，我做的一切，只是因为你有利用价值，可是现在，你对我来说，已经没有丝毫用处了。”

这些年，我以为自己亦步亦趋，曾经也算登上人生的顶端，原来在他的世界里，我只是他脚下的尘泥，从来都配不上他。

他没有回头，抬手将我攥着他手臂的手用力掰下，随即步上了那辆林肯。

车子从我身旁驶过的时候，我后知后觉地醒过来。我试图去追，试图去告诉周至深，我爱他，我一直爱他！

酒店的保安似乎在之前就得到了某种暗示，他们冲过来，拉住了我。

大约这才是我一生中最疯魔的时刻，我不顾一切地挣扎，仿佛又回到了三年前张牙舞爪的时刻。我张开嘴，咬上了身旁人的手，那人吃痛，惊呼着用力将我一推。我收不住自己的脚步，顺着惯性，一头磕在了酒店外面坚硬的墙壁上。

因为剧烈的疼痛，刹那间，眼前的事物扭曲变形，我看见城市逐渐变得灰暗的上空、三年前的我、三年前的周至深，还有三年前的曼哈顿。

我记起在三年前的萧瑟凉风中，我于人生最狼狈、最落魄的时刻，邂逅了我最好的命。

对，那是我，最好的命。

第一章

这名字将和我半生相依，深入骨髓

2015年，我住在纽约皇后区最廉价的出租屋里，于红日未落的黄昏做着过去15年里做过无数次的梦。

梦里是车来车往的街道，一个小男孩穿着不合身的旧衣服，孤零零地站在马路对面，用尚且稚嫩的声音叫我的名字："阿遇，阿遇你快过来啊！"

说完，他突然转过身往远处的黑暗跑去，我急着看清楚他的面容，慌乱间朝前踏出一步："喂！你等等我啊！"

那一步明明踏在坚实的马路上，而脚底下却一片泥泞，我猛地下陷，陷进无穷无尽的黑暗里。

"又没看到他的脸……"我纠结万分地睁开眼睛，试图回忆起男孩的容貌，想来想去却只记得那一双清亮的眼睛。

"金先生，金先生，等等，我不是说了过两天还你吗，何必找上门来？你看，我女儿还在休息呢，不要吵到她。"我正要爬起来，就听见房门外传来乔亿乞求讨好的说话声。

"哟，二十四孝老爸啊？你当我想来你这破地方啊？你说说你都过了几个两天了！"阴柔里带着狠劲的声音，一听就不是什么善茬。

门外的争吵声越来越大，我烦躁地揪了揪头发，穿好衣服走出去，就看见几个男人肆无忌惮地站在公寓狭小的客厅里，乔亿的阻拦毫无作用。

为首是在这一区有点势力的金先生，即使微笑着，细长的眼睛里也藏了阴狠，身后跟着两个流里流气的高壮男人。

我不用问也知道，这是乔亿的新债主。

“没事没事，你回去睡觉，这事我能解决，”乔亿皮笑肉不笑地挡在我面前，却被金先生一把扯过去。

“大家都是中国人，在异国互相帮助是应该的，但借钱不还，怎么都说不过去嘛，对吧？”金先生皮笑肉不笑地搂过乔亿的肩膀，“乔小姐是个乖女儿，你老爸这笔钱，你就替他还了呗。”

乔亿嗜赌成性，逢赌必输，他每次都后悔，每次都痛哭流涕地发誓戒赌，但总是隔不了几天，便重蹈覆辙。

我气急地看向乔亿：“上次的刚还清，你又借钱去赌？这次又欠了多少？”

“不多不多，就这个数而已。”金先生笑眯眯地比了个手势，那个手势从眼前晃过去，晃得我太阳穴突突直跳。这个数目，我不眠不休工作一年也还不上。

乔亿畏缩地看了我一眼，似乎被逼急了，突然吼起来：“我说了我会还！你急什么急！”

他吼出来的同时抡起了手臂，瞬间将金先生脸上那个浮夸的金框眼镜扫落在地，金先生身后那两个大汉像被按了启动键，表情凶狠地朝乔亿走过去：“怎么，要动手？”

乔亿向来胆小，顿时嚷起来：“你们要做什么？乔遇！乔遇！”

“我没说不还，你们要是动手，就一分钱都拿不回去。”我咬着牙，做好了硬碰硬的准备。

“我们是文明人，哪里会打打杀杀嘛。”金先生笑着摆了摆手，那两个大汉就放开了被围堵到角落里的乔亿。

我转身把靠墙的破沙发拉开，从墙角的缝隙里取出一个黑色礼盒递给金先生："这个，先还一部分。"

金先生掏出腕表翻来覆去地看，一脸嫌弃："这破表可不值钱，连利息都不够。"

这块男士腕表是我准备送人的礼物，花去我整整一年的积蓄，虽然不太贵重，但抵一个月的利息绰绰有余，他这是在故意为难我。

然而我只能放软了语气："剩下的我会尽快想办法，你给我一点时间。"

金先生笑着将表揣进口袋里："行，我信你，早点还清，大家不用搞得那么尴尬嘛。"

他不怕我们会逃跑，反正我们这种人只能躲在这种像阴沟一样的地方，无处可逃。

金先生离开前，特地拍了拍乔亿的肩膀："老乔，过了这个周末，我再见不到本金，你知道下场吧？"

他们走了，留下被搜刮得一片狼藉的屋子和瑟瑟缩缩的乔亿。

窗外是窄巷间凌乱堆砌的杂物和违规的建筑物，遮天蔽日的，连一角天空都看不见，压抑得让人想揪着头发尖叫。

乔亿讨好地给我倒了一杯热水："乖女儿，是老爸对不起你，我想再来一局翻本的，谁知道……"

我懒得听他解释，只留给他一个白眼便摔门而出，在走廊尽头敲响了罗希太太的门，要回了我寄存在她那儿的单反相机和手机。

"老赌鬼又惹事了？"罗希太太是这栋公寓楼仅存的有同情心的人，她愿意帮我照看我的营生工具，让它们不至于在某日被头脑发昏的乔亿拿去典卖赌博。

我摆摆手，不想多说，告别了罗希太太就一路跑去地铁站，赶上前往曼哈顿上东区的地铁。

谁让我命运多舛，摊上个嗜赌成性的老爸，此刻除了快点工作赚钱，别无办法。

我祈祷着今晚运气好一点，可以拍到大八卦卖个好价钱，然而我时运不济，在冷风里等了整整一夜，别说名流了，连名流的车都不见一辆。

天色渐亮，我抱着胳膊跳着脚取暖："没那么倒霉吧，没有大新闻，好歹也给我随便来个名媛街拍啊。"

仿佛为了证明我还剩一点点运气，话音刚落，我就看见一辆黑色林肯停在了酒店门前。

近日风头无两的卢娜从车里下来，一副雷朋太阳镜遮住了半张脸。卢娜是美籍华人，这段时间和酒业大亨罗斯的恋爱消息炒得沸沸扬扬，身价不断上涨，因此挤进了上东区的名媛圈，很多人争相出手买她的新闻。

这一夜总算没有白熬，我飞快地换着角度按下快门，又把镜头移到车里，车里似乎还有另外一个人。

"难道是酒业大亨罗斯？"我心花怒放地喃喃自语，"发财了！发财了！"

这里整条街只有我一个娱记，也就意味着这是独家，价钱更高。我调好镜头等着，然而男主角罗斯并没有出现，镜头里出现的是另一个陌生的男人，穿着昂贵的定制条纹西装，眉目深沉，一抬手，腕上皮带款的Patek Philippe熠熠发光。

我从相机前抬头，霎时间只觉得日光暗淡。

那是我第一次见到周至深，他一出现，便占据了整个镜头。

卢娜和周至深似乎有争执，我隔着一条马路无法听到他们的对话，只能看见他握着她的手臂，急切地说着什么。

她扭头要走，却被他拽回去。

两人僵持了一会儿，最后卢娜干脆转身抱住了他，娇羞的样子仿佛热恋中的小女生。

卢娜瞒着准男友私会神秘男子，这绝对是个大新闻，我慌忙举起相机。不知是否在忙乱中蹭到了按键，关闭的闪光灯忽然开启，白光一闪而过后，镜头中拥抱的两个人不约而同地朝我望过来。

“糟了！”我连忙躲到树后，但这棵可怜巴巴的小树连我半边身子都挡不住。

卢娜满脸慌乱，推开周至深，扭头就疾步往酒店里走去。

我正要旋身逃跑，却见街对面的人皱着眉朝我走来。白日堂堂，照得他眼角眉梢都是光亮，莫名地和我梦里的那个小男孩重叠在一起。

周至深走得很急，片刻间已经来到我面前，不由分说便夺过我的相机。

我怔怔地看着他：“你……你干吗？”

“偷拍？”周至深说的是中文，声音冷清得不带感情。

他和梦里的小男孩一样，也是中国人！我激动得语无伦次：“你认识我吗？不是，我是……我觉得我们可能认识。你从前……小时候……有没有认识什么小女孩……中国人……”

“我不知道你在说什么，但是你侵犯了我的权利。”他直接忽略了我的询问，将相机举到我的面前，打断我，“证据确凿！”

相机屏幕上的照片停留在他拥抱卢娜的那一张，我拍了特写，周至深英俊的正脸清晰可见。

他面上淡漠的表情让我清醒了不少，像他这种人，怎么会和我有关系。

“那个，我其实是时尚博主，你们太引人注目了，我忍不住……”我试图亡羊补牢。

“你？”周至深的目光在我身上的二手旧皮衣上停留，话语里是彻头彻尾的怀疑。

我不自在地后退一步，自顾自嘴硬：“你们不愿意被拍，相片我删了就是，先把相机还我！”

周至深冷笑一声，将SD卡从相机的卡槽里按出来。

“你做什么？住手！”等我反应过来的时候已经太迟了，只听到轻微“咔”的一声，那张薄薄的蓝色SD卡在他的指间碎成两半。

“你疯了！”我忍不住尖叫，“我的照片都在里面！”

“我非常不喜欢被偷拍，这是小惩大诫。”他靠近了些，“还有，我不想再看见你！”

在他转身之前，我气急败坏地揪住了他的衣领：“我说了我会删除，你凭什么这么欺负人？！有钱了不起啊？”

周至深只是冷静地低头看我：“放手！”

居高临下的他让我清晰地看见他眼睛里的我，夸张的烟熏妆和深紫色唇膏已经花得一塌糊涂，此刻因为恼怒显得格外丑陋。

这里是有钱人的地盘，纠缠下去，我只有吃亏的份，于是我咬着牙放开他：“浑蛋！”

周至深置若罔闻，掸了掸自己的衣领，带着一脸的不屑转身离去。

他径直走入酒店，没有回过头，自然看不见我手里多出来的那个紫绒盒子和一张黑底烫金的名片。

他有他的小惩大诫，我亦有我的。

我在龙蛇混杂的地方长大，要在周至深身上取点什么东西轻而易举。

只是相比那个看起来昂贵不菲的紫绒盒子，我对那张名片更有兴趣。我在阳光下眯着眼睛翻来覆去地看那张名片，名片上只印了一个名字和一串号码。

我认识的中文极少，偏偏那三个字我都能读。我含糊地念了三遍，一字一句：“周至深，周至深，周至深。”

那时我尚且不知，我于懵懂中念出的这个名字将和我半生相依，刻入生命，深入骨髓，再也无法移除。

美国的地铁站总是人来人往，我靠在过道的墙上，看着手里仅剩的几枚硬币，忧伤不已。

这倒霉的日子！连搭回程地铁的钱都不够了。

我攥着手机，犹豫着要不要给阿赛打个电话。

阿赛是我的准男友，在乐队当吉他手，是我半年前在音乐工厂兼职时认识的。那时乔亿的债主气势汹汹地找上门来，我左躲右避地逃难，一不小心就把他撞翻了，顺带着把他手上的腕表也撞坏了。

我存了大半年的钱，就是为了能在他生日这天赔他一块腕表，可惜，那块表现在进了金先生的口袋。

正纠结的时候，手机响了起来，我看了看来电显示，无可奈何地接起来："又怎么了？"

那头声音嘈杂，断断续续地传来乔亿慌张的声音："乖女儿，你什么时候回家？老爸……"

他这么急切地催我回家，大概是房东来催房租了。这真是雪上加霜，我烦躁地打断他："我知道你要干吗，我已经在想办法了，你先等等吧。"

说完我就挂断电话，然后给阿赛打了个电话。

"嘿！乔，我刚在想你，要来给我过生日吗？"阿赛的声音夸张而张扬，像极了他的电子吉他。

我谄笑着："阿赛，生日快乐！那个，你能不能借我点钱？我的钱不够回皇后区了。"

阿赛"啧啧"两声："回什么皇后区啊，来找我玩嘛，我现在去接你。"

他来得很快，开着他们乐队主唱那辆破破烂烂的二手车，大老远就冲着我按喇叭。

我刚钻上了车，阿赛突如其来的吻就落在我腮边："我的生日礼物呢？"

"喂！"我被他突如其来的亲热吓了一跳，皱着眉头往后瑟缩了一下。

"啧啧，你怎么一点都不像在美国长大的女孩子？"他贼心不死，又靠近了一点，"我认识的美籍华人可不像你这么保守。"

我擦了擦被他吻过的地方："本来是准备了一只表的，可惜现在没有了。”

阿赛挑了挑眉：“还想着那只表啊，你把你自己赔给我当生日礼物不就行了？”

“你这算是在求婚吗？”我肆无忌惮地看向他，当个全职太太被养在深闺是我的心愿，世人皆知，包括阿赛。

我严肃地看着他：“你知道的，我住在美国，可是思想传统迂腐得不得了，除非结婚……”

似乎男人都不太能接受这个话题，阿赛被吓退，咳了两声后转移了话题：“我们今天接了个私人派对的活，刚才听说还缺侍应生，你要不要去？”

“去！有钱赚，为什么不去？”我来了精神。

阿赛笑着瞟了我一眼，眼里是毫不掩饰的渴望：“你看，你又欠我一次，你总得好好报答我吧？”

我扯起一抹笑，满不在乎地转过了头，假装不明白他指的是什么。

车子停下的时候，我苦笑着看着酒店楼层上的那个招牌，突然觉得今天非一般的倒霉。数个小时前，我就在这家酒店门前摸走了周至深的首饰盒，兜兜转转之后竟然又回来了。

我非常不想在这个地方工作，然而缺钱的时候不得不低头。我想了想口袋里那几枚硬币，咬咬牙下了车。

“你走运了，今天的宴会薪酬非常高。”阿赛带我见过宴会领班，又拉着我到处逛，“趁现在外面没什么人，去见识见识有钱人住的酒店。”

“怎么样？豪华吧？这里住的都是富豪。”他得意的样子倒像是这酒店是他开的一样。

我百无聊赖地左顾右盼，竟在一间房门半掩的客房前一眼看见了卢娜。

透过门的缝隙刚好可以看到卢娜坐在落地窗旁，周至深就站在她身后，俯身缓缓地拥住了她：“要不要休息一下？”

卢娜一脸甜蜜地回过头：“和你在一起，不用休息。”

“不累吗？”周至深扬起嘴角，左边脸颊上露出一个若隐若现的酒窝。

大约是落地窗旁的阳光太盛了，我竟然觉得那个行为浑蛋的男人好看得不可方物，呼吸都莫名急促起来。

下一刻，我的耳畔忽然有了湿漉漉的不适感：“羡慕啊？我们也可以呀。”

我猛地回过头去，就见阿赛不知什么时候凑了过来。我一心想躲开他，没想却撞上了房门，发出“咚”的一声巨响。

房间里立即传来周至深的厉喝：“谁？！”

阿赛大惊失色，拉着我就跑。他比我熟悉酒店通道，成功地避过了周至深，最后将我带进了员工通道的杂物房里。

我还没来得及松口气，就被阿赛一把搂了过去：“好了，这里没人了。”

“干吗？放手！”他的力气很大，我一时竟然挣脱不开。

我正想着要不要踹他一脚，就听到有人在外面敲门：“谁啊？怎么把门锁了？”

“我该回去上班了。”我趁机一把推开阿赛，“你要是有诚意跟我在一起，可以先考虑和我结婚。”

我走得很快，阿赛没有再追上来。

我在换衣间换上了工作服，为了避免被周至深撞见，又跟一个黑人女侍应借了一盒深色粉底，企图易容改貌，结果我将自己搞得又黑又丑，领班万分嫌弃，只好将我安排在角落里帮忙倒酒。

晚宴开始的时候，陆续有着装得体的人到来。

阿赛的乐队唱了几首歌便退场，我心不在焉，想着要如何解决乔亿那笔债务。

正恍惚着，我的身旁忽然响起一个清朗的声音：“Wine，please.”

我刚挤出笑容，抓起身前的醒酒器，就对上一双沉寂如水的眼睛。

“是你？”周至深脸上的惊异一闪而过，他的手指扣在铺了酒红绒布的长桌上，“我的戒指在你手上？”

“你认错人了。”我嘴里这么说着，却条件反射地搁下手上的东西，掉头就往员工通道尽头的休息室跑。

我闯进休息室里，想将锁在储藏柜里的紫绒盒子拿出来毁灭，这样周至深就没办法人赃并获，然而我还未找到自己的柜子，就听到一阵男女低语的声音。

休息室里还有一个小隔间，此时里头亮着昏黄的光，越走近，里头传来的呻吟声越是清晰可闻。

这种兴之所至的男男女女在美国满街都是，我懒得围观，刚想转身，里头的声音却让我忽然间动弹不得。

“阿赛，你爱不爱我嘛？”

“爱！你再不到我身边来，我可能就要疯了。”

“谁叫你身边总跟着不同的女孩子，特别是那个叫乔遇的，你对她够好的，来工作还不忘把她带过来。”

“谁让你对我忽冷忽热，不利用她试一试你，我怎么知道你在不在意我。她那种女人，我怎么会感兴趣。”

阿赛的声音我化成灰都认得，于是我咬牙切齿地转过身，一脚踹开了那扇木门。

灯光昏暗，可还是把休息室里衣衫不整的两个人暴露无遗，和阿赛在沙发上纠缠的是他们乐队新任的女主唱Lisa，她尖叫一声，推着阿赛回头看我。

我看着阿赛慌张起身，忍不住嘲讽：“看来你要到了你想要的生日礼物。”

“你别这样看着我，我也不算对不起你，我们根本就没有在一起。”Lisa扯了扯阿赛的手臂，他才开口，“你开口闭口的就是要结婚，我哪里敢惹你？”

我气极反笑，走上前一脚踹上他的膝盖：“这一下，是你随便拿一个女孩子来试探另外一个女孩子的教训。哦，对了，生日快乐！”

他大约没想到我会突然动手，一脸惊恐地蹲下身捂住膝盖，半天说不出话来。

我扭头就走，一转身却发现周至深似笑非笑地倚在门口，不知道看到了多少。

可能是怒火烧得太厉害，我竟然把这个追兵给忘了，我瞪他：“看什么看？很好看吗？”

周至深冷冷地应：“比宴会上的表演精彩多了。”

一股邪火冉冉上升，我对着他张牙舞爪：“滚开！别挡路！我没心情陪你玩。”

周至深却岿然不动：“把我的东西还给我。NOW！”

我终于想起那个紫绒盒子，本来想甩掉他后就将盒子当作失物送去前台的，现在情况危急，只能先跑了再说。

趁着周至深疏于防范，我用力在他肩膀上撞了一下。他猝不及防，被撞得后退几步，我趁着空隙钻了出去，拔腿就跑。

逃跑在我的生命里就是家常便饭，然而这一次，我竟然没能成功逃脱，周至深在拐角处追上了我，拽住我的肩膀将我整个人按在了墙上。

周至深的脸上终于有了隐约的怒气：“我没时间和你耗，把东西还给我！”

我咬着牙，拒不承认：“你凭什么说东西在我这儿？你有种搜身啊！”

我本想唬住他，谁知他一点犹豫也没有，伸手就在我的腰上摸索，目光落在我颈部以下的地方。

岂有此理，又是一个金玉其外，败絮其中的东西！

“喂！你看哪里？再看我戳瞎你！”我抓狂地挣扎起来。

周至深亦不退让，两个人都在用力较劲，拉扯间，我身上那套廉价的工作裙首先崩溃，“刺啦”一声，袖子裂了个大口，胸前的纽扣也掉了几颗。

慌乱间，我还能勉强保持镇定，抬起膝盖就是一脚，但周至深动作更快，我的膝盖刚抬起，便被他用腿毫不留情地压下去，一时间，我与他贴在一起，动弹不得。

身上那件破烂的衬衣聊胜于无，裸露在外的皮肤起了一层又一层的疙瘩，我终于慌了：“你想做什么？”

周至深的声音却连波澜都不起：“戒指！”

没理由我化妆成这样他还能把我认出来，我垂死挣扎：“你确定不是认错人了？”

周至深嘴角带着嘲讽：“眼神肤浅，香味廉价，是你没错。”

他的评价用了两个贬义词，我再度抓狂：“你神经病！”

周至深失去了耐性：“把东西交出来，或者我报警！”

报警两个字顷刻就让我败下阵来：“不要报警！你的东西在我包里。”

周至深把我当犯人一样押回休息间，我翻出那个紫绒盒子递给了他：“还你。”

周至深打开盒子检查，里头是镶了钻的奢华戒指，即便在昏黄的灯光下也熠熠生辉。

我能猜到盒子里的东西有多贵重，但到底怕自己起贪念，至今都不敢打开看一眼。

“我只是气不过，吓吓你而已，要是真偷，我早就出手了。”我垂头丧气地解释，希望他放我一马。

周至深没有应答，转身就走。

我正要庆幸他没有和我为难，然而他走到门口时却停了下来：“你的样子……”

我扭头看向换衣间里的镜子，下午涂抹的棕色粉底已经融化，脸上黑白分明，眼影和眼线糊成一块，惨不忍睹。

周至深皱着眉头嫌恶地离开，即使没有再说下去，我也读懂了他没说完的那两个字是“很脏”。

我在休息室里呆坐了很久，直到休息室那个窄小的窗口忽然漫入灯光，我才终于醒过神来。

岂有此理，打不还手，骂不还口不是我的风格，我要周至深为他看轻我付出代价！

我洗了一把脸，将原本的衣服换上，背着包跑出了换衣间。

宴会厅已经没有了周至深的身影，我左顾右盼时却被路过的阿赛一把扯住：“你疯了！你这样会拿不到薪水的，我也会受牵连，快把衣服换回去！”

我翻着白眼：“关你什么事，松手！”

他嚅动着他的嘴唇：“我知道你很生气，你要是真的想和我在一起，我们可以瞒着她……”

世上怎么会有如此厚颜无耻的人？我难以置信地看着他：“你认真的？”

“当然啦，我们又不是第一天认识。”他喜出望外地攀住了我的手，试图将我往没人的地方拉。

“甜言蜜语留着跟你家Lisa说去！”刚才那一脚还是太轻了，我伸腿用力踹上他另一条腿的膝盖，看着他不可置信地捂着腿后退，嘴里蹦出一个F开头的词。

我撇下他，扭头回到员工通道，根据下午的路线上了楼去了客房，好在我记性不错，将周至深的房间号记得一清二楚。

我刚才怒火中烧，其实还没想到要周至深付出什么代价，正徘徊着，就见他牵着卢娜的手走出房门。

我止住脚步，旋身躲到了墙后。

卢娜有些慌张：“至深！你带我去哪里，被人看见怎么办？”

周至深却置若罔闻，将她往电梯处拉：“那就告诉全世界，你是我的。”

好一段轰轰烈烈的三角恋。娱记的职业本能让我顿时换了想法，痛骂周至深一顿并没有什么好处，但是拍下他们幽会的照片却另当别论。

眼看他们的电梯到达顶层，我给相机换上了备用的SD卡，放轻了脚步跟上去。

酒店的天台是个设计精巧的空中花园，我借着黑暗的掩护，躲在了管道后，将相机调到了录像模式。

屏幕上，周至深的手已经抚上了卢娜的脸："我是为了你才来这里，你知道的！"

深情款款的神情出现在周至深脸上，让我这个局外人都有些心软。

我在心里鄙视着自己，都这个时候了还色迷心窍。

就在这时，周围的环境起了变化，黑暗的天台上慢慢亮起橘黄色的灯光，照亮了铺满一地的红色玫瑰。周至深和卢娜站在绒毛地毯上，宛若一对璧人。

这一刻，连我都忍不住心跳加速，周至深他这是要求婚?

第二章

这一场大梦，我竟足足做了三年

在很久以后，我依旧记得那一天曼哈顿有一小块夜空被灯光照亮，暖色的灯光罩在周至深身上，他从西装口袋里掏出一枚熠熠发光的戒指，缓缓下跪，脸上的神色坚定：“Marry me，say you do!”

然而这样的场景在我往后的岁月里却成为梦魇，当时的我误以为事不关己，误以为自己只是这场真人秀的一个观众，谁能料到，我早就身在局中。

而在美梦中心的卢娜诧异地捂住了嘴：“至深，我……”

她开始后退：“你知道我是在乎你的，这么多年了，我一直给你机会，可是如果我和你在一起，你的病……”

病？周至深难道有什么不可告人的顽疾？

我震惊之下忘记了自己正躲在暗处偷听，竟激动地握住了一根冰冷的铁条，那铁条不受力，忽然便往下掉去。

与此同时，身旁的水管忽然响起水流的声音，铺着鲜花的地方突然喷出几条水柱，直接打到站在中央的两人身上，周至深手中的戒指没有拿稳，被水柱喷了出去，半空中银光一闪，便不见踪影。

那该死的铁条居然是观赏喷泉的开关，我在心里咒骂了设计师一万次，手忙脚乱地想关掉，却不想已惊动了那两个人。

卢娜浑身湿透，有些失控地尖叫起来：“谁在那里？！”

周至深缓缓站起来，嘱咐卢娜：“你先下去。”

“把这事解决，至深！泄露出去对你和我都不好。”卢娜有些气急败坏，说完就拎着裙子转身下楼。

喷在半空的水不断落在周至深身上，可他不躲不避，只目光沉沉地看着我：“又是你！”

我黑帮片看得不少，忍不住怀疑卢娜口里的“解决”意味着杀人灭口，因此在周至深挪动步伐的时候，我一跃而起，飞快钻进了楼梯的暗角里。

周至深追了过来，脚步声在安静的楼梯间里显得格外惊悚。

我半点声音都不敢发出来，听着他给卢娜打了电话：“没追上，你先回去吧，既然有人守着，她跑不掉的。”

直到楼梯间的关门声响起，我才惊觉自己出了一身冷汗，当了几年娱记，从没这么刺激过。

为了等周至深走远，我在楼梯间蹲到脚麻了才往外走去，然而刚转出暗角，周至深的声音便冷不丁响起来：“我以为你准备永远不出来了。”

他根本没有走，刚才的关门声是他在糊弄我！

我惊慌失措地转身，肩膀却被捏着硬生生地扯了回去。

“你总不会打女人这么下作吧？！”这个人一定练过，我只觉得肩膀被他捏得快要脱臼了。

“死性不改！你放心，我会把你交给警察。”他手上松了力道，声音却还是阴冷。

“放手！你弄疼我了！”我慌张地用手肘去撞他，却被他轻松躲过。

他伸手去夺我死死抱在怀里的包，我被扯得重心不稳，眼看就要倒下去了，我一咬牙，干脆揪住了他的衣领，好歹找个垫背的。

“小心！”慌乱间，周至深不知道看到了什么，忽然用力扯着我翻了个身。

身体碰到地板的时候，我只觉骨头都要碎了。我哀号着仰起头，就看到离头顶不到两寸的地方有一个低矮的石雕，刚才要不是周至深扯了我一把，我估计会一头撞在上面，不至于一命呜呼也要头破血流。

我慌忙爬起来，却被周至深眼疾手快地一把扯住，两个人扭作一团，滚了一圈，一同滚进了我刚刚藏身的楼梯暗角。

楼梯间外忽然传来呼唤声："周先生，您在这里吗？"

周至深一时半会也制服不了我，但如果有帮手，那我注定要束手就擒。

这些年来，我以为自己已经百毒不侵，可以无所畏惧地硬碰硬，可是就在此时此刻，我终于发现自己不过外强中干。

没人能像我这样悲惨可笑了，我咬着嘴唇，却还是没能忍住下坠的眼泪。

"你……"周至深忽然被雷击中般愣了愣，他神情呆滞，竟然没有开口回应外头的呼喊，以至于错过最佳时机。

片刻过后，外头的脚步声逐渐远去。

周至深这时猛地吸了一口气，他甩开我的手，似乎要去拿什么东西，我吓了一跳，下意识扭住他的手："别动！"

强硬的周至深竟然变得软弱无力，轻易地就被我钳制住了。他喘着气看了我一眼，声音急切："药！药！"

我霎时间反应过来，难道卢娜说他有病是真的？！

片刻间，他像被抽光了力气，瘫软在我的身上。

我大惊失色，推了推他："喂！你别装死啊！"

周至深一动不动，喃喃地说着什么，脸色通红，似乎很是痛苦。

我的耳朵嗡嗡作响，他究竟有什么病？心脏病？哮喘病？他要是在这里有个三长两短，我跳进黄河里都洗不清。

"周至深！你把药放哪里了？！"我在他身上摸索着找药，然而他没有回答，渐渐地，连恼人的喘息声都跟着没有了。

电光石火间，我想起从前学过的急救措施，立刻捏住了他的嘴，俯下头去。

然而在接触到他嘴唇的那一刻，他紧闭的双眼突然睁开，我一惊之下，将一个中规中矩的人工呼吸变成了一个粗鲁无状的吻。

世界忽然静止，我脑海一片空白，只知道和他四目相对。

周至深眨了眨眼睛，睫毛颤抖起来，眼里竟然盈满了羞涩，像是完全换了一个人。

而我只能沉默地听着自己轰然的心跳，尚且不知，这将是我记忆中最悠长的一个亲吻，我将就此铭记，终生不得忘却。

“我只是想救你！”我脸上有些发热，只好扭头看向楼梯间顶端那扇小小的窗，窗口透着曼哈顿的灯光，荧荧发亮。

身后又响起喘息声，我回过头，就看见周至深双眼紧闭，脸上的潮红在慢慢退却，他似乎经历了万般痛苦，终于又睁开眼来。

我在他身旁蹲下，尽量用冰冷的语气掩饰自己的慌张：“喂，你死不了吧？”

周至深茫然地看了我一眼，但只是片刻，他的眼神便凌厉起来：“你见过他了？”

我莫名其妙：“见过谁？刚才这里没人来过。”

他抬起手看表，似乎震了震：“才过了五分钟，没理由这么快的。”

他仰起头看我，狼虎般的眼神看得我猛然清醒。

太蠢了，见他无事，我竟然不赶紧脱身，还在这里嘘寒问暖，难道是想等他感恩戴德吗？！

我当机立断，立马爬起来，却被他一把拽下去：“你对我做了什么？”

我愣了愣，想起刚才在他病发时我阻止他取药的事情，我抿着嘴：“你现在不是什么事都没有了吗？”

他目光灼灼地看着我，一副若有所思的样子，仿佛要把我看穿。

我现在的处境可不允许我有闲情逸致和他这样大眼瞪小眼地对峙，

趁着他不留神，我一把甩开他的手，闷头往外冲。

我跑到电梯门口，正要按键，却发现自己手中空荡荡的。

该死！我的包和相机都落在了楼梯间！

我咬咬牙，终究还是掉头回去。

我还未走到楼梯间，就看见周至深推门出来，手上抓着我的包，正嫌恶地打量自己的衣服。他刚刚在天台淋湿了，又在楼梯间滚了几圈，身上的西服已经不像样子。

他皱着眉头看向我："看来你的相机对你很重要。"

我明知不可能，却还是朝他伸出手："还我。"

周至深径直越过我："想要回你的东西，就跟我来。"

我不情不愿地跟着周至深回了房间。

我还以为等待我的会是怒气冲天的卢娜和她那几个面无表情的保镖，但事实上房间里黑暗一片，只有窗外的路灯照进来，一片昏黄，令人一阵恍惚。

"等我一会儿。"周至深没等我应答，便提着我的包进了浴室，不一会儿，里头便传来水声。

我第一次待在这种高档房间里，床头的水晶灯，铺叠整齐的床铺，细致粉刷过的墙壁，种种都让我不适应。

我走过去敲浴室的门："你究竟要做什么？相片录像要删就删，删完把包还我！"

里面的水声戛然而止，但周至深却没有回应，我坚持不懈地敲门："喂！"

里头一片安静，周至深始终没有应答。

该不会……又发病了？这个念头一起，我便焦急起来，他怎么总在和我独处的时候发病？！

我咬着牙退后几步，攒足了力气往前冲，企图把门撞开。

就在我撞过去的那一刻，紧闭的门忽然打开，周至深就站在门口，穿着酒店藏蓝色的浴衣，脸上的表情十分不耐烦："你吵什么？"

我第一时间刹住脚步，但人已经到了跟前，我没能成功稳住自己，一头往他的胸口撞去。

周至深闷闷地“哼”了一声，冷冷地将我推开：“想撞死我？”

我不想去解释刚才对他可能会命丧浴室的担心，揉着撞疼了的额头对他说：“东西还我，我要走了，我家里还有事！”

周至深却不动：“现在酒店出口都有卢娜的人看着，她最在意自己在公众面前的形象，你拍下了她的丑闻，用水喷了她一身，你觉得她能轻易放过你？”

我自然知道卢娜那种眼比天高的人得罪不起，但不得罪也已经得罪了，我努力装得理直气壮：“她又不是警察，还能扣留我不成，何况不试试，你怎么知道我走不掉？”

周至深没有回答，似乎不愿意和我在这个问题上多纠缠。

他走到吧台边，给自己倒了一杯威士忌：“告诉我！刚才在我失去意识的时候，你到底对我做了什么？”

我想起那个四目相对的吻，他明明是醒着的，现在却又装作不记得，有钱人真是恶趣味！

我干脆豁出去：“不就是不小心接了个吻吗？你总不会为了这个要我负责吧？”

“接吻？你，和我？”他的眼神困惑极了，仿佛我跟他聊的不是简单一个亲吻，而是什么世界谜题。

我冷冷地回视他：“对，就你和我，有问题吗？我在美国长大，但不代表我的观念和美国人一样开放，如果不是想替你人工呼吸，我才不想碰你。”

周至深眉头紧皱：“还有呢？”

还有？就那么几分钟，还能有什么？！

他这副审犯人般的态度让我心气不顺，我刻薄地回应：“还有！我看到你要死不活地喘不过气来！”

“你没看到他。”他将手里的威士忌仰头饮尽，喃喃自语，“我病发竟然是因为你。”

我谨慎地看着他：“你别胡说，是你自己突然发作的。”

接下来是长久的沉默，周至深的手指有一下没一下地叩在空杯子上，眼帘低垂，似乎陷入了沉思。

这种沉默对我来说无疑是酷刑，我忍不住开口：“你想知道的我都告诉你了，东西可以还给我了吗？”

周至深站了起来，他大步越过我，从浴室里取出我的包。

他当着我的面将我包里的东西悉数倒在床上，我的相机，破旧的二手手机，几个叮叮当当的硬币，还有些杂七杂八的东西。

周至深翻了翻，似乎没找到他要的东西：“证件？”

我越发不知道他葫芦里卖的什么药，没好气地应：“我没带！”

他干脆在床上坐下，手里抓着我的相机：“你叫什么名字？”

他一副好整以暇，要和我磨到天亮的姿态，而我的耐心几乎耗尽：“现在是怎么样？你当自己是警察？录口供？”

周至深深吸一口气，放柔了语气：“我需要你的姓名和联系方式，真实的、可以找到你的联系方式，只要你告诉我，我放你走。”

乔亿的债主时不时找上门已经让我焦头烂额，我不愿再惹上这个煞星。

我抿着嘴，不说话。

周至深笑了笑，抬手拿起我的手机，手机里有太多信息，他在我的手机里可以轻易找到一切。

“喂！不要乱动我的东西！”我慌乱起来，欠身去抢。

周至深挥手挡开我，轻易就让我重心不稳地倒在床上，他伸长手脚按住了我：“我不是要找你麻烦，我可能需要你帮忙。”

我这辈子都没有躺过这样舒服的床，人跟着陷进去，舒适得让我戒备心都降低了不少，而周至深靠得这样近，好看的眉眼在眼前晃动，我甚至可以嗅到他身上刚用过的沐浴露的味道。

“你……你要我帮你什么……”美色当前，我有些语无伦次。

“告诉我，你叫什么名字？”他的眼睛接近琥珀的颜色，而在我梦里，有一双眼睛也是这样的颜色。

我有些失神：“我叫乔遇，难道你真的认识我吗？”

周至深眉头微皱：“或许……”

我不知道他的或许是什么意思，正想追问，他便已经撑着身子坐了起来，将手机丢给了我。

手机不知是什么时候没电的，屏幕漆黑一片。

周至深将自己的手机丢给我：“输入你的地址和电话。”

我的相机捏在他手里，我深知好汉不吃眼前亏，便麻溜地在他的手机里输入了一个假的地址和电话。

周至深接过手机，并没有丝毫验证真假的想法，他举了举手里的相机：“这个东西留在我这儿，另外……”

他将刚才从包里倒出来的东西一样一样地丢进我的包里，最后拿起我从他身上摸来的那张名片：“我的联系方式你已经有了。”

周至深看出了相机对我的重要性，留着它不怕我不联系他，只是我至今还没有琢磨透他想做什么，若他是要为卢娜出一口气，那也太大费周章了。

“然后呢？”我挑衅地看向他，“你放我走？”

我与他不知不觉地折腾了将近一夜，窗外的暗色越来越淡，再过一阵，天就要亮了。

周至深随着我的目光看向窗外：“对，我放你走，我需要验证一些事情，三天之后，你联系我。”

他说的是让我联系他，那么他在看到我留下信息的那一刻，就知道那都是假的。

我却不动：“把相机还我，我还要工作的！没有钱，只怕我活不过三天。”

周至深抿了抿嘴，从丢在一旁的皮夹里掏出几张美金：“你的相片我买下来，这是定金，三天后见面，我给你余款。”

我心满意足地接过钱，没有再说话。我的本意就是拿照片换钱，至于照片卖给谁对我来说都是一样的。

周至深没有再废话，他利落地换了衣服，恢复他那副精致修饰过的绅士模样。

窗外幽暗的光照着他，照得他身影深深，他居高临下地看着我："来吧，我带你走。"

还是那条铺满了绒毛地毯的长走廊，我跟在周至深身后，亦步亦趋。周围寂静无声，大概是两夜未眠，我此刻有些恍惚，仿佛前方是一条截然不同的道路，而我会跟着他走出不一样的人生。

我出神的时候，周至深已经在电梯口停了下来，我没有刹住脚，一头撞在他的背上："呃，抱歉，太累了。"

他回头看了我一眼，难得说了一句"没关系"，似乎在那个莫名其妙的吻之后，他对我的态度就变了。

酒店的大厅亦是安静的，只是沙发上多了几个穿黑色西装的男人，我大致能猜出来，那些都是卢娜的人，为了不让丑闻泄露出去，她果然派人在守着我。

周至深示意我等待，径直向那几个站起来的男人走去。

我不知道为何会突然信任起这个几小时前还跟我水火不容的男人，他完全可以在下一刻将我交出去，任由卢娜处置。

我纠结起来，正犹豫着要不要溜之大吉，就看见他朝我招了招手。

我走过去，跟在他身后走出酒店大门。

清晨扑面而来的风带着冷意，倘若不是周至深就站在身边，我简直要怀疑昨夜的事只是一场梦。

大难不死，我只想赶紧离开："再见了！"

他没有动："三天后见。"

我暗暗摇头，不会再见了。

转身走出很远后回头，我还能看见周至深站在原地，站在微亮的晨光里，此刻的他没有言语刻薄，安安静静地站在那儿，像梦境般美好。

在后来的很长时间里，在那些站在周至深身旁的时光里，我仍旧有身在梦中的感觉。倘若这是一场大梦，我早该在曼哈顿这个带着冷意的清晨醒来。

但是我没有，这一场大梦，我竟足足做了三年。

我乘坐最早的一班车回了皇后区。

乔亿不在家，我倒在沙发上，很快就睡得不省人事。

醒来的时候人是昏沉的，罗希太太在一旁担忧地看着我："阿乔，你发烧了，整整睡了两天两夜，好在现在烧终于退了。"

我只觉头重脚轻："乔亿呢？"

罗希太太摇摇头："不知道又躲哪里去赌了，我都几天没见到他了，要不是知道你习惯把钥匙藏在瓷砖缝里，我真不敢想你一个人病着会怎么样！"

我感激地抱着罗希太太的胳膊撒娇，被勒令着跟她回家蹭饭。

吃饱喝足后，我总算精神了许多。

趁着她收拾饭桌，我从周至深给的钱里抽出一张偷偷压在玄关的柜子上："我先回去洗个澡哦。"

刚推门出来，我就看见一个形容猥琐的男人在我们公寓门前张望，看到我的时候，突然叫了起来："乖侄女，你在这里啊！"

我定了定神，才勉强认出来他是乔亿的赌友。我没有理会他，越过他直接去开公寓的门。

那男人却拦住我："哎，你怎么不理人？我可是来给你通风报信的，你还不知道吧？你老爸被抓走了！"

我开门的手顿在了半空："你说什么？"

那人一脸后怕："前几天我们一起去了个新赌场想着翻盘，老乔想钱想疯了，居然出千，那些人哪里是好惹的，最后大打出手，老乔打伤了人，被警察带走了……"

我没再听他说下去，掉头就往下走。

那天在地铁站，我明明接到了乔亿的求救电话，但我却置之不理，后来手机没电关机，干脆失去了联系，也不知道他现在怎么样了。

乔亿虽然嗜赌，但他胆小如鼠，倘若不是被逼急了也不会伤人。

等一路奔下了楼梯，我才想起自己压根不知道乔亿被带去了哪一个警察局，正要回头去找他那个赌友，却被一个人扯住了胳膊。

“阿乔！真巧啊！”

我回头，就看见阿赛那张皮笑肉不笑的脸。我此时焦头烂额，一开口就是张牙舞爪的气势：“怎么？还没被打够？我现在没心情陪你玩！警告你不要再来找我！”

阿赛赔着笑脸指了指身后：“没没没，你别误会，我不是故意要来打扰你的，不是我要找你。”

就在他身后不远处，西装革履的周至深昂然而立，一动不动地看着我：“是我要找你。”

我在心里暗骂了无数次该死，难怪他有恃无恐，原来他早就有了自己的打算，找到阿赛，就能轻易找到我。

阿赛还轻佻地在我身旁晃：“难怪你现在对我这么冷淡，原来勾搭上了金龟。”

我心烦意乱，阿赛曾经还算得上英俊的脸此时只让我觉得恶心，我正盘算着要不要再给他一脚，周至深已经走了过来。

他从皮夹里掏出几张美金递给阿赛：“没你的事了。”

“行行行，谢谢老板。”阿赛点头哈腰地接过钱，朝我抛了个媚眼，转身便消失在街角。

我没有理会周至深，转身就走。

“站住！”周至深的声音在背后响起，我抿着嘴不理会，紧接着便觉得自己被一股大力往后扯，整个人都跟着转了过去。

周至深的声音隐约带着怒气：“你父母没有教过你什么叫礼貌？”

我皮笑肉不笑地看着他：“倒真让你说对了，我老爸自顾不暇，现在正在警察局里等着我去赎。”

周至深挑挑眉，没有说话。

我冷冷笑了笑，想挣脱他却挣不开：“你到底想怎么样？！”

周至深似乎在斟酌语言：“我有事要你帮忙，所以才在约定的前一天来找你，我有一份工作要给你。”

我仰头莫名其妙地看着他：“工作？什么工作？替你去跟踪卢娜吗？”

他对我的嘲讽置若罔闻：“这份工作很简单，你只需要跟在我身边，在我出现那天那种晕厥的状况时，就……吻我。”

似乎他自己也觉得这样的话十分怪异，忍不住皱了皱眉头。

我做了好几年娱记，听过千奇百怪的小道消息，富豪名流里不乏奇怪的人，但周至深这种嗜好，简直闻所未闻！

我难以置信地甩开他的手：“你有病就吃药！别来我面前发神经！”

周至深却又追了上来，我没好气地回头：“我说了我没时间陪你玩！”

他的声音冷了下来：“你的相机和卖照片的钱都不要了？”

我顿住脚步，其实从离开酒店那一刻开始，我就没想着要回相机了，毕竟周至深给我的那几张美金就够可观了，而且我不喜欢被人要挟。

我有气无力地应他：“不要了，随便你怎么处理。”

周至深终于站住了，没有再跟上来。

我没有理会他，此时此刻没什么比找到乔亿更要紧的事情。我回到公寓，乔亿的那个赌友却早已不见踪影。我咬咬牙，只能像无头苍蝇般乱撞了。

我来到楼下，发现周至深还站在门边，他拦住我：“开个价。”

“让开！”我忍不住翻了翻白眼，越过他往前走。

他锲而不舍地跟在我身后：“你要去警察局？”

我没应，他也不以为忤："你打算走着去？"

我忍无可忍，回头瞪他，但在我破口大骂之前，他说了一句足以让我闭嘴的话。

他说："我有车。"

周至深不仅有车，还有专门的司机。

十分钟后，我坐在周至深有着真皮沙发的名车里，一再告诉自己，我只是为了节省时间才上了他的车。

我不知道乔亿在哪个警察局，只能跟着周至深车上的导航走，从最近的找起。

下车的时候，周至深也下了车，跟着我钻进了一间空气混浊的警局。

我们这一片区域龙蛇混杂，在警察局里无论看见什么样的犯人都没周至深一直站在门边，皱着眉头一副难以忍受的样子让我觉得稀奇。

我没理会，只专心向前台询问是否收押了乔亿这个人。

前台查了半天，给出的答案是查无此人。

我泄气地转过身，正想招呼周至深前往下一个地点，就看见两个警察押着一个男人走进来，那男人似乎刚经历过斗殴，额头上鲜血淋漓，惨不忍睹。

周至深也看见了那个男人，下一刻，他脚步踉跄地后退了几步。

我走过去扯他的胳膊："害怕就快走吧，别看了。"

然而我扯不动他，他的目光晃过来，似乎在费尽力气忍耐着什么。我皱起眉头："你晕血？"

他没应答，跌跌撞撞地往外走，整个身体都靠在墙上，似乎连呼吸都变得艰难。

难道他又发病了？

我正惊诧，就觉得他的手按住了我的胳膊："乔遇，吻我！"

我只觉得烦躁："不要闹了！你带药了没有？药呢？"

他不动，我干脆动手去摸他的口袋，然而下一刻，他忽然整个人靠了上来，我支撑不住他，只能旋过身，用自己的背靠着墙壁支撑他的重量。

一句骂人的话已经到了嘴边，我仰起头，他恰好俯了下来。

在他的目光失去清明的那一刻，我们终究还是以一个刁钻的角度接了吻。阳光耀眼，不远处有人对着我们指指点点，我只觉炫目，不得不将目光聚焦在眼前。

周至深的眼睛亦睁开着，里头是满溢的惊讶和羞涩。

一瞬间，我以为自己看错了，但他眼中那异样的情绪消散得很快，在我费力将他推开时，他的目光又恢复了之前的清明。

我有些气急败坏："如果不是你有病，我真的会打你的！"

他已经可以自己勉强站稳，只是还需要用手撑着墙喘气，而他第一时间竟然是去看自己的表，脸上是无奈的惊喜："原来真的可以。"

他扭头看我："只有你可以。"

我咬着牙瞪他："你有病！"

"是！"他站直了身体，眼中是我们相遇至今从未见过的狂热，"可是，也许你会是我的药！"

他的语气带着不容置疑的霸道，说出来的内容更在往后的时光里成为任人调侃的笑话，只是在这一刻，我竟然觉得，他这句话是出自真心的。

白日耀耀，给他的身影镀上了光圈，他对我伸出手："乔遇，来我身边，帮我！"

第三章

留在周至深身边，比任何一条路都要好

我自然没有因为周至深的一句话就到他的身边去。

事情的发展蹊跷得超乎我的意料，周至深来路不明，我跌跌撞撞生活了这些年，本就不那么轻易相信别人，更何况他要我做的事情过分又奇怪，所以我给周至深的答案是：“你帮我把我老爸找出来，或许我可以考虑考虑。”

我不知道周至深的来路，但他必定非富即贵。

他要走了乔亿的个人信息，当着我的面打了几个电话，半个小时后，我知道了关押乔亿的具体地点。

周至深将我送到关押乔亿的警局。

乔亿瘦了一整圈，我们见面的小房子里有警察看守，不允许肢体接触。我尽量克制自己的脾气：“你好好待着，不要生事，我会想办法救你。”

乔亿看着我，又看了看我身旁的周至深，忽然笑了起来：“女儿，这是你男朋友？”

我皱起眉头：“不相干的人，死活要跟着来。”

周至深挑了挑眉，一抹冷笑凝在嘴角，手指敲在桌子上，咔嗒作响。

乔亿摇了摇头：“乖女儿，不必费心了，我这次怕是出不去了。”

我不是圣母，这十多年来，我也想过摆脱乔亿，安稳地过自己的生活，然而偏偏做不到，每次离家出走，都不到一个礼拜便又折回，卖力工作替他还债。

乔亿再不像样，起码也给了我一片屋檐，将我养大。

我咬咬牙："你是伤人，但我听说那人已经出了重症监护室，只要他好起来，你……"

"不！"乔亿抬起眼睛，他多年来沉迷赌博，眼神早已浑浊不堪，"不止这些。"

他嗫嚅着，倒是我旁边的周至深开了口："我刚才同律师聊了一下，他的罪状不止伤人，他还在多年前参与了拐卖妇女儿童，作案十数宗，他已经认罪。"

我的手指掐着虎口，掐入了皮肉中，却不觉得疼痛："开什么玩笑，他胆子那么小，怎么可能去拐卖妇女儿童！"

周至深的目光却落在乔亿身上："当事人就在这里，你可以自己问他。"

我顺着他的目光望过去，就见乔亿苦笑起来："这些年我也没想瞒你，你也应该猜到了一点吧？我们除了都是中国人，其他地方没有一样是相似的。"

我抿着嘴，感觉喉咙发干发涩，一句话也说不出来。

乔亿实在是一个太不合格的父亲，他赌博成性，可是偶尔在看着我的时候，却偏偏带着温情；虽然他会抱着尚且年幼的我到处博同情、借钱，可是他再怎么为了赌博倾家荡产，也从未打过我的主意。

乔亿用手捂住了脸："十多年前，我迷上赌钱，搞得妻离子散，孩子本来跟着我的，可是我顾着赌钱，将她忘在家里。那个时候也不知道她怎么会突然发烧，她大病一场之后，脑子就不好了，后来跟着她母亲回了香港。我为了赚钱还赌债，搭线做了那些事……"

他抹了抹眼睛："每一个寄放到我这里的孩子都送走了，只有你，这么巧，你和我的女儿一样，都叫乔遇，连岁数都相当，我这辈子就动了那么一次恻隐之心，把你留了下来。”

我捏紧拳头，手心里传来痛意的时候，周至深忽然伸手过来将我的手掰开，他的眉头皱着：“够了，我不能见血。”

我扬眉看他，心想我怎么会让一个见面不到几次的男人坐在这里听这出天方夜谭，我笑起来：“周先生，请你出去。”

周至深眉头皱得更深，我以为他会发怒，谁知他一言不发，竟然顺从地站起来走了出去。

等他出去后，我才看向乔亿：“我只问一次，你说的，都是真的？”

我确实怀疑过乔亿不是我亲生父亲，他说得对，他从没有刻意隐瞒过我，有时候在他欠债欠得走投无路的时候，他总会看着我感叹：“怎么你家里的人还不来找你？再跟着我，你可就毁了。”

我虽然觉得莫名其妙，但从不去深究。

这世上没有人在寻找我，比我不是乔亿亲生女儿更让我无法接受。

乔亿叹着气：“没人活得像我这么失败，一把岁数了，戒赌不成，还要拖累人。”

他摇着头又笑起来：“我那天在赌场，想着这次真的是最后一次了，赢了我就收手了，可是老天太爱捉弄我了，我现在就算出去了，那群人也不会放过我，何况我还欠了一身的债。最重要的是，我不忍心再拖累你了，干脆就认了罪。”

我张了张嘴：“我的父母……”

乔亿怜悯地看着我：“我不知道，我只负责暂时接收他们带来的孩子，这些年来我也在留意，可是，没有人来找过你。”

我轻轻笑出声来：“别说了，我会想办法……”

“乔遇！”乔亿皱着眉头，“你听不懂我在说什么吗？”

我摇摇头，自言自语：“你知不知道每天身上背着债有多辛苦？我每天睡觉了都会做噩梦！我只想过安稳一点的生活！你怎么就不能争气一点？！”

乔亿忽然吼了出来："所以我现在放你走，你去过安稳的生活！不要管我了！我已经认罪了！我会在监狱里过完我的下半辈子，你也不会出现在我的探视名单上！"

看守的警察出声警告乔亿，可是他依旧情绪激动："那个男人！那个带你来的男人，你跟着他过，怎么都比现在好！"

我还试图说些什么，而他已经站了起来："走吧乔遇，不用再来看我了，你可以去找你的亲生父母，反正你也从来没叫过我一声老爸，你一直知道的，只是不愿意承认而已。"

我跟着他站起来，可是他转过身后便没有回头，直到他跟着警察消失在转角。

我走出来的时候，周至深正等在外面，看见我的那一瞬间，他像是忽然松了一口气："很好，你没有哭。"

我抹了抹眼眶，抹下来一块残留的黑色眼影，除此之外，一滴眼泪也没有。

走出警局的时候已是黄昏，我顺从地跟着周至深上车，却在他开口说去酒店的时候出声打断了他："送我回家。"

周至深看向我："那栋楼，住不了人。"

我懒得和有钱人计较："没什么住不了人的，我十几年都在那儿住，还不是过得好好的。"

周至深的不耐烦终于在这一刻显现出来："我希望你可以好好考虑一下我说的事情，你可以开个价，反正以你现在的境况，你也无处可去。"

周至深说得对，乔亿入狱，我便是真正的孤苦伶仃。乔亿赌博成性，但他怀着对他女儿的那点愧疚，终究还是保全了我。这些年来，我们虽然过得辛酸，但他起码给了我一个叫作家的地方。

如今他做了这个决定，我便被迫要从一直得过且过的生活中走出来。我太混乱，以至于对什么都只想说"不"。

我对他横眉竖目："我说过了，送我回家！"

周至深示意司机按我的话做，他终于耐心全无，直到我在公寓楼旁下车，他都没有再对我说过一句话。

我神思恍惚地上了楼，刚踏上最后一级楼梯，就听到一个冰冷的声音：“哟，可把你给等回来了！”

我抬起头，就看到那件似曾相识的豹纹大衣。

真是屋漏偏逢连夜雨，金先生偏偏在这个时候来追债。

我下意识掉头就跑，一直跟在金先生身后的那两个男人不发一言就向我冲来，好在公寓的破烂楼梯我爬了十几年，闭着眼睛也能走。

我跳了几级楼梯，却没想到楼梯尽头晃过一个身影，挡住了我的去路：“想走？！”

他们竟然在楼下也安排了人。

我瞬间被扭住了手，比疼痛更甚的是绝望，乔亿口口声声说放过我，可是他留下的烂摊子却做着相反的事情。

金先生慢条斯理地从楼上下来：“我有这么可怕吗，见着我就跑？还是，你没钱心虚了？”

“我不跑，可以放开我了吗？”我甩了甩抓住我的那个人的手，但没甩开，心里只觉得可笑。最近不知道是什么日子，我总是被人追着跑，大约这就是唐人街那群老头说的流年不利。

我没好气地嚷起来：“让你的人放手，不放手，我怎么拿钱？”

金先生朝那人使了使眼色，那人便乖乖放开我，我从口袋里掏出最后几张美金：“我只有这么多了。”

金先生接过去，摇了摇头：“那还差得多。我收到消息，乔亿这辈子怕是没办法出来了，除了我的，他还欠下不少，你未来的日子不好过啊，我想了想，还是把自己的本金先要回来保险一点。”

今天发生的所有事情都让我烦躁不堪：“我没钱！”

金先生摸了摸自己的光头：“赚钱的工作不少，你倒是找几份，别人可没有我这么好说话的。”

我不说话，金先生“啧啧”了几声：“现在乔亿不在，我挺怕你跑了的，你还是跟我回去，我们好好商量一下你怎么还钱的事，我可以给你介绍几份来钱快的工作。”

金先生的底子并不干净，我不愿和他有什么纠葛，他要给我介绍的不会是什么好工作。然而想脱身已经来不及了，我的手再次被捏住，那些人扯着我便往外拖。

叫喊无用，在这片地区，所有人都自扫门前雪，我除了白费力气，毫无帮助。就在我被拖到街上时，一个身影挡住了去路。

“麻烦等一等。”那声音我今天听了一整日，淡淡的，总是带着点不耐烦，“她欠你多少钱？”

我仰起头，就看见周至深站在路灯下，形单影只却气势逼人。

金先生“哟”了一声，笑嘻嘻地看了我一眼：“怎么？这就是你的那个阿赛？看起来是个有钱人啊！”

我不说话，他便转向周至深，比了个手势：“就这么多而已，你替她还？”

周至深眼睛眨也不眨，从皮夹里掏出一叠现金：“剩下的明天来拿。”

金先生谨慎地看着他：“我凭什么信你？”

周至深笑了：“你可以不信。”

说着，他将钱收回皮夹。金先生不蠢，他拿回一笔钱，也好过抓着我毫无用处，况且我的脾气绝对会让他吃苦头。

他疾步上前，从周至深手里抽出那叠现金：“行行行，人你带走。剩下的钱可别赖啊！反正只要在美国，我总能找到你们。”

金先生放了我，带着他的人走远。

我和周至深隔着约两米的距离，谁也没先跨前一步。

我的嘴巴很干，觉得下一句话说出口也费力，但我还是恬不知耻地说出来：“是你自己要替我还钱，我不欠你的。”

周至深却不恼，他整了整衣袖：“乔遇，你想不想听听我开给你的新条件？”

一个小时后，我跟着周至深回了酒店。我只带走了几件衣服，那间破旧的公寓说丢下就丢下，原来并没有什么是真正属于我的。

我拿着周至深给的钱，付了欠下的房租，也给罗希太太留下了一笔钱。

我不想惊动她，到时候弄到面对面痛哭的局面就太伤感了。我只是写了一张告别的纸条，随着装钱的信封塞入门缝里，当是报答她这些年来对我的帮助。

周至深已经不住原来的酒店，但是新酒店依旧奢华，床铺洁白得让我不忍玷污。

周至深就在我对面，背对着我，挑选着吧台里的威士忌。

我努力让自己自在些："那句话是怎么说的？从此以后，我就是你的人了？"

周至深闻言回过身来，眉头照例是皱着的："虽然有歧义，但是你也可以这么说。"

我想起一个小时前，在坏掉了一半的路灯下，周至深对我开出了新的条件。

他的新条件，太吸引人。

只要我跟着他，按照他说的做，他会为我还清所有乔亿欠下的赌债，最重要的是，他会替我寻找亲生父母。

这的确是一份天上掉下来的工作，普天之下再也找不到第二份。更何况我还有后路，只要找到我的父母，我就可以被照顾，过上安稳的、无须担忧明日的生活。

我出神的时候，周至深已经从吧台后绕过来，朝我走近。

我努力让自己看起来坦然些："所以，你到底要我做什么？"

周至深要我在他发病时亲吻他这件事委实让人不清不楚，我需要问他要一个答案。

周至深将另一杯威士忌递给我："你要做的很简单，我对你说过，从现在起跟着我，在某些场合，只要我病发，你就吻我。"

我烦躁的心情又涌上来："就这样？"

周至深摇摇头："我不喜欢麻烦，所以你从现在开始只能做好这件事，不要胡乱去招惹男人，我有洁癖。"

我只觉好笑："你的意思是说，我以后只能吻你？连我谈恋爱的权利都要剥夺，那麻烦你在给我的条件里加上这条。"

周至深似乎很不喜欢我讨价还价，但还是耐着性子："你说。"

我的心跳得很快，但却要装出满不在乎的样子，我靠近他，抿了抿嘴："我这辈子最大的心愿就是谈恋爱结婚，现在你要我专心守着你一个人，那你就得给我该有的待遇。"

是，我是故意为难他，我料想他会勃然大怒，摔门离去，然而他思索片刻之后，轻轻点了点头："我可以考虑。"

我有些诧异："那卢娜怎么办？"

他的眼里忽然有了怒意："这不是你该管的事情！"

我忍不住回嘴："那你总可以告诉我，你那是什么病，那么奇怪！"

周至深扯了扯嘴角，饮了一口威士忌："分离性认同障碍。"

我愣了愣："什么意思？"

周至深冷笑一声："简单来说，就是我的身体里除了我，还住了另外一个人格。"

我想起卢娜说的话，想起他同我接吻时忽然变得羞涩且温顺的眼神，想起他每次醒过来后惊讶的样子，所有的事情串联在一起，似乎都在告诉我，他说的是真话。

"一直以来，我都在吃药控制，可是另外一个人格出现的次数越来越多。"周至深似乎不打算瞒着我，他也清楚，未来我同他在一起，他是如何也瞒不住我的。

他放下酒杯："还有，我不知道为什么，你的眼泪能触发我的第二人格。"

所以那天在楼梯间，他是因为看见我哭，所以才忽然病发。

他对我的诧异视而不见，接着说下去："触发第二人格除了你的眼泪，还有鲜血，奇怪的是，在你吻我的时候，他竟然很快就消失，所以，我需要你。"

我捧着威士忌，忍不住喝了一口，呛人得很："你的意思是，你的第二人格害怕我的亲吻吗？"

周至深摇摇头："我问过医生，她也不清楚，但加上在警察局那一次，我已经可以断定，你可以帮我。剩下的，需要带着你一起去见医生才能清楚。"

我看着周至深，他有着雕刻过般的精致五官，举止优雅得体，是让女人趋之若鹜的类型，他愿意放下身段来请求我的帮助，大概是这个病真的严重影响到了他的生活。

我忽然好奇起来："你的第二人格，是个什么样的人？"

周至深扯领带的动作顿了顿："一个有狂躁症和暴力倾向的男人。"

他的眼神幽深，仿佛那个男人随时会出现："所以，你不要在我面前哭，也不要让那个人有机会出现在你面前。"

我想起楼梯间那一幕，那样的眼神，断不像是一个有暴力倾向的人格，然而周至深比我更清楚他的病症。我抿了抿嘴，不再多话。

他站了起来，往门外走去，我莫名紧张起来："你去哪里？"

周至深顿住脚步："回我的房间。"

"我今晚一个人睡？"我环顾比之前居住的公寓还大的房间，有些不可置信，幸福来得这样快。

周至深大约会错了意，他的嘴角带了嘲笑："不然呢？你觉得我应该留下来？"

我皮笑肉不笑地回敬他："没有，只是我吻了你那么多次，作为回礼，你是不是应该给我一个晚安吻？"

周至深滞了滞，语气不善："不要得寸进尺！早点睡，明天看医生。"

说罢，他带上了门。

我洗了澡，躺在那张松软的King Size大床上，本以为会失眠，但事实却是我迅速睡了过去，一夜无梦。

被闹钟吵醒的时候，我忍不住用被子蒙住头。

我明明不记得我设置过闹钟，但那闹钟锲而不舍地响，仿佛要响到天荒地老。

“吵死了！”我忍无可忍坐起来的时候，就见周至深坐在床对面的沙发上，着装整齐，正冷冷地看着我，而离他不远处的桌上就放着那个响个不停的手机。

“起来，我约了医生。”

我这才想起周至深是和我说过今天要去看医生的，如今他是我的金主，得罪不起。我硬生生将起床气吞进肚子里，飞快地梳洗，胡乱化了妆，照旧穿上我那件旧皮衣。

我走出浴室的时候，周至深的眉毛已经可以挤成某快餐店的logo了。

“把你的妆洗掉。”典型的周至深式的口吻。

我莫名其妙地看着他，他开口解释：“我不想和你接吻的时候，吃进去什么奇怪的东西。”

……

行，金主最大。

我将刚刚画好的烟熏妆卸好，周至深已经等在门口，脸上是明显的不耐烦。

出门的时候，他忽然开口：“你只有这一件衣服吗？”

我从走廊上装饰的金属条里看见自己的模样，旧皮衣的边缘已经有些磨损。我衣着寒酸，神情委顿，站在神清气爽的周至深身旁显得各种不协调，像是名雕刻品旁放了一颗丑陋的石子。

我顿时有些底气不足：“那你等我会儿，我去看看我有没有其他的衣服。”

我转身要走，周至深却从背后握住了我的手："算了！我约好了时间，要守时。"

和之前他拉扯的时候不同，他这次拉我的动作是温和的，手掌握住我的手腕，带着比寻常人微高的体温。

倘若我将手抬高一些，那我和他此刻看起来是不是就像十指紧扣？

然而我还没来得及收起这些胡思乱想，周至深的手已经收了回去："走吧。"

周至深约的医生开着一家私人诊所，在郊外一处小庄园里，倒不像是诊所，更像一处度假胜地。

我没来得及惊叹，就被周至深拉进了有着田园风装潢的屋子里。

屋里有一个和蔼的女人在等我们，竟然也是华人，说的是带点粤语腔调的普通话："至深，来了。"

周至深对我介绍："这是华医生。"

华医生与周至深之间不像医生与病人，反而更像是多年老友。她笑着对我点点头："至深对我提过了，是乔遇吧？"

我点点头，之后便被带去一间舒适的房间里，华医生声音低回温柔，似乎只是简单与我聊了几句，等我反应过来，却发现我已经将自己的信息全盘托出。

华医生递给我一杯红茶："所以，你也不记得你是否和至深有过什么渊源？"

我摇摇头："我们刚刚认识不久。"

华医生笑了："但是你能触发他的第二人格也是事实，你和他的第二人格必定有着什么联系。"

我起了好奇心，忍不住问："所以周至深的第二人格真的像他说的那样有狂躁症和暴力倾向吗？"

华医生淡然地看着我，丝毫看不出情绪："这是病人的隐私，我不好泄露太多，我能告诉你的就是，至深为了驱逐那个人格做出了很大的努力，而你的出现对他和他的前途至关重要。"

我无法理解："难道我要一辈子跟在他身边？"

华医生按了手边电话的一个按键，门外便响起敲门声，周至深走进来，情绪不明地看了我一眼，话却是对着华医生说："如何？"

华医生微笑着，回答的却是我的问题："既然你能让他的第二人格消退，那他驱逐第二人格的关键应该就在你身上。"

她的目光转向周至深："现在关键点是亲吻，那么接下来，可以尝试进一步接触。"

周至深皱眉的同时，我也站起来，转身往外走。

周至深追出来："你有什么问题？提出来。"

我转过身看他，干脆开门见山："我从没真正有过男朋友……"

他看着我，目光炯炯："所以呢？"

我仰着头和他对峙："你没聋吧？没听清华医生的意思？"

他无可奈何地微叹一口气："非到必要时，我不会碰你，除非……"

我抛出自己的要求："我要的很简单，买卖交易太过恶心，如果你要我留在你身边，无论你对我有没有感觉，我都必须有一个名分。"

他目光沉沉地看着我："你早就想好了？"

呵，被看穿了。

我确实在见华医生之前就想好了对策，我的心愿是嫁个可以依赖的男人，那么我就不能让自己背上一个不光彩的名声。

我只能赌一把，即使周至深对我没有感情，那等他不需要我之后，我的身份起码是他的前女友，而不是见不得人的地下情人。

周至深久久没有说话，我不知他是不是想到了卢娜。华医生说了，我对他的前途至关重要，前途和爱情，就看他怎么选了。

我咬咬牙，转身就走。

我没有把握，这其实已经是我最好的机会，留在周至深身边，比任何一条路都要好。

我走出几步，便开始后悔，我是不是真的贪心不足，要得太多了？

在踏出诊所的那一刻，我生出了回头的冲动。

而就在那个瞬间，我听到背后传来周至深的声音："我答应你！"

"只要我还需要你留在我身边，我承诺，会给你周至深女朋友的待遇。"

离开华医生的诊所时，我一跃成了周至深的女朋友，看来我的赌运比乔亿的要好很多，这一把赢得盆满钵满。

周至深今天自己开车，我转头的时候只能看见他的侧脸，全神贯注的样子英俊得一塌糊涂。

空气安静得让人可以听见自己突然剧烈起来的心跳声，我绞尽脑汁找着话题："华医生刚才不是让你等着拿药吗？我们这样直接走会不会不好？"

他没有回头，声音淡淡的："我说过，以后你就是我的药。"

他的态度、神情还是同往常一样，但不知是不是因为身份改变的关系，这句听起来像甜言蜜语的话让人只觉脸红耳热。

我沉默了一阵才开口："周至深，我们接下来去哪里？"

他对我开口叫他的名字似乎有些意外，蹙着眉头想了一会儿："和你合作的合同条款已经在修改，我们回酒店签约，签约之后，你欠下的债务我会帮你偿还。"

"合同？"我难以置信地看着周至深，"谈个恋爱还要签合同？"

周至深的嘴角微微抽动："你知道我们不止谈恋爱那么简单。"

说着他踩下油门，加快了速度，我抓住座位旁的扶手，嘟囔着："我要签的是卖身契吧……"

我明明压低了声音，但这句话还是传到了他的耳朵里，他难得地笑了笑："你也可以这样认为。"

除去在卢娜面前，这是我第一次见他发自肺腑地笑。他脸上有一个酒窝，笑的时候看起来无害极了，我怔怔地看了一路，直到车子在酒店门口停下，周至深才转过头来："看够了吗？"

他的目光坦荡，仿佛他询问的是一件再正常不过的事情，好在我于慌乱间想起我厚脸皮的本事，便昂着头："女朋友看男朋友，天经地义，看多久都不够！"

说着我开门下车，眼角余光还能看见周至深挑着眉抿了抿嘴，一副被噎着的样子。一直以来，我都被他压制，忽然有些翻身做主的感觉，我心情大好。

然而好心情只维持到我回到酒店房间时。

周至深没开玩笑，他的律师的确在酒店大堂等着他，带来的公文包里放了厚厚的合同，一式两份，我看了看，至少有三十页。

"乙方不得对外泄露甲方患有分离性认同障碍的相关信息……不得在甲方需要的情况下擅自离开……"

我一眼扫下来，至少看到了几百个"不得"。我瞪着眼睛看向靠着窗喝着红酒的周至深，然而他无知无觉，连个眼神都不回应我。

这合同比卖身契还卖身契！

大约是我的眼神太过哀怨，律师提醒我："这份合同的有效期是一年，一年后，倘若周先生还没痊愈，我们会视情况进行续约，你可以看看乙方的权利部分……"

"提供衣食住行……日常花销……"

我断断续续地读下来，只觉得无趣极了："这就是你所谓的女朋友的待遇？周至深，你到底知不知道什么叫女朋友？"

金发律师被我吓了一跳，我说的是中文，他听不懂，只能茫然无措地看向周至深，周至深终于回过头来："你有什么要求可以提。"

我摊了摊手："我做你女朋友，你起码得跟我谈恋爱吧？"

他冷冷地笑出声来："你知不知道中国有一个成语叫得寸进尺？"

我笑眯眯地回敬："周至深女朋友的待遇，你自己答应我的。"

可能是今天过得太过顺利了，我有恃无恐，不知天高地厚，竟和周至深讨价还价，而在几个眼神交锋之后，他移开了目光，看向律师：

“在合同里加点东西……”

我在合同上签字的时候，尚且不知道我签下的是自己的未来，是此后三年里与周至深的纠葛牵扯。我沾沾自喜，以为自己将了周至深一军，手里掌握着一份了不起的权利。

律师是个玩弄惯文字游戏的人，他在合同里加上周至深身为男朋友的义务，寥寥几句便将我唬住，我毫不犹豫地签下合约，看着他笑容满面地和周至深握手告别。

律师一走，酒店的房间里便迅速安静下来。

我壮着胆子看向那个靠在沙发上的人，在房间里待了这么久，他依旧西装笔挺，望过来的时候目光清明：“怎么，需要我现在履行男朋友的义务？”

他一派认真，却话中有话。

此情此景，孤男寡女共处一室的情况下，他要履行什么男朋友的义务？！

我连忙岔开话题：“你答应过我的……”

周至深了然地挑了挑眉毛，他当着我的面打了个电话，吩咐电话里的人将我的债务还清，我急得五内俱焚的事情，到了他手里，不过简简单单的两句话。

挂断电话后，他看向怔忡的我：“你放心，答应你的，我会慢慢兑现。从现在开始，你需要做的，就是老老实实待在我的身边。”

周至深指的是寻找我亲生父母的事情，乔亿的案子过几天会开庭，而他已经拒绝见我，我没有办法从他的口中得知更多的信息。

周至深仿佛看穿了我的想法：“你亲生父母的事情已经着手在调查，一有什么消息，我会通知你。”

说着他站起身来，往外走去。

就在一夕之间，我从负债累累、无依无靠，到此后一年生活无忧，人生大起大落，让我一时间有些手足无措。我下意识想在周至深的身旁再待久一点，只有看着他，听着他冷言冷语地应答我，我才能确定，这不是一场白日里的梦。

在他走到门口的时候，我终于壮着胆子叫住他："周至深！"

他回头，眼里有些不耐烦："你还有什么问题？"

我深吸一口气："你现在，可以开始履行男朋友的义务了！"

这些年虽然遇见过不少男人，但生活就如同赶场，我要从这个兼职地点赶往下一个打工地点，忙忙碌碌，连一场正式的约会都没有经历过。

既然现在周至深给了我这个机会，不用白不用。

我看着周至深，一字一句地说："我们约会吧。"

我要的约会其实很简单，就如同寻常人的约会一样，一起到酒吧喝酒，在咖啡店喝咖啡，如果他有闲情，可以带我去纽约广场逛逛，看场电影。

而周至深沉默地看了我半晌，终于无奈地叹了口气："走吧。"

在华医生找出驱逐他第二人格的方法之前，他总归是要顺着我的。

我欢天喜地地跟着他再度走出酒店的大门，他喝了点红酒，只能让司机开车。他坐在后座闭目养神，我百无聊赖地凑过去："喂，你带我去哪里？"

他闭着眼睛回答我："去一个我一开始就应该带你去的地方。"

我来了兴致："是什么地方？周至深，你谈过恋爱的吧？谈过几次？卢娜是你第几个女朋友？你什么星座的？血型呢？我看看我们配不配对。"

周至深依旧闭着眼睛，眉头却皱成了一团。

我坐在有着真皮座椅的豪车上，即将迎来我人生中第一次正式的约会，因此我兴奋过度，以至于丝毫没有注意到周至深的不耐烦。

我继续发问："你家里有多少人？你不是住在曼哈顿吧？我猜不是。如果是的话，你也不用住酒店了。你从英国来的？伦敦？伯明翰？喂，你说话……"

"你可以安静一些吗？"周至深睁眼时目光凌厉，"如果你不清楚，麻烦翻开你的合同看一看，不该问的问题，不要发问。”

他带着怒气的样子让我想起几天前我和他针锋相对的场面，他从来看不起我，即便我如今对他很重要，即便我和他签了合同，他仍旧看不起我，就如同我磨损的旧皮衣和他笔挺的定制西装永远不搭。

倘若可以选，想必他也不希望和他有所纠葛的，是我这样一个女人。

是我得意忘形了，我识相地闭上嘴，不再说话。

周至深继续闭目养神，仿佛刚才什么都没有发生过，一路沉默，直到车子停下。

我条件反射要去开车门，却被一只大手拉了回去，周至深眉目深深，眼底已经看不清情绪：“乔遇，我答应给你女朋友的待遇，但是要做周至深的女朋友，你首先要学会的，是让别人帮你开车门。”

说话间，车门“咔嗒”一声被打开，司机的面孔出现在眼前，彬彬有礼地对我点了点头。

周至深放开我：“下车。”

我乖乖下了车，车子停在上东区一家有名的服装店前，这家服装店是名媛们的宠儿，里面的商品都是独一件，每一件由不同的设计师亲手设计，不存在撞衫的可能性。

店里的两个导购员隔着玻璃看见了我，对视了一眼，并没有动作，直到周至深站到了我的身旁，她们才交换了个暧昧的目光，打开了那扇古朴的玻璃门：“欢迎光临。”

“进去。”

周至深的声音在耳边响起，我有些犹豫。我不用去看标签也知道，我连一条手帕都买不起，这种地方对我来说从来可望而不可即。

周至深没有耐心等我，他伸出手，轻推着我的背走进去。

店里是复古的装饰，衣服、鞋子、皮包应有尽有，看起来都是非同一般的昂贵。

导购看我的目光有着了然，但她们对周至深依旧是笑容满面：“先生，您需要什么？”

周至深却没有作答，在一旁的沙发上坐下，仰头看我：“挑吧，你不是对时尚很在行吗？”

我脸皮再厚，此时也忍不住发热，街拍摄影师和时尚博主只是我用来隐藏自己真实工作的借口，实际上我对时尚一窍不通。

我这辈子去得最高档的服装店，也只是运动品牌店，何曾来过这样高级的服装店。我无措地站在周至深面前，导购的注视使我觉得窘迫，旧皮衣好像变成了透明的，让我无所遁形。

在我忍不住想夺路而逃的前一刻，周至深站了起来。

他穿梭在几排衣架间，挑了几件经典款递到我面前：“试试。”

原来电影中那些灰姑娘变白天鹅的瞬间并不美好，自己真正体验过才知道有多么的窘迫难堪，我庆幸周至深终于放过了我，此刻他递给我的就算是一块破抹布，我也会照穿不误。

我接过衣服进了试衣间，一件一件试了，竟然都刚好合身。

大约是我磨蹭太久，导购在外面敲门：“小姐，需要我帮忙吗？”

我连忙打开门走出来：“不用，我好了。”

导购笑着打量我：“先生的眼光真好，这身衣服很适合你，先生又替你挑了几套，要一起试试吗？”

周至深的眼光的确很好，他那种有钱人，反正买起衣服来也不心疼，我犹豫了一下，还是接过导购手里那几套衣服，回试衣间试衣服。

在试衣间折腾了二十分钟，脱脱穿穿，每一件都合身。啧啧，周至深可真够了解女人的。

等我换上最后一套，从试衣间里走出来时，周至深从沙发上站起来：“行了，就这样吧，麻烦帮我包起来。”

我如获大赦，急切地想离开这间和我格格不入的店：“我去把衣服换下来。”

“不必换了。”周至深手里提着一双女式高跟鞋走过来，“试试。”

我像机器人一样听着指令，导购蹲在我身旁，动作温柔地帮助我换上鞋子。

周至深的确有着良好的品位，他爱好简洁大方的东西，挑选的衣物穿在身上，既不会十分出挑，也不会出错。

我站在镜子前，身后是如松柏般挺立的周至深。换过装的我和他站在镜子前，似乎不再那么格格不入。

周至深的目光在我身上扫过一遍："走吧。"

他刷卡付了账单，我站在一旁，甚至不敢猜想他这么一刷，要刷掉我多少年的薪水。

在导购艳羡的目光下走出服装店大门的时候，我几乎有了重新为人的错觉。我看向周至深："这就是，你谈恋爱的方式？"

周至深皱眉："你们女人要的不就是这些吗？你不满意？"

我摇头，诚实地回答："不，我很满意，给你五颗星。"

即便是卢娜，也免不了对衣服、鞋子、包包趋之若鹜，何况是我这种连window shopping都没时间的穷苦大众，有人为我一掷千金，我高兴都来不及。

我亦步亦趋地跟着周至深上车，没话找话地开着玩笑："接下来，你总不会是要带我去美容沙龙剪头发吧？"

周至深扭头看了我一眼。

我讪笑着："电影都这么演的，丑小鸭变天鹅什么的，都按这个流程走。"

他却没有讽刺我，目光落在我的小波浪卷发上："你没猜错，我是这样计划的，我不是很喜欢你的发型……"

……

我扒拉着自己的头发，这是我花了整整一天，历尽千辛万苦才用药水和卷发棒自己烫出来的，还自觉很满意。我非常小声地嘟囔："卢娜还不是卷发。"

说完我才意识到，人家卢娜的卷发是花大价钱找发型师做出来的，自然是我不能比的。

好在周至深没有听到，他闭上眼睛的时候，说了一句话，打断了我的腹诽。

“要做周至深的女朋友，就要放弃你从前的样子。”

我震了震，放弃一直以来窘迫不堪的样子，就是我一直希望的。

上东区难得阳光漫漫，漫进车窗，漫过周至深的眉目，我深吸一口气，忽然心悸不已，也不知道是哪里来的冲动，在我反应过来之前，我已经靠过去，在他脸颊上印上了一个吻。

他眉头动了动，却没有睁眼，以至于我那一句“谢谢”只能囫囵吞在喉咙里。

第四章

我的流年不利总算结束

上东区的夜色苍茫，从紧闭的车窗望去，可以看见自己清晰的倒影。

周至深果然带着我去了美容沙龙，卷发被拉直，廉价的化妆品被高端品牌货代替，他给了我从前想都不敢想的东西，只是自始至终他的目光都是淡淡的，即便我焕然一新地从化妆间里出来，他眼里连波澜都不起一下。

“喂，你好歹夸夸我！”

周至深面无表情：“这是最基础的装扮，又不是盛装，没什么好夸的。”

这一切都让我深深地感觉到，电影都是骗人的，周至深打扮我跟随手洗个车没什么区别。

“你带我去哪里？”他陪同我折腾了一天，在车上时也不说话，只是闭目养神，我百无聊赖，终于忍不住问出口。

他没睁眼，口气亦淡淡的：“你要的约会。”

我如今大致了解到，周至深口中的约会和我所想象的相去甚远，他规规矩矩地履行他的义务，按照他的方式和我约会，如果这还算得上约会的话。

车子在一家法国餐厅前停下，大约因为换了装扮，侍者替我们开门的时候，看我的目光里不再带着我习以为常的不屑。

餐厅的音乐低回，我们在窗边的位置落座。

在落座的那个瞬间，我瞬间有了哀号的冲动，在周至深身后隔着一张桌子的距离，坐着一个我再熟悉不过的人，而她看向周至深的目光同样带了惊诧。

那是，卢娜！

卢娜不是一个人，她身边坐着一个棕发中年男人，我做了几年娱记，一眼便认出那就是和她传出绯闻的酒商罗斯。

出于条件反射，我第一时间想找隐蔽物躲起来，而在我猛然起身的瞬间，才发现自己是在餐厅里，哪里有什么隐蔽物。

已经落座的周至深仰头打量着我："吃饭的礼仪需要我教你？"

刚才我起身的动静太大，非但椅子移位，还发出刺耳的摩擦声，半个餐厅的目光都聚集在我身上。

"不，不用。"我的手脚瞬间不知道往哪里放，只能慢吞吞地坐下，绞着手看向周至深，"卢娜，她也在这里。"

恰好侍者送来餐牌，周至深接过，随意地翻了翻，用流利的法语点了餐。侍者将目光投向我，笑意盈盈地等着我发话。

"……"我目瞪口呆地看着那份用法语写就的餐牌，半晌只能看向周至深求助。

他又对侍者说了几句，那侍者才微笑着点点头，收起餐牌离去。

我从尴尬中缓过来，忍不住又提醒周至深："卢娜……"

"这里是公共场所，"周至深抬起头看我，"谁都可以来，有必要这么大惊小怪吗？"

大惊小怪的可不止我一个人，就在周至深背后，卢娜的目光就没有移开过。

即便和周至深签订了合同，他也口口声声说带我出来约会，但我至今还不能理所当然地以他女朋友的身份自居。

我曾经的职业让我对周至深和卢娜之间的关系念念不忘，就在几天前，他还大张旗鼓地在酒店的天台上向卢娜求过婚，虽然他没有对我说清楚，但我至少可以肯定，他们的关系不简单。

而如今，他求婚的对象和另一个男人同桌吃饭，他还能保持淡定，品着侍者送来的红酒。我越发觉得，这个男人真是深不可测啊。

卢娜起身走过来的时候，我瑟缩了一下，而周至深看了我一眼，没有说话。

“至深？”卢娜的声音带着女主播的清甜，她说着话，目光却落在我身上，“这么巧，这位是？”

周至深整了整衣领，抬头看她：“你觉得呢？”

他的声音是冷的，与之前温柔缱绻的态度有了一百八十度的转变，卢娜修养再好，此时也不免抿紧了嘴。

气氛立刻冷下来，卢娜也不说话，上上下下地打量着我。我和卢娜有过两面之缘，两次都不超过五分钟，何况我现在形象变了，她应该认不出我吧。

这样想着，我干脆站起来朝她伸出手：“你好。”

卢娜没有握住我的手，她歪着头打量我：“你很眼熟，我见过你？”

我停在半空的手缩了缩，没敢回答她的问题，倘若她认出我就是拍下她丑闻的那个人，也不知道我还能不能安然地吃完这顿我有生以来最贵的晚餐。

然而事实证明卢娜的记忆力比我想象中的好，她脸上慢慢出现恍然大悟的表情。

我忍不住在心里哀叹，完了，她记起我了，要吃不了兜着走了。

恰好在这时，罗斯走了过来，霸道地搂住了她的腰，打断了她快要溢出口的惊呼：“该走了。”

周至深没有抬头，两个男人仿佛都知道对方的存在，但又都视对方如无物，气氛一时间无比尴尬。

卢娜抿了抿嘴，看了周至深一眼，然而他自始至终都没有回应她的目光。

罗斯似乎有些不耐烦："卢娜！"

卢娜终于回过神来，一步三回头地跟着罗斯走远。

待他们走后，周至深才抬起头看向呆若木鸡的我："怎么？你习惯站着吃饭？"

恰巧侍者上菜，我顺势坐下来："那个是你情敌！"

周至深握住刀叉："我们签了合同，这一年里，我给你周至深女朋友的身份，所以你可以守一守女朋友的本分吗？"

我理直气壮："女朋友就是要过问男朋友的情史啊，没什么不对。"

周至深连眼皮都没抬一下："结束了。"

"这么突然！"我八卦的天性凸显出来，忙不迭地追问，"因为她拒绝了你的求婚？你是因为这个才灰心丧气，答应给我一个名分的吗？"

他抬眼，警告般瞪我一眼："食不言！"

他说完便不再搭话，而这顿昂贵的晚餐吃得我味如嚼蜡。我从没有学过用餐礼仪，该用的刀叉通通用错，而周至深只是顾自吃饭，没有嘲讽我，也没有提醒我哪怕一句。

走出餐厅的时候下起了小雨，我以为今天的约会到此结束，谁知道周至深打开手机扫了一眼，淡定地吩咐司机："时间刚好，去剧院。"

我偷偷瞄了他一眼，终于有了一点约会的感觉。

剧院前的人并不十分多，从前我为了生活奔忙，看电影都是奢侈的事情，更遑论能有闲情看话剧。

身旁的人都着正装，我看向周至深："今天演的是什么话剧？"

周至深看了我一眼："是音乐剧。"

从未看过音乐剧的我正要欢呼，就听背后响起一个让人头疼的声音："至深！"

这个声音我刚在餐厅里听过，真不知该笑还是该哭好，我们和卢娜未免过分有缘。

周至深的目光落在我的身后，表情十分淡定，似乎对再次偶遇卢娜这件事毫不惊讶。

“喂！你是故意的吧？”我只觉得有些可笑，“治病还要帮忙刺激前女友，我要加价的！”

周至深皱皱眉头，刚要开口，我便感觉自己的肩膀被轻轻地撞了一下，卢娜绕过我，径直来到周至深面前：“我们谈谈。”

周至深礼貌地笑：“抱歉，恐怕不是很方便。”

卢娜左右顾盼，似乎想将周至深拉到角落里，对于我的存在完全忽略不计，然而周至深却不动如山，他抽出手：“有什么事在这里说就好，免得造成什么不必要的误会。”

“误会？你怕谁误会？”卢娜难以置信地看着他，凌厉的目光又转向我，“你总不会是怕这个女人误会吧？我认出来了，她不就是那个偷拍我们的娱记！她连你跟我求婚都知道了，还能误会些什么？”

周至深依旧礼貌，他看了我一眼：“她现在，是我的女朋友。”

卢娜瞪大眼睛，可见她的情绪已经很激动，却还是压抑着自己：“因为我拒绝你的求婚？因为我这几天不联系你？所以你故意找这样一个下三流的女人刺激我？至深，你不像度量这么小的人！”

这样一个下三流女人？我皱了皱眉头，郁闷不已。虽然我和卢娜的想法一致，都认为周至深在故意利用我刺激她，但她对我的评价让我浑身都不舒爽。

我皮笑肉不笑地靠过去打断他们：“卢小姐，我和至深没有你想的那么复杂，他是真的需要我在他身边。”

周至深和我即使并肩而行也从来都是保持距离，他说到做到，如非必要，他果真连碰都不碰我一下，似乎很讨厌和别人有肢体接触，所以我此刻厚着脸皮去挽他的手臂，其实很害怕他会一把将我甩开。

然而周至深只是看了我一眼，没有动作。

卢娜被我的一席话刺激得七窍生烟，但还需要保持她的教养，不能当场发作："你知不知道，你的戏很烂？至深什么品位，我会不知道？"

我冷笑一声，下意识开始撸袖子。

周至深按住咬牙切齿、就要上前理论的我，有些警告意味地看了我一眼。我常年混迹街头，骂人的话我有一箩筐，吵架绝不会输给眼前这个千金小姐，然而如今碍于周至深，我抿抿嘴，不情不愿地放弃争论。

周至深又看向卢娜："你的未婚夫应该在找你了。"

卢娜的脸色灰败下来，看着有些楚楚可怜："我对你解释过的，是我爸要求我和他应酬来往，婚约没有完全落实的。"

周至深打断她："这些事情我没有兴趣知道，抱歉，音乐剧快开场了。"

说罢他牵住了我的手。

这是周至深第一次牵我的手，他的手掌冰凉，我愣了愣，竟然觉得很舒服。

卢娜的目光落在他牵住我的手上，神情更加焦虑："至深，你明知道的！我想和你在一起！只要你的病能好起来，我起码能去求求我爸爸。"

她的语速又急又快："你给我一点时间，好不好？！"

周至深没有答话，倒是刚才还在远处同人寒暄的罗斯终于发现了这里的状况，大步走了过来，他的语气有些不善："要进场了！"

卢娜有些犹豫，仿佛碍于罗斯，又要等待周至深的回答。

周至深却没有给她想要的答案，只是朝她微微点了点头，牵着我越过她往入口走去，经过罗斯时他昂首挺胸，目不斜视。我偷偷看了一眼那个号称酒王的男人，却见到他的目光追随着周至深，眼里闪着阴鸷的光，那目光让人浑身上下都不舒服。

看来周至深和卢娜的事情瞒不住他，我之前还妄想把照片卖给这个人，实在过分天真了。

我和周至深在场内坐定后，卢娜才挽着罗斯的手臂走进来，她已不像初次见面时容光焕发，笑容也有些勉强。他们的座位在我们前面，到他们坐定为止，卢娜已经回头数次。

我仿若目睹了一场撕心裂肺的八点档肥皂剧，顿时有点同情女主角卢娜，忍不住捅了捅周至深：“喂……”

话还未说出口，他已经瞪了过来：“安静！”

没人做女朋友做得像我一样窝囊，想要兴师问罪还要被恶声恶气地警告。

我没看过音乐剧，女主角低沉的嗓音听得我昏昏欲睡，我的脑袋摇来晃去，最终倒在周至深肩膀上。

我发誓我绝不是故意的，但在睡过去之前，我仍没心没肺地想，这真的是我靠过的最舒服的肩膀了。

倘若不是高潮那段男高音差点要响彻天际，我可以睡到天荒地老，然而事实是我成功被惊醒，一睁眼就看见周至深紧绷的侧脸。

我连忙抬起头，又看见周至深肩膀上那可疑的一片水迹。

“我……我不是故意的。”

我手足无措的时候，突然周围的人全部起立，“哗啦啦”地开始鼓掌，周至深在周围的人站立的阴影里扭头看了我一眼，眼神深不可测。

然后他慢慢站起来，慢条斯理地随人群鼓着掌。

我忙乱地跟着站起来，这才发现罗斯和卢娜坐着的位置已经空了，不知是何时离场的。

“你错过了一整部音乐剧。”走出剧院的时候，周至深终于开口说话，“在约会的时候睡觉并且流邻座一肩膀的口水，是你的习惯？”

他的眉头总是这样皱着，蹙成一座山丘，我连争辩都没脾气了：“你不是普通的邻座，你是我男……”

“男朋友就是这种待遇？”周至深冷笑一声，彻底打断了我接下来的话。

我垂头丧气地走在他身边，忘记了看路，脚上的高跟鞋偏要跟我作对，走着走着就在一个下水道孔崴了一下，整个人向前倾去。

有一只手将我稳住，声音里是惯常的不耐烦：“乔遇，你总不至于连走路都不会吧？”

我抬起头，不知哪根筋搭错，忽然就问出口：“你今天陪着我折腾这么久，是不是为了利用我刺激卢娜？”

“你觉得我很空闲？”

“你看起来无所事事的样子，感觉是挺闲的。”我可能崴出了脑震荡，说话不经过大脑，尽得罪金主。

周至深的手还握在我的胳膊上，酥酥麻麻的感觉。

我叹了口气，跟这样的男人在一起时免不了胡思乱想，即便他早已说明，这段关系的有效期目前只有一年。

“周至深，要不我们交个底吧？”我干脆豁出去，看着他，“你知道我是个被拐卖的孤儿，也知道我现在所有的状况，但是我的情史你还不知道吧？”

周至深皱着眉头，在他开口说没兴趣之前，我赶紧接着说下去：“我有过六个准男友，嗯，本来看着是挺好的结婚对象，但最后不知道为什么，我总莫名其妙地变成了备胎。”

“所以你的人生大志就是找个男人嫁了？”周至深将手插在口袋里，在路灯下俯视着我。

我不住点头：“是啊，我的要求很简单，能养活我就可以了。”

“所以你也可以老实告诉我。”我摆出一副宽宏大量的样子，“你要是放不下卢娜，直接告诉我就行了，下次我还可以配合你。”

听完，周至深像看神经病一样看着我。

“你现在要不要去哄哄她？我OK的，毕竟我们之间只是一纸合约……”

我的话还没说完，周至深已经大步走开，径直上了车，我一瘸一拐地跟过去，只觉得好心被雷劈了几个来回。

司机将我们送回了酒店。周至深一路沉默，在走到我房间门前的时候，他停住了脚步。不知为何，华医生说的话忽然在我的脑海里冒出来——“接下来，可以试一试进一步接触。”

他该不会是要和我进一步接触吧？

“乔遇！”周至深开口喊我名字，将我吓得一个激灵。

“啊？”

“房卡！”

我磨磨蹭蹭地掏出房卡：“你……你要进来？”

“难道你要我站在走廊里说话？”周至深挑着眉毛，让我觉得自己愚蠢极了。

我让他进去后，他还是率先去柜台倒威士忌：“你要的约会我兑现了，现在轮到你兑现你的承诺了。我给你安排了培训，从明天开始。华医生那儿也约好了，一周需要去一次，具体时间我会通知你。”

“培训？”我一头雾水。

“你今天的表现不尽如人意，就这么带你回中国，别人会怀疑我周至深的品位。”他顿了顿，似乎在斟酌措辞，“我不想让人起疑，你起码把礼仪学好。”

原来他这么爽快带我约会，除了履行合同义务，是为了考察我，恐怕今天我在他心里得了一连串的负分吧。

“等等！你说要带我回国？”我猛地反应过来，瞪着眼睛看他，“我什么时候答应你了？”

虽然乔亿已经表明让我不再管他，但我起码要等他的案子尘埃落定，更何况还有寻找亲生父母的事情。

周至深搁下酒杯：“你确定那份合同你认真看过了？”

那合同密密麻麻三十八页，还没看到一半就让人昏昏欲睡，我最后一咬牙便签了，反正情况不可能比我孤苦无依、到处漂泊更坏了。

周至深摇摇头，似乎对我无可奈何：“我最迟三个月后就要回中国，所以我需要你在这三个月里变成一个正常的女人。”

我翻了翻白眼，原来不懂社交礼仪就是不正常。

“那就回去吧。”三个月里，乔亿的案子肯定有结果了，我无所谓地耸耸肩，“说不定我的亲生父母就在中国呢。”

周至深交代了他要说的事情，没有再耽搁，转身离开房间。

我倒在床上，忍不住开始胡思乱想，翻来覆去，到半夜才睡着。

隔天依旧被一连串的闹钟声吵醒，我挣扎着爬起来，正想好声好气地对金主说声早安，就看见对面的沙发上坐着一个高挑貌美，看起来像是混血儿的女人。

“嗨，你醒了？”女人兴致勃勃地凑过来，“我是雪莉！至深让我来培训你，从今天开始，我会如影随形。”

雪莉说的中文比我的还要蹩脚，我听了半天才听出来她说的是什么。我被乔亿养大，他是青年时期移民美国的，因此我的中文是他教的，虽然达不到字正腔圆，但和人沟通不成问题。

我思索半天，为了不打击别人的自信心，还是选择了用中文回应：“你是周至深的员工吗？”

雪莉摇摇头：“我是他的好朋友！顶呱呱那种。他一句话，我特地从伦敦飞过来。”

我失笑，都喜欢坐在沙发上用闹钟吓人，果然物以类聚。

雪莉抱了一个盒子，兴致勃勃地挨近我：“这是我送你的见面礼物，听说你能控制至深的人格，是真的吗？”

“谈不上控制这么厉害。”我从没被这样热情地对待过，一时间有些吃不消，“谢谢你的礼物，周至深呢？”

“他去工作了。”雪莉眨着眼睛，“他很忙的。”

我有些无言以对，昨晚我还嘲讽过他无所事事，原来他不是那种靠着家族基金混日子的富二代。我好奇地问：“周至深是做什么的？”

雪莉一副难以置信的样子：“你不知道吗？他父亲在中国开很厉害的服装公司，他为了继承父亲的公司很努力，可是病没好，就继承不了。”

难怪华医生说我对周至深的前途至关重要，没想到我从雪莉嘴里套出这些。想到人家对我这么热情，我有些过意不去：“你告诉我这些，周至深不会生气吧？”

雪莉摇摇头：“这些本来就是培训内容之一，你总要知道的。”

周至深被送往英国留学时就寄宿在雪莉家，雪莉一家都很和善，于是两个年龄相当的人很快成为挚友，因为经常共处一室，雪莉也知道周至深患病的事情，周至深对她并没有隐瞒。

看得出雪莉在周至深心目中的地位，否则他也不会放心地让她来接触我。

雪莉是个热心活泼的姑娘，一整天下来，除了和我聊周至深，还聊她的父母和男友。生活给她的都是阳光，我从小到大独来独往，一个朋友也没有，听着雪莉侃侃而谈，忽然就有些感激周至深。

雪莉在我房间里待到深夜，仿佛有说不尽的话，直到周至深来敲门。

周至深还是那副冷若冰霜的样子，但面对雪莉的时候总算有所变化：“今天教什么了？”

他说的竟然也是中文。

“我男朋友是中国人，我一定要学好中文，所以让周一定要跟我说中国话。”雪莉笑眯眯地跟我解释完，又看向周至深，“今天教谈天说地。”

周至深头疼地揉了揉太阳穴：“雪莉，我时间不多。”

雪莉吐了吐舌头：“明天就开始了，不用担心，交给我，还你一个完美的女朋友。”

周至深摇摇头，难得笑了笑。

他很少笑，所以每次一笑就能轻易蛊惑人心，我怔怔地看着，忽然就脱口而出：“雪莉，你看着就很完美，你们……”

雪莉瞪大了眼睛：“不不不，朋友，就只是朋友！而且……”

她偷偷看了看周至深，又转过来压低声音对我说：“我很喜欢你，你比卢娜好非常非常多。”

“雪莉。”周至深似乎猜到她在说什么，木着脸警告。

雪莉跳起来，摇头晃脑就往外跑，还不忘给我一个飞吻：“乔遇，我明天来找你哦。”

待她走后，周至深才将他手中一直提着的几袋东西递过来给我，我拆开看了看，都是一些女性的衣裙。

“你给我买过了，不用这么多。”可能是今天遇见雪莉后心情大好，我竟然为周至深再度为我破费感到不安。

周至深却挑了挑眉：“工作用的样品，如今没用了，丢了可惜，你收着吧。”

……果然还是我想太多了。

“今晚把行李收拾一下，我租了一个公寓，明天搬进去。”周至深顿了顿，“雪莉也去。”

他说完似乎没有打算再停留，扭头就走。

他特地提醒我雪莉也去，不知是不是为了让我安心，毕竟“进一步接触”这件事是我的心病，因此我一直提心吊胆，时刻不敢放松。

在他要替我关上房门的那一刻，我忽然叫住了他：“周至深！”

他顿了顿，我笑着看着站在门外的他：“谢谢你！”

周至深愣了愣，似乎不知道我谢的是什么，半晌才说：“只是合同义务而已。”

待他关门走后，我在床上滚了几滚，忽然觉得，我的流年不利总算结束，生活终于愿意开始善待我了。

接下来的一个月里，我在周至深的豪华公寓里接受了雪莉口中的“魔鬼训练”。

我本以为要学习的只是如何配合周至深做戏、正式的餐桌礼仪等这些我自认为手到擒来的事情，然而雪莉给我制定的课程表让我瞬间有了晕厥的冲动。

社交礼仪，要学；谈吐举止，要学；连走路姿态，也要学！

乔亿自然没能力供我上学，所以我上完小学不久就辍学，雪莉觉得我文化素养太低，在公寓里替我设计了一个小黑屋，贴了一个极长的书单，每天不看完指定书目不许出门，甚至让我时不时接受她的考试。

看完书，还要顶着厚厚的字典学优雅大方地走路，除此之外，还有各种各样雪莉制定的特殊课程。

如果不是我极力阻止，她甚至觉得我应该学会弹钢琴。

我这才明白为什么周至深让雪莉来培训我，她有着英国人中规中矩的思想，什么都要按规矩来，说好看三本书，就一定要看三本，毫不退让。

除此之外，每周我还要前往华医生的诊所接受谈话辅导。

我曾对陪伴我前去的雪莉控诉："病的人明明不是我！为什么来接受治疗的人是我而不是周至深？！"

雪莉像拍小狗一样拍拍我的头："华医生对至深的一切都了如指掌，她要找到你们有联系的地方，只能从你身上下手。"

我每日累得沾床就睡，而周至深早出晚归，我竟然许久没有见过他了。

正式进入冬季的时候，雪莉忽然心事重重，一整天都不给我安排培训内容，我挨着她在沙发上坐着，有些担忧："你，失恋了？"

我只能妄加猜测，毕竟我失恋的时候大概就是这个样子的。

雪莉很哀怨地看了我一眼："我担心至深。"

我挑了挑眉毛："金主又失恋了？"

雪莉气得牙痒痒，将我按在沙发上打："你就知道这些乱七八糟的。我认真的！我昨晚看到周的书桌上有一张请柬，是卢娜寄给周的，邀请他今晚去参加一个游艇派对。"

我连忙爬起来，正色道："他们这是要旧情复燃吗？"

这问题很严重，倘若周至深和卢娜真的破镜重圆，那我的身份就很尴尬了。

雪莉摇摇头："周家的公司一直想打入美国的核心服装市场，但是收效甚微，至深这次来就是为了做市场调查，还有，他一直想请DG坐镇美国分公司。"

DG这个设计师的名字如雷贯耳，他经常活跃在名流圈，是很多名媛、模特的宠儿，他的设计千金难买。

我想一想就了然："这个派对，DG也会去？"

雪莉的眼睛亮了亮："乔遇你真聪明！卢娜本来一直都在为至深铺路，却一直没消息，没想到她还在努力，昨天忽然就送来了请柬，而他为了在他父亲面前证明自己，一定会去的。"

"那是个机会啊。"我很困惑，"难道你担心他和卢娜破镜重圆。"

雪莉一跺脚，咬牙揪住我的耳朵："你怎么不识好人心？！这场派对的主人是卢娜现在的男朋友罗斯，至深去了还不被吃干抹净？"

我捂着耳朵嗷嗷叫，想告诉雪莉不识好人心不是这么用的，但到底还是闭上了嘴。雪莉的担心不无道理，我那日在剧院也见过罗斯，他看周至深的目光仿佛对方是三世仇人，周至深要是为了笼络DG到他的派对上去，说不准会怎么被修理。

"我错了我错了！"我知错就改地求饶道，"那多带几个人跟着他去就好了，他又不是没有钱请保镖。"

雪莉目光炯炯地看着我："去派对只能带女伴，不能带保镖！"

雪莉的目光让我瑟瑟发抖："你这么看着我干吗？"

"求你，你陪他去吧！"雪莉的表情十分诚恳，"我担心他病发，虽然现在药物还可以控制他的病情，但只有你在他身边，我才能放心。他千万不能在DG面前出事，不然不但什么机会都没有了，还有可能遭到他父亲的指责。"

我嘟囔着："我和他签了合同，跟着他本来就是应该的，为什么还需要你来求我？"

雪莉抽了抽嘴角："他说你学艺不精，怕你坏他好事，现在还不是时候带你出入公共场合。"

岂有此理！

我这个月过得比从前还累，精神和身体都超出了劳动强度，就这样还得到了学艺不精的评价，我就这么让他丢脸？好歹我已经改头换面了！

我愤愤地看着雪莉："你什么都别说了！我去！"

雪莉听见我应承，开心得抱着我转圈。

她是个行动派，立即拉着我出去选购礼服、做头发，我今日的培训项目变成了如何在派对上笑而不语，佯装优雅大方。

去往码头的路上，雪莉一再嘱咐我："千万！千万不要让至深有发病的机会。"

我和周至深签了一年合约，光是培训就花去不少时间，没想到我终于要走马上任，心情竟然有些紧张。

雪莉看过请柬，知道地址和派对开始的时间，提前带着我到码头等周至深出现。

周至深下车的时候，我听见站在我身边的一个陌生女人发出的惊呼："哇，哪里来的模特？"

他今天换了深黑色条纹西装，衬得脸上线条更加刚毅，里里外外都是一副精英模样。我莫名地有些自豪，虽然只是合约关系，但这一年内，这个男人在名义上是我男朋友。

雪莉推了我一把："快过去。"

周至深已经看见我们，两条眉毛立刻痉挛似的皱起来："你们怎么会在这里？"

雪莉笑眯眯的："我送药来！"说着将我推过去。

她常年健身，力气不小，一推就将我推了个踉跄，我没站稳，直接倒在周至深的怀里。

周至深接住我，无可奈何地看向雪莉："我说过不要自作主张，现在还不是带她出来的时候。”

雪莉眨着眼睛：“放心吧，正好检验一下培训效果。”

说完她便偷偷朝我握拳，做了个“加油”的嘴型，紧接着便抛下我们径直走远。

我望着她婀娜多姿的背影望了半天，感叹着上帝造人果然是不公平的，完全忘记了我还以一个暧昧的姿势靠在周至深怀中。

一抬头，我就望进周至深深沉的眼眸里，他抿了抿嘴：“你在这里等着，我打电话让司机送你回去。”

我挑了半天的衣服，做了半天的头发，又被雪莉耳提面命地折腾了一天，他现在居然要我回去。

说完他就站直了身体，我突然没了依靠，险些摔了下去。

眼见他真的抛下我准备走，我那该死的自尊心登时膨胀起来，疾步过去拉住他的手：“我答应了雪莉要陪着你。”

他不耐烦地停下脚步：“我带了药。”

“你说过我才是你的药。”我大着胆子反驳，“而且……”

我的话还没说完，就被守在入口处的安保人员打断：“请问是要上船吗？”

看来这游艇是要出海的，现在已经到了开船时间。

周至深终于妥协：“你一会儿就跟在我身边，什么都不要做。”

我喜笑颜开，挽住他的手臂：“你放心好了，我不会让你丢脸的。”

此时已经入冬，站在甲板上吹着海风，只觉得寒风凛冽，我下意识地抱紧周至深的手臂取暖，他低头看了我一眼，微不可闻地叹了口气。

进入船舱内之后温度骤升，有侍者来取走我们的大衣，又有人举着托盘送来香槟。

这艘大型豪华游艇的船舱很大，起码能同时容纳200人，但来的人并不多，看来是一场内部派对，如果不是有卢娜牵线，即便是周至深也不容易进来。

我很快在人群中看到穿了艳红色礼服的卢娜，她也看见了我们，立刻款款走来：“我就知道你会来的。”

这话是对周至深说的，我的存在对她来说如同空气。

周至深回视着她：“谢谢。你未婚夫……”

话未说完就被卢娜打断：“不必在乎他！这场派对，我也是主人，我要邀请谁就邀请谁，只是我没想到，上不了台面的人你也要带来，DG这人气量小得很，是得罪不起的。”

说罢她终于看了我一眼，目光里满是挑衅。

我深吸一口气，转过了头，暗自感叹着雪莉的耳提面命还是有用的，不然我真想就在这地方和卢娜打一架。

大约是担心罗斯发难，卢娜难得没有多停留，离开前只留下一句：“一会儿我就介绍DG给你认识，你一个人来就好。”

周至深目光淡然，只轻轻点了点头。

等卢娜走远了，我终于不必故意抬头挺胸，装作不可一世的样子，在身旁的长桌上选了一杯度数看起来颇高的鸡尾酒就要一饮而尽，可酒杯刚碰到嘴唇就被周至深拦了下来：“你最好不要喝酒，我一会儿没有时间照顾你，今晚对我来说很重要。”

“不就是DG吗？雪莉都跟我说了。”我不情不愿地放下酒杯，“我也可以帮你的。”

周至深难得笑了笑：“你怎么帮我？”

我下意识地挺了挺胸：“我有我的杀手锏！”

周至深打量着我，笑得意味深长。雪莉替我挑了一件白色短纱裙，说是要突出我的青春少女感，好让比我大七岁的卢娜羞愧而死，然而这件突出少女感的短裙不但足够短，还有些低胸，性感得我差点不敢穿上身，这时候被周至深这么一打量，我恨不得找个蜗牛壳缩回去。

周至深终于移开目光，但是口气仍旧嘲讽：“行内的人皆知，DG已经出柜了，他对女色没有兴趣。”

我说的杀手锏又不是出卖色相。我咬着牙刚要解释，就听那头有人喊了一声“至深”，抬眼望去，是卢娜在朝周至深招手，而她身旁站的穿着红色皮衣的男人，就是周至深今晚志在必得的DG。

周至深点点头，用眼神示意我不要乱跑，便举步走了过去。

他前脚刚走，便有人举杯朝我走过来：“你是卢娜的朋友？怎么之前没有见过你？”

我一回神，才发现自己身边不知何时围了三四个人，再看远处的卢娜，目光里浮浮沉沉的，都是轻蔑与幸灾乐祸。

看来卢娜今晚不打算让我好过了。

第五章

就这样不说话，安静地依偎着取暖就很好

船行驶得很稳，而我被困在角落里，面对着面前这几个人好奇打量的目光，终于叹了口气。

雪莉和周至深要我最好别说话，但看面前这几个人一副不回答问题就不让走的架势，不开口是不可能了。

我甩出对着镜子练习了一个月的笑容，同样用英文回答："周先生才是卢娜的朋友，我是陪周先生来的。"

话音刚落，对面一个红发女人就笑起来："你的口音，听着好像印度来的，我们圈子里的华人，英语说得比我们还要好的。"

我的眉头皱了皱，雪莉说过我的英语带着浓重的口音，连正宗的美式英语都算不上，而周至深一开口就是正宗牛津腔，为了在他身边不显得突兀，我这个月来都像幼儿一样在重学发音，然而成效还是不够明显，我被人毫不留情地嘲笑了。

"我的确说得不好。"我努力保持镇定，"不过有人说过这样比较有异域风情。"

"你刚来美国？"红发女人身边穿着黑色礼服的女人开了口，"你家族在国内是做什么的？是什么公司？或许我们听过的。"

看来卢娜还没跟她们交底，只是让她们来绊住我的。

"我是周先生的员工。"我脸不红心不跳地回答，我和周至深签了

合同，他付钱我上班，说是员工并不算骗人。

“员工？”红发女人忽然收起了笑容，“罗斯的游艇派对什么时候变成随便什么人都可以来了？”

这几个女人我其实认得，都来自卢娜的小团体。名媛的圈子说大不大，说小不小，卢娜风头正旺，跟在她身边蹭名蹭利的人不在少数，恰好这几个都被我拍过夜店狂欢烂醉之类的丑闻，眼前的红发女人Liz毫无名媛样子，数次在酒吧因为争风吃醋大打出手。

我再没分寸，也知道不能在今天坏周至深的好事，于是只能忍耐，扯着嘴角微笑当作日常练习。

几个人又冷言冷语地嘲讽了几句，见我没有发作，便兴味索然地守着我。我于应付她们的空隙抬头去寻周至深的身影，然而他们已经不在原来的位置上。

我忽然觉得不安起来，雪莉千叮万嘱过，要我一定看着周至深，他若是在离开我的视线之后发生了什么，我这算不算玩忽职守？

我急躁起来，想要离开包围去找周至深，没想到却一把被拦住：“别急着走啊。”

我皱起眉头，刚要说句“麻烦让让”，就忽然觉得胸口一凉，身边传来一声低呼：“抱歉抱歉，我没想到你走得这么急，一下子就撞过来了。”

说话的是穿黑色礼服的Eva，她一脸无辜地看着我：“你不要生气啊。”

我身上的白色裙子上此刻是一片醒目的深红色污迹，格外显眼。一时间我进退两难，要是以这副样子出现在周至深面前，难保他会觉得我成事不足，败事有余。

就在我犹豫的时候，Eva忽然拉住我的手：“你跟我来吧，我有条备用的裙子，你试试能不能穿。”

说着她就拉着我往里走，我还未反应过来，就已经被拉着走出了一段路。

我半信半疑，谁料途中真的有人提了一袋衣服过来。

游艇里有独立房间，Eva拉开一扇门，将我推进去："你换吧，我先出去。"

说完她立刻退了出去。

我将袋子里的裙子拿出来，是一条细吊带大露背黑色鱼尾裙。我松了口气，终于放下疑心，开始换裙子。

Eva的鱼尾裙穿上身偏大了不少，但勉强能穿，然而裙子背后的带子结构复杂，一个人要绑好十分费力。我正在努力奋斗时，忽听一阵开门声，一个穿着银灰色西装的男人走了进来。

"我还当Liz她们骗我，原来真的给我准备了礼物。"

男人的声音暧昧难明，而我在看清了他的样子之后，忍不住倒吸了一口冷气，亏我当了几年娱记，才能以最快速度认出眼前的人是出了名的浪荡公子Dick。

这个人的名声是出了名得差，耽于女色而且荤腥不忌，被曝光的丑闻能绕曼哈顿一圈。

Dick插着裤袋朝我走来，我猛地后退一步，谁料踩到了裙摆，要不是我的手恰好按在胸前，这条偏大的裙子便就此滑落。

"我是宴会上的客人，周至深的女伴。"我努力让自己镇定，"事情不是你想的那样，请不要误会！"

Dick摊手，脚步却不停："你衣服都脱一半了，我还能误会什么？你看起来这么小，高中毕业了没有？"

要命！跟这种脑袋进水的人恐怕是说不通了，我知道卢娜不会让我好过，却没想到她一下手就这么狠。

我只能一边退一边想办法，然而身上的裙子是最大的拖累，好不容易系紧的带子随着我的后退一一松开，整个后背已经接近裸露。

Dick却仿佛觉得我是在和他玩游戏，慢条斯理地逼近，一边走还一边扯他的领结："太好了，这样一来，这个派对总算不那么无聊了。"

我不动声色地绕到门边，用力按了按门把手，却发现它竟然从外头锁住了。

然而我到底不是温室里没见过风雨的花，好歹在乔亿身边混大的，这种场面还不至于让我吓得魂不附体。

“我警告你！我还未成年！”我面不改色地撒着谎，“你要是还想留在你父亲的公司里，最好别过来。”

Dick的脸色变了变：“你威胁我？！”

做了这么些年娱记，我手头上掌握的资料没想到今天派上了用场。Dick的生活作风已经让他的家族跟着蒙羞，他父亲前不久才放过话，要是他再被曝出什么丑闻，他就被踢出家族事业。像Dick这种只知玩乐的草包，一旦离开了家族，就什么都不是，他自然忌惮。

然而他想了想，似乎不觉得我有这种能力，恼羞成怒，大步走来：“你试试！”

他的手已经握住我的肩膀，我死命地揪住了自己的衣服：“我不怕告诉你，今天这船上有娱记混了进来，你要是动我一根手指头，明天全世界的人都知道你做了什么。我再回答你一次，我高中还没毕业！你想进警局的话就试试！”

我小学就辍学，高中自然不可能毕业，但听在Dick耳朵里，明明就是我未成年的意思。

被踢出家族企业或者被警察拘留都是他如今不可以承受的，他终于犹豫了。

“让你的朋友把门打开！”我趁热打铁，要求他，“还有！把你西服上的胸针给我。”

Dick不情不愿地掏出电话，拨号之前还不忘说：“算你狠！”

我拿着他那枚夸张骚气的胸针，简单粗暴地将背后的布料扣在一起，因为裙子偏大，少了系带，只用胸针扣着居然刚刚好。

“喂……给我送点酒过来……”Dick在那头不耐烦地打着电话，却又不好意思说出他刚刚被我威胁了的事实，只能撒着谎，“快点！我要酒助兴！”

门打开的瞬间，我毫无意外地看见将我骗进来的Eva一行人，同行的还有一脸困惑的卢娜和不耐烦的周至深。

倘若不是我太清楚事情的真相，我几乎要以为卢娜脸上的表情是真的。

Eva等人都是兴奋的看戏状态，等见到我和Dick并没有衣衫不整地躺在床上，忽然便困惑起来："Dick，怎么回事？"

Dick面有怒色，走过去冷冷地对着那几个女人说道："你们要算计人是你们的事，不要拖我下水！带点脑子出门！"

他这一番话恶狠狠的，将几个人吼呆后，便怒气冲冲地离去。

我的目光一直停留在卢娜脸上，没有忽略她同样精彩的表情。

周至深若有所思地看了我一眼，忽然开口："谁让你乱跑，过来！"

周至深是聪明人，恐怕不用我解释，他都知道发生了什么。我见他安好，这才彻底地松了一口气，走过去挽住他的手臂："我在找你呀。"

周至深没有回答，只是对着卢娜点点头，带着我就走。

路过Eva的时候，我停了下来，毫无畏惧地直视她的眼睛："谢谢你的裙子，我猜你也不想要回去了，我回家后就帮你丢掉。"

而直到我离开，卢娜始终一言不发，似乎很是挫败。

跟着周至深回到大船舱内，我才有种脱离虎口的轻松感。

"没事吧？"周至深低头看我，眼里情绪难明，"他们圈子的人非常排外，我不应该带你上来的。"

不知是不是我的错觉，我竟然觉得周至深眼里有着自责。作为一个好的女友，此时我选择了宽慰他："放心吧，我经历过比这更凶险的，好在我拿捏了Dick的痛处，他没能拿我怎么样。"

"你能脱身倒是我意料之外的事情。"周至深抿了抿嘴，脸上似乎有了笑意。

我刚想开口辩驳，却想起一件更重要的事情："你见到DG了？怎么样？"

周至深皱了皱眉头："很棘手。"

他望向窗外，那抹红色的身影就站在甲板上，和几个同样不怕冷的人聚在一起，笑得前仰后合。DG是出了名的难对付，不吃软也不吃硬，算是艺术家脾性吧，周至深这么不冷不热的人，在他那儿估计讨不到什么好处。

"我有办法。"说着我拉着周至深往甲板走。

周至深走出两步便停下来："难道你也拿捏了他的痛处？如果用这种方式……"

我忍不住翻白眼："放心吧！只要你相信我，一会儿无论我说什么，你都不要打断我。"

我将他拉到甲板上，打断了DG和那些人的夸夸其谈："不好意思，我能和您谈谈吗？"

DG身上有着普通男人没有的妖娆，他看了周至深一眼，声音懒懒的："刚刚不是谈好了吗？没达到我要的价码，就不需要再谈了。"

我将近日来培训过的社交笑容挂在脸上："我们就是来给您加价的。"

DG顿了顿，饶有兴趣地扬了扬下巴，示意我们到一边谈。

周至深不发一言，也没有阻止我，这让我十分庆幸，他似乎也想看看我到底要怎么处理这件事。

谁让我这些年来别的本事没有，偏偏对这些名流的消息掌握最多，在周至深这里，我总算把那些东西都派上用场了。

我故作神秘地靠向DG，压低声音："你有没有听过一本叫作《古服饰全图鉴》的书？"

果不其然，DG立即目光发亮地看向我，眼底的渴望藏都藏不住："你知道这本书？！"

我志得意满地笑了，做娱记就是这点好，该知道的、不该知道的都能知道一点。前两年我跟过DG这条线，有爆料称他与不知名中国男子有过于密切的来往。

娱乐杂志的主编见我是中国人，就指定我去跟，谁知后来查到的全部与风月无关，是DG在派人找一本叫《古服饰全图鉴》的书。

见我突然沉默，DG有些着急："如果你知道这本书的线索，告诉我，随你开价！"

我回头看向周至深，努力掩藏自己的得意："我倒是知道这本书的下落，不过具体条件，让周先生和你谈。"

周至深眼睛一眨不眨地看着我，似乎在确定我说的话的真实性，然而我既然能把书的名字说出来，这件事就有百分之五十是真的。

周至深踏前一步的时候，我就知道，他选择了相信我。

DG一直喜欢中国古代的服装文化，许多次都在自己的设计里加入中国元素，可以说是达到痴迷的状态，所以才一直想找这本《古服饰全图鉴》，奈何这本书是一个裁缝家族传下来的，压根没有面向大众，更别提印刷出版，就连我知道的那一本也只是复制品而已，不过即使是复制品，也足够周至深谈下这一笔生意了。我识相地后退，给周至深和DG留下谈判空间。

甲板上实在是冷，冬天的海风一吹，连呵出来的气都是白色的，偏偏还有人陆陆续续地从船舱里走出来。

派对似乎还准备了烟火节目，罗斯搂着卢娜从船舱里出来，若有若无地朝我们这个方向看了一眼，他身边的卢娜神色恹恹，不知为什么有些抗拒他的怀抱。

有个穿着燕尾服的魔术师从人群里钻出来，挨个给围观的女士送玫瑰花，玫瑰花却在送出去的那一刻变作鸽子或者那人身上的戒指等其他东西。

人群的欢呼声此起彼伏，刚才在船舱里的不安情绪又升了上来，我扭头看向周至深，他恰好伸出手与DG相握，看来是已经谈妥了。

我正要走过去，却见刚才那个魔术师朝周至深走了过去，我心里的不安感更甚。

那个魔术师朝周至深鞠了个躬，从怀里掏出一枝玫瑰给他，然而下一刻，那枝带刺的玫瑰刺破了魔术师的手，区区一根刺，却让魔术师的右手食指鲜血淋漓。

糟了！我惊慌起来，再扭头向罗斯看去，就见他扬起嘴角，一副阴谋得逞的样子，而他身边的卢娜惴惴不安，惊慌的程度不于我。

周至深踉跄了一下，他伸手去取药，谁知那魔术师诡异地笑了笑，手一晃，他手中的玫瑰立即变成了一小瓶白色的药丸。

我总算明白了罗斯的打算，他竟然知道了周至深的病。这个男人爱不爱卢娜我不知道，但他一定嫉妒周至深，所以当时在剧院才会用那样的目光看周至深。难怪他会放任卢娜为周至深搭桥铺路，原来是想在众人面前揭周至深的短处，让周至深当众发病出丑。

趁着人们的注意力还没转过来，我飞快地朝周至深走去，他们夺不走他的药的，至少还有我。然而Eva那群人不知道何时出现在我周围，似乎有意拦我，连让我把周至深带走的机会都想剥夺。

罗斯已经带头朝周至深走去："这位先生，你怎么了？是不是不太舒服？"

派对主人这一句话，无疑把全场的焦点都聚集在周至深身上。他此刻已经有些难以呼吸，只要稍过片刻，他的第二人格就会暴露在众人面前，且别说第二人格，光是他一会儿的发病过程，就足够成为别人的谈资。

情况刻不容缓，而那几个女人还愚蠢地用身体阻挡着我，大概她们都忘记了，我从不是什么真正的名媛，该出手的时候我从来不含糊。

我将手伸向挡在我面前的Eva，揪住她裙子的拉链猛地往下一拉，那晚礼服瞬间便往下掉。在她尖叫的同时，我一脚飞快踢向Liz左脚那细长的高跟鞋跟，她瞬间便站立不稳，左右摇晃后倒下去，将Eva刚提起来的裙子再次扯下去。

顿时，这里的混乱吸引了所有人的注意力，我趁机往周至深身边跑。那魔术师是罗斯的人，见人群的焦点转移了，他高喊了一声：“请快叫医生！这里有人病发了！”

我的脑海里一片空白，再耽搁就来不及了。那边的周至深脸色潮红、双眼紧闭，我知道等他再睁开眼睛时，就会失去他身体的控制权，而他说过，他的第二人格是个有暴力倾向的男人，如果那个男人出现，后果不堪设想。

眼看周至深直接向后仰去，我一咬牙，冲过去抱着他，借着两个人的重量翻越了栏杆。失重的感觉并不好受，游艇的甲板离海面有一定距离，伴随着船上的尖叫，我落在水里的那一瞬间，只觉得四肢百骸的每一处都痛。

“周至深！”还好我于坠落时一直紧紧揪住他的衣服，此刻一拉，就将他拉了过来。

说时迟那时快，双眼紧闭的周至深猛地睁开了双眼，情况明明已经这样危急了，但他眼里却似乎有着欢喜：“我们终于正式见面了！阿遇！”

我一愣，一时没有反应过来。

冬天的海水这样冰冷，虽然我会游泳，但是在水里这么一泡，我两只脚都抽筋了，拉着周至深猛地一沉，又拼命挣扎着浮上来，两个人都呛了不少水。

“我很想再和你待一会儿，可是我不会游泳。”眼前的人一脸遗憾地看着我，“你记住，我不叫周至深，我是顾子昂。”

“顾子昂？”我又痛又惊，刚要问，就见他猛地俯下头来，抱着我的后脑勺，稳稳地吻在我的唇上，船上立即传来一阵又一阵的惊呼。

我怒火中烧，该死！这个时候居然还在看戏，没有一个人有点良心下来救人吗？

我的脚抽筋得厉害，已经无力再扑腾了，眼看着就要揪着周至深一起沉落大海，然而就在我往下沉的那一刻，有人托住了我的腰。我回头，就看见周至深沉沉的目光。他回来了！我大喜过望，周至深的主人格会游泳！

船上的人折腾了这么久，终于丢下来两个救生圈，又有两个男人下来救人。

周至深将我拉到怀里去，一手抓住一个救生圈：“撑住。”

好在罗斯没有丧心病狂到收买人命的程度，等我们喝饱了海水，终究还是将我们救了上去。

我们披着毛巾登上甲板的时候，一群人围上来嘘寒问暖，其中以DG和卢娜为最。DG绕着我转，自然是怕我一命呜呼，这样他想要《古服饰全图鉴》的希望会再次破灭，而卢娜大概吓坏了，扑向周至深的时候毫不掩饰自己的恐慌，也彻底不顾罗斯阴沉难辨的脸色：“至深！你没事吧？是你吗？”

周至深抬眼看她，示意她不要声张：“是我。”

卢娜松了一口气：“我不知道他是怎么知道的，我发誓我不知道他会准备这一手。如果我知道，无论如何，我都不会让你来这个派对的。”

周至深抬了抬手，示意她不用再说了。

他站了起来，对围观人群道歉：“抱歉，喝得有点多，让大家看笑话了。”

我蜷缩成一团，无比佩服周至深此时此刻的淡定，一下子就扭转乾坤，毕竟他刚刚在海里把我救了起来，怎么看都不像是病发的样子。

他转向卢娜：“能不能帮我准备两套干净的衣服？”

卢娜看了我一眼，似乎有些不情愿，但还是点点头：“等我，很快。”

富豪的游艇上果然什么都有，一会儿就有人送来两套干净的衣服，周至深的依旧是看起来很名贵的西装，而我的则是皱巴巴的T-shirt和牛仔裤，能找到这样一套衣服，真的是辛苦卢娜了。不过穿着这样的衣服比穿着几万块的礼服要舒服多了。

周至深来接我的时候看了眼我的衣服，抿了抿嘴，没有发表评论。

“走吧。”他对我伸出手来。

虽然换了衣服，但我还是冷得要命，毫不客气地抱住他的手臂，登时舒服得叹了一口气：“我们现在就走吗？”

周至深看了我一眼：“我要办的事已经办好了，怎么，你还想留下来？”

我飞快地摇头，这艘亡命游艇，我是再也不想待下去了。

周至深打了个电话，很快有一艘快艇出海来接。海风呼啸，我的衣服单薄，我不由得瑟瑟发抖地抱住自己。周至深的目光朝我这里扫来，似乎犹豫了一阵，对我伸出手：“过来。”

我一边在心里问候卢娜，一边挤进周至深的怀里，冰冷的手贪婪地往温暖的地方钻。

周至深闷哼一声，开口时有些咬牙切齿：“不要乱摸！”

我在他腰上找到一处最舒服、最温暖的位置，将手安放在那儿不动了。短短一个晚上经历得太多，我疲惫地靠在周至深的肩膀上。远离城市的天空中有着璀璨星辰，我忽然觉得，这一切有些浪漫，就这样不说话，安静地依偎着取暖就很好。

星辰朗朗，在灯火辉煌的城市近在眼前时，周至深忽然开口，虽然声音微不可闻，但我还是听到了那句“谢谢”。

我心里有一个角落忽然就陷下去，以至于我忘记告诉周至深，在海里那不到五分钟的时间里，我见到了顾子昂。

落水加上受到惊吓，我很顺利就病倒了，一路烧到39度，迷迷糊糊间只是反反复复地做梦。

依旧是梦里那条马路，还有马路对面那个我永远看不清、追不上的男孩。

我的意识彻底清醒过来的时候已经是两日后，雪莉就坐在我身旁看着我，她靠得极近，目光炯炯的样子几乎要把我再度吓迷糊过去。

“好乔遇，你终于醒了！”雪莉兴致勃勃地看着我，“我守了你两天两夜了。”

从小到大，我的身体素质算可以的，就是一发烧就没完没了，不烧上个几天几夜不会好。乔亿一度担心我会像他的亲生女儿一样将脑子烧出问题来，但每次我都像春风吹又生的野草一样满血复活，渐渐地，他也就不怎么担心我了。

我挣扎着起来舒展了一下身体，洗漱后出来，雪莉已经捧着一托盘吃的在等我了。

“快告诉我吧。”雪莉挨过来，“听说那晚你们在游艇上九死一生，很刺激？”

我被雪莉的“九死一生”呛着，连忙喝了一口水顺气：“周至深没有告诉你吗？难道，他也病了？”

雪莉委屈地摇头：“至深的身体不知道有多好，他经常锻炼的，不过他忙得脚不沾地，没空给我讲故事。”

我无奈，只能将那天晚上在游艇上发生的事情一五一十地告诉了她。雪莉听得热血沸腾：“乔遇，你太给我长脸了！让你跟着至深果然没有错，你救了他！”

她在我脸上亲了一下：“卢娜就是个害人精，我不喜欢她，我喜欢你，你们不要签合约了，假戏真做吧。”

不知道是因为雪莉的亲吻还是因为那句“假戏真做”，我只觉脸上发热：“不要开玩笑了。”

雪莉还想继续缠着我，打听更多的细节，然而不巧的是，周至深在这个时候回来了。

他依旧是那副衣冠楚楚的样子，在外头敲了敲门，得到允许后才走进来：“好点了？”

我脸上的热度还没退下去，故作精神地拍了拍胸口：“已经好了，打架都没问题。”

周至深看着我，似乎在斟酌着什么：“DG这几天频繁地联系我。”

“为了那本图鉴？”我立刻反应过来，“图鉴不在我手上，但是天下没有免费的午餐。”

周至深没有犹豫：“没问题，我可以花钱买下来。”

我放下心来：“那你跟我去一个地方。”

我带着周至深回到了皇后区的旧公寓，住惯了周至深的豪宅，如今看这破破烂烂的旧房子，我总算理解了初见时周至深的那一句“这房子不能住人”。

我带着周至深上楼，敲开了罗希太太的门。

罗希太太没有立刻开门，谨慎地询问：“谁啊？”

她大概在猫眼里看过了，可近来我的外貌变化有些大，难怪她没认出来，因此我放轻了声音：“罗希太太，是我，乔遇。”

门一下子就开了，罗希太太认出了我的声音，她上下打量了我半天，忽然一把抱住了我：“乔遇，我真想你啊。”

罗希太太将我和周至深让进了门，开始上上下下打量周至深，脸上的笑容藏不住：“男朋友？”

我含糊地点点头，没有多说，直接走到罗希太太放毛线团的柜子前，在最底下拉出一个木箱子，从里头翻出一本布满灰尘的书：“果然还在这里，没被老鼠啃了真是万幸。”

这本书严格说来是属于罗希太太的丈夫的，罗希太太的丈夫是中国人，祖上几代都是裁缝，只可惜没在美国闯荡出名堂，英年早逝，留下罗希太太一个人。

小时候，乔亿教我认中文，我又喜欢往罗希太太这里跑，无意间看见过这本《古服饰全图鉴》，还饶有兴趣地研究了几个月，只可惜后来跟着乔亿疲于奔命，就将这本书抛到脑后了，就连当初得知DG在寻找这本书的时候，我也没想到能将这本书卖个好价钱。

我拍了拍封面，书名那几个大字露出来的同时，我看见周至深的目光亮了亮。

我抱着罗希太太的胳膊："罗希太太，把这本书卖了吧。"

罗希太太没有犹豫："几张破纸，能卖多少钱？"

她看不懂中文，自然不知道这本书的价值，否则也不会让这书蒙尘这么些年。

我对着她耳语几句，说明了周至深的来意。罗希太太年事已高，对身外之物已经不那么执着，她拍了拍我的手："乔遇，你做主吧。"

我看向周至深："我只有一个条件，你答应了，这本书就归你。"

周至深点点头："你说。"

"帮老太太找一间养老院，让她在那里颐养天年，你负责从现在开始到她去世后的所有花费。"罗希太太八十岁了，她无儿无女，在这个地方住下去的话，得不到任何照顾，倒不如去养老院，那里有人陪伴，有人照顾。

我的条件开得这样简单，周至深想都没想就答应："没问题，那么，你自己的条件呢？"

我撇了撇嘴："这是老太太的东西，我虽然爱钱，但那什么什么有道！"

周至深看着我："君子爱财，取之有道。"

"对对对！"我点头如捣蒜，乔亿教我的中文，我好歹还记住了一两句。

这样便算谈妥了，周至深是个雷厉风行的人，敲定了的事情，他立刻吩咐人去办。我陪着罗希太太收拾东西，我知道她想搬离这个地方太久了，只是苦于没有能力，如今她心中所想终于实现了，她眼角眉梢都洋溢着欢喜。

"谢谢你，乔遇，如果不是你，我真怕我老死在这里都没有人知道。"离去前，她又用力地抱了我一下。

我没想到周至深的办事效率这样高，上午打的电话，下午那家养老院便派了专车、专人来接老太太去养老院。

我认得那个养老院的logo，出了名的环境好、条件好，我对着车里的罗希太太挥手："我有空会去看您的！"

罗希太太走后，我回头看向那栋破败的公寓楼，松了一口气："我和这个地方，终于彻底没有关系了。"

周至深自始至终站在一旁，也不催促我，等我感伤完了，他才淡淡地说："走吧。"

我以为周至深赶着去和DG谈判交接，谁知道他将我带往了关押乔亿的监狱。

乔亿的案件已经判了，他被判处二十年有期徒刑。乔亿不年轻了，二十年，也不知道他能不能熬过去。

这一个月来，我试着过来看他，可是他将我从探视名单上剔除，打算和我老死不相往来。

周至深不知道情况，他似乎是礼尚往来，我帮他拿到了书，此刻他想补偿我些什么。

"去试试吧，我让人联系他了，也许他会改变主意。"

我顺从地下车，经过了核查等一系列程序之后，得到的回复依旧是乔亿拒绝见我，只是这一次他让人多带了一句话："走吧，不要再来了。"

我垂头丧气地回到车上，眼睛瞥向周至深的肩膀，那天晚上让我安心的肩膀，霎时间有些忘乎所以："能不能借你的肩膀靠一下？"

周至深沉默了一会儿，终于叹着气点了点头："可以，前提是你不能哭。"

我毫不矜持地靠过去，在他看见之前偷偷抹掉眼角一点点泪花，揶揄他："差点忘了，你一看见我的眼泪就发作。"

说起发作，我登时想起那天晚上的事情。大约是近来的周至深不再那么冷漠，让我渐渐放下了防备，我在他肩膀上蹭了蹭，决定还是将那件事告诉他。

"对了，你记得我和你在海上漂的时候吗？我，见到顾子昂了。"

周至深的身体瞬间僵硬："你说谁？"

我抬起头，却只能看见周至深刚毅的下巴："顾子昂，你的第二人格。当时情况太紧急了，你的药被那个魔术师拿走了，我们又掉进了海里，我没来得及吻你，他就出现了。"

"你们说话了？"周至深的脸绷得紧紧的，连声音都冷了下来，"你怎么知道他叫顾子昂，他告诉你的？"

我点点头："对啊，他看起来好像也没那么可怕。"

话音刚落，周至深忽然猛踩油门，我还没来得及系安全带，就被狠狠地甩到座位上："你干吗？"

"跟我去见华医生，现在！"周至深的脸色彻底冷下来，他对自己的第二人格讳莫如深，看来我是踩在他的逆鳞上了。

周至深几乎要将汽车当火箭开，用最快的速度将我送到了华医生的诊所。他与华医生谈了几句之后，华医生便让我随她入房。

跟华医生谈话比和周至深共处要轻松得多，她自始至终都带着淡淡的微笑，即便是我提到顾子昂的时候，她也没有什么特殊的反应。

"我和至深说过了，只要你留在他的身边，你和顾子昂的相见是不可阻挡的。"华医生推了推眼镜，飞快地在笔记本上记下什么，"第一人格和第二人格是互相独立的，当至深掌握身体控制权的时候，顾子昂是沉睡着的，反之亦然。"

她抬起头看我："也就是说，从你和至深相遇到现在，他都没有正式出现过，更不可能知道你的名字，唯一的可能就是，你们之前见过。"

我猛地想起梦里那个小男孩："华医生，你记不记得我跟你说过我经常做的那个梦？梦里那个小男孩，也叫我阿遇。"

华医生的眼底终于有所波动："你被拐卖时年纪尚小，不排除那个梦是你潜意识里记住的画面，但是我无法断定那个小男孩就是顾子昂。"

"华医生，你没见过顾子昂吗？"我疑惑。

"见过，见过很多次。"华医生无奈地摇了摇头，"可惜他很不配合，什么都不肯说。我至今只知道他叫顾子昂，年龄在十八岁左右，一心要毁坏至深的前程。一旦他掌握了身体的控制权，总会做出一些对至深不利的事情。”

我从雪莉那儿听说过，周至深就是因为病发时做了许多过分的事情，才被他父亲送出国，从此不管不顾。看来顾子昂对周至深造成的伤害不小，也难怪一提到这个第二人格他就情绪失控。

华医生宽慰我：“现在看来，顾子昂对你很信任，一见面就告诉你他的真实身份。如果有机会再见到他，在安全的前提下，你可以试着多了解一些。”

我立即摇头：“周至深不会同意的。”

我就意外地和顾子昂说了不到两句话，他都立刻变了神色，我要是坐下来和顾子昂侃侃而谈，那后果我想都不敢想。

华医生笑了笑：“你放心吧，我和他聊一聊。”

我从房间出来后，周至深又和华医生单独聊了一会儿，出来时，他的脸色已经不像来时那般难看：“走吧。”

两人一路无话。

回到公寓之后，周至深只是淡淡地对我说了句“早点休息”，便回到了自己房中。

雪莉探头探脑地走出来，一脸困惑：“怎么了，不顺利吗？”

雪莉虽然是周至深的人，但她纯真热血，我和她极其投缘，心里已经将她当作朋友，也就没有隐瞒，一五一十地把今天发生的事情全盘托出。

雪莉摇了摇头：“本来可以顺顺利利长大，顺理成章继承父亲的公司，可是因为第二人格的捣乱，他活得很难。他对第二人格很反感，所以才会发脾气，你不要怪他。”

她说完抱了我一下：“不要想太多了，早点休息，明天还有更残酷的培训等着你。”

我故作痛苦地哀号一声，把雪莉逗得前仰后合。等她离开后，我看向周至深紧闭的房门，原来他一直过得很辛苦吗？

不知道为什么，我忽然有些心疼这个看起来高高在上又冷漠的男人。

第六章

他终究要回到云端，做他的天之骄子

接下来的一个月里，我依旧过着被雪莉魔鬼训练的日子，而周至深早出晚归，和DG的交涉也有了结果，DG答应出任周氏美国分公司的总设计师。

周至深和DG签约的那一日心情大好，非但早早就回家，还对我和颜悦色："为了犒赏你，你可以提一个合理范围内的小要求。"

雪莉说过周至深在美国分公司其实没有任何职位，但好歹他是未来继承人，大家都给他几分薄面，如此他才有了机会能代表公司拉拢DG。这件事一旦成功，意味着美国的市场可以起死回生，他的父亲也必定会对他刮目相看。

难得周至深让我提要求，我想都没想便说："带我去约会！"

整整一个月，我都在公寓里和雪莉大眼瞪小眼，连门口都没踏出过一步，实在是闷坏了。

"去换衣服吧。"周至深答应得很爽快，又看向雪莉，"一起？"

雪莉连忙摆手："不了不了，你没听见吗？乔遇说的是约会！我才不去呢，我要自己找节目。"

周至深似乎被噎了噎："只是普通约会……"

雪莉不管不顾地将我拉起来："难得出去一趟，快给他展示一下我们这个月来的训练成果。"

我随口说说的约会，雪莉比我还重视，亲自给我挑衣服、做头发，折腾了一个小时，才兴奋地将我推到周至深面前。

周至深抬起头打量我，最终点了点头：“不错，不开口说话还能骗骗人。”

我练习了两个月的仪态竟然只能骗骗人？我不忿地踢了踢周至深的脚：“你什么眼神？”

他忽然笑起来：“一秒破功了。”

“哎呀，出了门再打情骂俏去！”雪莉抿着嘴笑，“你们顾及一下我好吧，我在这里孤家寡人的。”

说着她就将我连同周至深一起推向门外，等我们站在了门外，她又想起什么似的说：“我今晚要夜不归宿，你们玩得开心点。”

雪莉的眼神太暧昧，我瞬间又想起华医生说过的“进一步接触”，忍不住脸上发热。

周至深似乎已经习惯了雪莉的打趣，淡定地看了我一眼：“走吧。”

上了车，我正襟危坐：“你是不是又要考察我？来吧！法语菜单虽然还是看不懂，但起码餐桌礼仪我学会了。”

周至深摇了摇头：“今天的约会是犒赏你的，要去哪里，你做主吧。”

我一下子来了精神：“你说的！”

我让周至深送我到唐人街，乔亿年轻时在这里找过一份工作，我便跟着在这里厮混，好歹学来了一口分不清地域的普通话。

周至深停好车，看着繁华热闹的唐人街摇了摇头：“你想来的地方竟然是这里。”

我拉着他兴奋地往里走：“这里什么人都有，我小时候经常想，我祖籍会是哪里。乔亿的祖籍是广东中山，我本来以为我也是，但是后来我发现我特别喜欢吃辣，我想我可能是四川人。”

“你对中国很有兴趣？”周至深跟在我身后，替我挡掉了一些人。

“我是中国人啊，好像多知道一点关于中国的事情，就能多一点安全感。”我拉着周至深经过那些挂着灯笼的店铺，回头看他，“我们今晚就吃四川菜吧？”

周至深没有反对，顺从地被我拉进了一家四川餐厅。

我对这里的菜肴垂涎已久，从前乔亿在一家香港人开的茶餐厅打工，我吃多了菠萝包和鸳鸯奶茶，总盼着什么时候有机会可以吃一顿四川麻辣火锅，可惜乔亿的钱不是拿去还债就是拿去赌，我的愿望直至今天才得以实现。

我拿着菜单，只能勉强认得一半的字，于是随便指了七八道菜：“要这些吧！”

餐厅的烟火气特别重，服务员见我们是中国人，也就和我们说中文：“我们有款爆辣的辣椒酱，要不要试试？吃火锅蘸这个酱特别舒爽。”

我毫不犹豫地应下：“就要这个！”

火锅端上来的时候，周至深的眉毛忽然抽了抽。

我看着那红得似血的汤底，忽然有些紧张：“你不会看见红色就发作吧？”

周至深摆摆手：“我没事，吃饭吧。”

菜上得很快，瞬间就摆满一桌，我狼吞虎咽，将这些日子以来学的淑女动作抛到脑后，倒是周至深还保持着他的绅士做派，半天才动筷子。

我吃得兴起，便忽然有了聊天的欲望：“你看，我无辣不欢，我父母也许就是四川人。”

周至深的筷子顿了顿：“你这么肯定？”

“乔亿说过，这十多年来没有人来找过我，后来我仔细想了想，也许不是他们没有来，是没办法来。”我一边涮肉一边回答他，“我觉得自己很可能是来美国旅游时走丢的。”

周至深笑了笑：“没想到你的分析能力倒挺强的。”

我凑过去："对了，你不是说带我回中国吗？回中国哪里，四川吗？"

他不动声色地离我远了一些："不是四川。"

我有些挫败，又想起他曾答应过我的事情："我亲生父母的事情查得怎么样了？有消息了吗？"

周至深僵了僵，放下筷子："没有，才过去两个月。"

也对，是我操之过急了。兴许是终于吃到了梦寐以求的四川菜，我整顿饭都喋喋不休，周至深偶尔应答两句，大部分时间仍由我自言自语。

待我酒足饭饱，这才发现自己面前已经一片狼藉，而周至深面前干干净净，仿佛就没动过筷子。

见我疑惑地打量他，他才开口坦白："我不能吃辣。"

他的嘴唇有些红肿，额上也渗出汗水，说话时声音甚至有些沙哑。

我抱歉地看着他，之前光顾着自己了，忘记问他是不是可以吃辣。

"你饿吗？要不我们再去吃点别的？街对面有一家不错的香港茶餐厅。"

周至深摆摆手："不必了，你还有想去的地方吗？"

这时我才发现他的另一只手一直放在桌下，似乎是捂住了胃，连忙摇了摇头："我吃饱了，现在只想回去睡觉。"

周至深似乎松了一口气："那走吧。"

走出餐厅的时候，我鬼迷心窍般地去牵他的手，碰到他微潮的手心时有些恍然，我这是在做什么？

周至深回头看我，眼里似乎有探究。

我连忙戴上面具："都说是约会了，男女朋友牵手不是很正常吗？更何况亲都亲过了。"

周至深的眉头皱了皱："说话不要这么没有分寸，雪莉没有教你吗？"

但到底，他没有甩开我的手。

回公寓的路上，周至深的额上仍旧在渗汗，我没有忍住，给雪莉发了短信："周至深是不是不能吃辣？"

雪莉隔了五分钟才回复："他胃不好，吃辣会胃痛！"

果然。

我转头看着周至深，车窗外的灯光呼啸而过，他专心开着车，灯光在他的脸上掠过。他看似面无表情，奈何额头上的薄汗泄露了他的疼痛。

他这逞强的个性倒是和我有得一拼，明明不能吃辣，却在我说要吃辣时顺着我。我心里有一块地方又陷进去一点，忽然觉得，眼前这个男人并不像初见时表现出来的那样冷漠，否则卢娜又怎么会一直对他念念不忘。

回到公寓后，周至深便进房间洗漱。

我没有当面拆穿他，在药箱里翻出一盒胃药，倒了开水，想了想他刚才什么也没吃，只能又泡了一盒泡面，这才一起端进他的房间。

因为端着托盘，我腾不出手来敲门，用肩膀轻轻一撞，房间竟然没有上锁。

浴室传来哗啦啦的水声，我差点忘记这是洗一个澡需要花上近一个小时的男人。我百无聊赖地在他书桌前坐下，有些担心泡面很快就要泡烂。除去鸡蛋三明治，这是我唯一会做的食物了。

我托着腮坐在位置上等着周至深美男出浴，随手翻了翻他堆在桌上的服装类工具书，眼角余光却忽然瞥到压在最下面的那个牛皮纸文件袋，文件袋上写着的似乎是我的名字。

我望了一眼水声不断的浴室，壮着胆子抽出了那个文件袋。

里面只有薄薄几张纸和几张照片，照片是一个文质彬彬的中年男人，有不同角度的远照和近照，我的职业嗅觉告诉我，这些照片绝对是偷拍的。

照片底下还附着这个男人的资料：乔冠生，男，五十五岁……

我的手指忽然不由自主地颤抖起来，这个男人姓乔。

我匆匆再去看底下那张纸，是一份十五年前的报案资料，五岁女儿于曼哈顿走失……底下还有乔冠生的亲笔签名。

这个人，是我的亲生父亲！

浴室的水声终于停止，浴室门被打开的瞬间，我捏着那几张纸回过身去，就见周至深洗浴放松后的表情再度紧绷起来："谁让你进来的？你这两个月来的礼仪都白学了吗？"

我冷笑着扬起手里的报告："现在你还好意思和我谈礼仪？你不是说没有消息吗？这是什么？！"

我的确看错了周至深，他自始至终都是那个利己主义者，所有的温情都是假的。我将托盘里的所有东西扫落在地，拿着那份资料转身跑了出去。

我漫无目的地在街上乱逛。离开周至深的公寓后，我才发现我无处可去，就连昔日对我最好的罗希太太也已经搬去了养老院。

离开了周至深，我再度一无所有，无依无靠。

我靠在路灯下，将那份资料从头到尾仔细看了好几遍，除了对乔冠生简单的介绍，联络方式和地址统统没有。我将那几张照片翻来覆去地看，同样一无所获。

手机响了一遍又一遍，都被我挂断了，直到屏幕上出现了雪莉这个名字，我犹豫了一会儿，最后接了起来。

"乔遇，你在哪里？"雪莉的声音很焦灼，"至深到处在找你，现在大半夜的，有什么事情回来再说。"

"我不会回去了。"我闷声回答，但说出来的话却毫无底气。

"你说什么？"雪莉急起来，"你和至深签了合同，你这样是违约的。"

我冷笑一声："他答应过我替我寻找我的亲生父母，但他明明知道了他们的下落却故意隐瞒我，他才是违约！"

“他这样做一定有他的道理。”雪莉放软了语气，“我知道你很生气，但你可以回来当着他的面质问他。你别乱跑了，我们很担心你。”

雪莉语气里的担忧并非假装的，我和她相处不过两个月，但我们都将对方当作朋友看待，起码我相信，这件事她毫不知情。

“别担心了，我也不是第一次一个人大半夜在街上流浪了。”在那些还没遇到周至深的日子里，颠沛流离不过是我生活中的一部分，为何现在提起来，我竟然觉得鼻子发酸？

雪莉那边静了下来，紧接着，我便听见身后传来汽车的声音。

我回过头，就看见握着手机的雪莉和周至深一同从车上下来。雪莉朝我跑来，一把就将我搂进怀里：“乔遇，你太坏了！你连和我商量一下都不肯吗？一个人乱跑，出事了怎么办？”

对着雪莉，我着实发不出脾气来，只能叹了一口气：“你们怎么找到我的？”

我其实没跑远，主要是因为我无处可去。

雪莉指了指身后的周至深：“你和他的手机可以互相查到对方的具体位置，好在刚刚想起来了，不然都不知道去哪里找你！”

我看着手里的手机，这个手机来自周至深的馈赠。我沉默着，一言不发。

雪莉拉了拉我的手：“我已经替你教训过他了。”

她的话音刚落，周至深便走了过来：“雪莉，让我和她单独聊聊。”

雪莉看了看周至深，又看了看低头不语的我，终究叹着气走开了。

“你可以责怪我。”周至深开口时，声音带着疲惫，“这件事的确是我考虑得不够周全，但是乔冠生这个人的底细我还没有彻底摸清楚。”

“如果不是我意外看到这份资料，你打算一直不告诉我？”我打断他。

“短时间内我不会告诉你。”他老实回答。

我不解："为什么？你怕我找到家人之后就弃你于不顾，会威胁到你的事业、你的前途？"

"我是有这种担忧。"周至深低头望进我的眼睛里，"难道你没有这样想过？"

我本想大声反驳，但声音却卡在了喉咙口。

是，在最开始的时候我的确想过，如果找回了父母，我就可以离开周至深，不用再依赖他，但那是一开始。

"乔遇，人都是自私的，你是，我也是。"周至深跨前一步，朝我靠近了些，"我这些年付出了很多，我不能看着它毁于一旦。在我确定你不会背弃我之前，我不敢冒险。"

"如果我打算背弃你，当时在游艇上我就不会跟着你掉海里去了。"我嘟囔着，深吸一口气后又抬头看向周至深，"那我现在给你承诺。"

身旁的路灯无缘无故闪了闪，让我错过了周至深的反应。

我选择继续说下去："这点信誉我还是有的，我和你已经签了合同，就算我认了父母，也不会弃你于不顾。"我想了想，又举起三根手指，据说中国人做保证时都会做出这样的姿势，"我保证！"

周至深看着我那三根手指，有些哭笑不得。那路灯再次闪了闪，彻底灭了。

我有些慌张，举起的三根手指却被一只大手握住。我抬头，就见周至深目光沉沉，在黑夜里如同繁星闪烁："乔遇，我可以信你吗？"

我忽略了自己忽然剧烈的心跳，努力平静地回视他："当你问出这句话的时候，你不就是准备信我吗？"

周至深笑了："其实你没有我想象中的那么笨。"

我揉着鼻子苦笑："在那种环境里长大的人，不聪明点，可能随时都会被吃干抹净吧。"

然而周至深并不打算在一盏坏掉的路灯下和我探讨我过去黑暗的生活，他牵着我转身："走吧，回家。"

家这个字让我不由自主地颤了颤。

周至深回头看了我一眼，什么也没说。

上车后，雪莉立即把我拉到身边。她大我好几岁，虽然培训的时候对我很严格，但大多数时候都让着我，不过这次我不告而别，她明显是生气的。

“乔遇，我警告你，你要是再这样，我不会再理你的！”

她难得神色肃穆地说一件事，我有些心慌，正不知道该怎么赔礼道歉，就听周至深开口：“雪莉，想回英国见你男朋友吗？”

刚刚还面色不虞的雪莉立即晴转多云：“可以回去了？”

周至深没有回头：“DG的事情已经告一段落，美国这边暂时没什么事情了，回中国的时间可以推迟一些。”

雪莉兴奋得几乎要跳起来：“太好了，乔遇，我带你回我家，我家。”

“乔遇不跟你去伦敦。”周至深打断了她，“我带她去伯明翰，她回她自己的家。”

“她自己的家？”雪莉愣了愣，但立即了然，“什么时候出发？我立刻订票！”

“等乔遇申请好护照，立即出发。”周至深的声音似乎有稳定人心的作用，我终于愿意相信，他说要带我回家是真的。

回到公寓，雪莉像个大娃娃一样黏着我，仿佛害怕我又一言不发地跑掉：“明天的培训内容没那么简单了！谁让你乱跑！罚你！”

我赔着笑，却一眼瞥见周至深的房门半敞，地上依旧是我离开时的那一片狼藉。雪莉凑过来：“你刚才把至深吓坏了，我在电话里还以为天塌了。”

我想起他的胃：“我们今晚吃了麻辣火锅，现在他胃痛好了吗？”

“什么？他胃痛？”雪莉惊呼，“难怪他一边开车一边流汗，我还以为他紧张你。”

说完她又朝我坏笑：“他真的在乎你哦。”

我无言以对，回头看向刚进门的周至深，想了想，终究还是去药箱里拿了一片胃药给他："吃了吧，痛就别硬撑了，下次不吃麻辣火锅了。"

周至深没有拒绝也没有嘴硬，接过了药片和开水："谢谢。"

在他要转身进房的时候，我叫住了他："周至深，这种事情你以后能不能不要瞒着我？"

我指的是找到我亲生父亲这件事，我相信他听懂了。

他回头看我一眼，似在承诺："乔遇，我们早就是一条船上的人了。"

在门关上的瞬间，我喃喃开口："晚安。"

窗外的夜色苍茫，我忽然觉得迷惘，我和周至深，到底能在同一条船上坐多久？

周至深的办事效率向来很高，仅仅一周便将我的护照等证件搞定。

雪莉归家心切，搭乘比我们早一班的飞机飞回了伦敦，于是从曼哈顿到伯明翰的旅途，只剩下我和周至深两人。

飞机上，周至深又递给我一叠资料："这是你其他家人的资料，你有六个姐妹，母亲已经去世，父亲在伯明翰的一所大学里当教授。"

那一叠资料里是我其他六个姐妹的信息，六姐妹的长相都偏像父亲，我排行第五，如今最小的妹妹也有十二岁了。

我翻出一张照片，照片里的女人言笑晏晏，眼睛笑得弯起来，带着优雅的风情。

周至深忽然开口："你长得最像你的母亲。"

我将资料收起来："不看了，反正都要见面了，从他们口里听他们说，比看资料要有趣得多。"

我顿了顿，终于还是问出口："你能不能告诉我，你是什么时候查到我亲生父亲就在伯明翰的？"

"很早。"周至深似乎在斟酌些什么，"从我派人去查到给我结果，前后不到半个月。"

我感叹："还是有钱好，不然他们也不会十多年了都没找到我。"

周至深看了我一眼，嘴唇微张，但最终还是什么都没有说。

飞机落地之后，周至深租了车和司机，按着资料上的地址，很快找到了照片中那座红瓦白墙的房子。按照周至深的调查结果，乔冠生和女儿们周末都会在家。

我站在距离门口三十米的位置，踌躇不前。

“你很紧张？”周至深一直站在我身后，“你不必非要今天和他们见面。”

“正好今天人齐嘛。”我故作轻松，“而且，总要见面的。”

我走出几步又回头：“喂，一会儿跟他们介绍的时候，我能不能说你是我的男朋友？”

不知道为何，我下意识地不想让家人知道我这些年真实的生活。

周至深没有为难，他看着我，甚至带着疑惑：“我们之间的关系不是已经确定过很多次了吗？”

这就是答应了。

我一鼓作气，小跑着来到门前，按响了门铃。

一个三十几岁的女人打开了门，说的是地道的英式英语：“你好，请问找谁？”

我见过照片，这个人应该是我的大姐乔苑。

我一时不知道该用中文还是英文来回答她，然而她又用英文问了一遍，我只好用英文回答：“你好，我是乔遇，我……”

我话未说完，便听到乔苑的身后传来一声不耐烦的怒喝：“乔遇？！又是谁在开这种不知深浅的玩笑？！”

一个头发有些灰白的男人走了出来，然而他在看到我的那一刻却呆了呆。周至深说过，我和我母亲最像，眼前这个人，也许已经一眼认出了我。

果然，他在下一刻叹了一口气：“真的是你，乔遇，你和你妈妈长得太像了。”

待我和周至深坐在乔冠生装修精致的客厅里时，我仍旧恍如梦中。

我那六个姐妹今天只到了四个，两个小妹妹坐在沙发上打量我，仿佛我是什么可怕的陌生人。大姐乔苑和四姐乔茹倒是不打量我，目光却是一直在周至深身上打转。

乔茹似乎有些不敢确信：“你真的是乔遇的男朋友？”

乔家的人仿佛早已经忘却如何说中文，交流时都是用英文，周至深亦用英文应答：“千真万确。”

“看来这些年，你并没有受什么苦嘛。”乔茹笑着看向我，“看你的穿着和你的男朋友，你应该过得挺好的。”

我怔了怔，身上的衣服都是周至深给我购置的，以他的眼光和品位，东西自然不会差到哪里去，至于他本人，更是明摆着一副青年才俊的模样。

我忍不住摸了摸自己的脸，难道真的一点受过苦的痕迹都看不出来吗？

“乔茹，你不能好好说话吗？”开口的是乔苑，“乔遇，今晚就在这儿吃饭吧。”

乔冠生一直没有说话，我看向一直沉默的他，还是开了口：“如果你们不介意的话，我可以留下来吗？”

“留下来？”乔冠生愣了愣，“你的意思是，你要留在英国生活？”

我的喉咙有些发干，在飞机上我已经和周至深商量过，他会给我一个月的时间和家人团聚，然后我就必须履行合同里的约定，陪他回中国。

然而不知为何，乔冠生对我要留下来的决定似乎感到很诧异，我一时间不知如何应答，也忘记把我只是要留下来一个月的想法说出来。

“你要住在这里吗？”乔茹的目光又转向周至深，“你也一起留下来？”

周至深摇摇头：“我只负责将乔遇送过来，接下来，是一家团聚的时间。”

周至深说到一家团聚时，乔冠生的嘴角扯了扯，似乎是听到什么好笑的事情，我一直注意着他，将他的表情、反应都看在了眼里。

他不欢迎我?

然而他说出来的话却截然不同：“你要留下来就留下来吧，这房子又不是不能多容纳一个人。乔茹，把客房收拾一下。”

至此，我要在乔家住下来的事情就这样敲定了。

周至深没有多做停留，我将他送到门口，他回头看我：“这段时间我也会留在伯明翰，住址我已经发到你的手机里，如果有什么事就联系我。”

我点点头，在他转身的时刻又忍不住开口叫住他：“周至深！”

“怎么？”他回头的时候，阳光恰好照在他脸上，他的眼睛微微眯起，所有的冷清都在这一瞬间融化。

我疾步上前，一把抱住了他：“谢谢你带我过来。”

他没有动，半晌才抬手拍了拍我的后脑勺：“不必谢我，你往后一年都不会再有假期了。”

我嬉皮笑脸地抬头看他：“一个月够了。”

想了想，我又嘱咐他：“这一个月我不在你身边，你自己小心点。”

周至深点点头，目光却落在我的身后：“你的原生家庭有些复杂，你的家事我不好插手，剩下的事情，你自己解决。”

我有些不明所以，但周至深没有再说下去，他转身上了车。

我目送他的车远去。忽然离开周至深，让我有一种不安的感觉，我摇着头嘲笑自己，又不是要进龙潭虎穴，这里是我真正的家啊。

我转身就看到乔茹站在门廊前，看到我，她笑了笑：“又不是生离死别，不用这么依依不舍。过来吧，你的房间收拾好了。”

乔冠生让乔茹给我准备的房间在二楼，简简单单的一个房间，没有过多装饰，比起刚才路过的那几个带着生活气息的卧房，这间房显得十分冷清。

两个小妹妹靠在房门上看我：“听说你是我们的姐姐？”

两个女孩中最小的才十二岁，我从未当过别人的姐姐，一时感觉有些新鲜，抬手就要去摸她的头发，谁知她对我避之唯恐不及："不要乱碰我！还有，我们的房间你别进去，更不要拿我们的东西！"

说完两个人扭头就走，进了隔壁房间，用力地关上了房门。

我抬起的手还停留在半空，一时间进退不得。

"不好意思，她们还小，青春叛逆期嘛。"乔苑刚好上楼来，看到了这一幕，"你也累了吧？先好好休息，今晚晚餐时剩下的两个姐妹也会回来，她们会很高兴多了你这个妹妹的。"

在这个家里，乔苑对我最和蔼，她的话让我的尴尬化解不少。

一整个下午，我都躲在房间里和雪莉发短信，她已经回到伦敦，给我发来她和家人还有男友的大合照，还不忘追问我什么时候去她家玩。

我把今天的事情对她说了，也告诉了她我担心无法融入这个家庭，她安慰我："可能是分开太久了，没关系，血浓于水嘛。花点时间，今晚把我帮你选的礼物送出去，她们一定会爱上你的！"

我文绉绉地回复了一句："承你吉言！"

雪莉怕是又要在那头苦苦思索这是什么意思了。

至于周至深，我想来想去，还是将发给他的道谢短信删了个干净，以后再好好报答他好了。

晚饭的时候，剩下的两个姐妹乔灵和乔慧果然回来了。

乔苑将我介绍给她们的时候，她们的反应却和乔茹如出一辙："是乔遇？走失的那个乔遇？"

得到肯定之后，她们还是一脸古怪的表情，但最终还是过来拥抱了我："欢迎回家。"

等一家人都在饭桌旁坐定的时候，我才想起我的礼物还没送出去，于是匆匆忙忙回房间将七份礼物都拿出来。

乔家的姐妹都还未婚嫁，但都有着高学历和非常不错的工作。乔苑是个律师，乔灵和乔慧一起经营一家衣柜公司，乔茹是一家知名公司的HR。雪莉了解过她们的背景，帮忙挑选的礼物自然不会差，香水和化妆品都是最昂贵的牌子，给两个小妹妹的则是最新的电子产品，给乔冠生的则是一对豪华袖扣。

她们各自拆开礼物，两个小妹妹欢呼一声，兴致勃勃地试机去了。倒是剩下的人，拆了礼物之后面面相觑，最终还是乔茹开了口："我果然没看错，你男朋友是个有钱人，也很舍得为你花钱。"

我愣了愣，虽然这些东西的确是周至深买的单，但我从来没有泄露过哪怕一点我和周至深的关系，莫非我如今看起来依旧那么穷吗？

"谢谢你的礼物，我很喜欢！"说出这种话的只能是大姐乔苑。

我扯着嘴角笑了笑，就听乔冠生发了话："吃饭吧！"

看得出乔冠生在家里的威严，他一发话，大家纷纷拿起自己的餐具，没有人敢再开口说话。

"乔遇，你现在有工作吗？"

乔冠生忽然开口，让我吓了一跳，我下意识地回答："我有工作的，我在美国时，是给人拍照片的。"

话音刚落，乔苑抬起头，古怪地看了我一眼。

乔冠生只是点点头："你现在已经成年了。虽然你回来了，但是按我们家里的规矩，一旦成年，都要自力更生。"

我愣了愣："您是什么意思？"

"爸爸的意思就是，我们都有养活自己的工作，如果要住在这个房子里，就要交租金，你也一样的。"乔茹接了话，目光炯炯地看着我。

我的喉咙有些发干，此时此刻发生的事情和我想象中的着实南辕北辙，我原以为走失多年的女儿回到家中，家里人会亲切地对待我，会想方设法地弥补我。

然而我却坐在饭桌前，听他们说着房租的事情。

周至深离开前给我留下一点钱，我想付房租应该足够了："没问题，租金多少，我先付一个月的，可以吗？"

我说着就要起身，却被坐在身边的乔苑按住："不着急，这又不是什么大事，爸爸只是希望我们每一个人都可以靠自己。"

说着她有些嗔怪地看向乔茹，似乎是在责怪乔茹多嘴。

一顿晚饭吃得索然无味，席间除了房租的插曲，全程便没有人再说话。我来时准备了许多话，我以为他们会问我许多问题，问我这些年去了哪里，做了些什么，过得好不好，然而现实是他们对我这个忽然出现的家人仿佛毫无兴趣。

晚饭后，乔苑拿着一本相册来我房间："你别怪他们，爸爸是比较严格的，一直都讲究公平对待每一个女儿。虽然你刚回来，但是他比较固执，希望你和我们一样。"

我接过相册，翻开第一页就看到那个言笑晏晏的女人，我的母亲。

"我猜你会对妈妈的事情感兴趣。"乔苑笑着看我，"本来还想和你好好聊聊，可惜我不住在这里，现在要回去了。"

这里唯一一个温和待我的人要离开了，我顿时有些紧张，一把拉住了她的手。

乔苑愣了愣，忽然又笑了："你小时候就喜欢黏着我，现在还是一样，放心吧，我有空就会回来看你的。"

我不好意思地撒开手，终于在来到这个家之后感受到一点温暖："谢谢姐姐。"

乔苑前脚刚走，我就收到周至深的短信：一切可好？

我斟酌着回复他：在自己的家里了，哪有什么不好，一切都好！

周至深隔了十多分钟才回复我：那就好。

我放下手机，看向窗外。

伯明翰的夜色沉沉，我忽然想念起曼哈顿，想念起那个有周至深和雪莉的公寓，那个地方更像家吧！

我拿起手机拨周至深的号码，拨到一半又停下。周至深是一个一年后就要和我解除关系的人，他最终要回到云端做他的继承人，到时候我们桥归桥，路归路，连能否继续做朋友都是未知数。想到这里，我放下手机，忍下想听他声音的冲动，就这样吧。

第七章

他走了，没有带走我

兴许是不习惯陌生的床，我失眠到半夜，隔日起床时已经是早晨十点，下楼时遇见刚跑完步回来的乔茹。

她看了我一眼：“你真能睡！你第一天回来，爸爸没跟你计较，可是我们家里最反感这种日夜颠倒的作息的。”

“对不起，”我尽力解释着，“昨晚没睡好。”

乔家的房子如今只住着乔冠生、乔茹和两个妹妹。今天是周末，只有乔茹在家，她没再理会我，重新塞上耳机上楼去了。

我饥肠辘辘，忽然很怀念过去两个月的时光。雪莉爱下厨，我每日醒来后都有一桌丰盛的早餐等着我。我在乔家的厨房转了一圈，在冰箱里找到几个培根三明治和一瓶鲜牛奶，这应当是他们留给我的早餐。

我在桌边坐下，一边吃早餐一边想着要怎么样才能融入乔家，吃到一半，就听开门声响起，乔冠生带着两个小女儿回来了。

我连忙站起来，还没开口问好，就听见一声低呼：“我的三明治！”

说话的是十五岁的乔菀，她飞快冲过来，看了一眼已经被我吃掉大半的三明治，瞬间眼眶都红了：“你怎么可以随便拿人家的东西？”

我目瞪口呆地看着她不住往下掉的眼泪：“只是一份三明治……”

“这是我第一次亲手做的三明治！”乔菀叫了起来，“我们下午聚会，每个人都要带自己亲手做的食物的！”

“什么事啊？这么吵！”乔茹正好从楼上洗完澡下来，看了一眼餐桌，登时对着我摇了摇头，“你要吃早餐，不会自己做吗？干吗动别人的东西？你当自己是贵族，吃个饭还要人服侍？”

我一时间手足无措：“我以为，这是你们留给我的早餐。”

“妈妈去世之后，就没人统一做早餐了，”乔茹看向我，目光中不知为何闪过一丝憎恨，“昨天我已经告诉你了，在这个家里，你要自力更生。”

“行了！”乔冠生终于开口，他看向还在哭的乔菀，“冰箱里还有材料，再做一份就可以了。”

“爸爸！”乔菀不忿，恶狠狠地瞪了我一眼，但终究还是害怕乔冠生的威严，气呼呼地去冰箱里拿材料。

“我帮你吧！”我一心想要弥补，“三明治我刚好会做。”

乔菀一把甩开我：“走开！你没听见我说过要亲手做吗？”

乔冠生瞪了一眼乔菀当作警告，在客厅坐下便看起了报纸，乔茹也没再上楼去，在乔冠生身边的沙发上盘腿坐下，也拿起一份报纸。

难得人齐，我正想和他们聊一聊母亲的事情，便也在沙发上坐下。

乔冠生忽然开口：“最近有人送了我两张票，莎士比亚精选剧目，改天一起去看看。”

我心里一喜，正要应好，却听到乔茹应下：“好啊。”

原来他不是对我说的。

“爸，上次不是说你们学校又出了一个科学家吗？”乔茹兴致勃勃地朝着乔冠生挨过去。

“嗯，学的量子物理，前途无量。”乔冠生看着挨过去的乔茹，眼里的宠溺一闪而过。

紧接着，他们从量子物理学聊到天体学，再聊到经济行情、股票市场，而我在一旁如听天书。大约是昨夜没睡好，我竟然打了个瞌睡，脑袋一晃，一头磕上旁边的台灯。

这个动静惊动了那头相谈甚欢的父女俩，乔茹朝我看过来："怎么？我们聊这些，你很无聊啊？"

我如实回答："没有，我只是听不懂。"

话音刚落，我便听乔冠生冷哼一声："你的内在有你的外在一半光鲜就好了。"

说完他起身回房间，留下乔茹一脸嘲讽地看着我："我们家里除了两个妹妹还没修完学业，最低学历也是硕士，爸爸不喜欢不学无术的人。"

我张了张口，忽然无言以对。

乔茹没再留下来揶揄我，她和我本来就没有共同语言，也从不勉强自己和我待在一起。

至此，我终于明明白白感觉到，这个家是不欢迎我的。

我在房间里待了一天，终于忍不住给周至深打了电话。

电话那头有些嘈杂，周至深低沉的声音隔着手机传来，让我顿时安心不少。

"你在做什么？"我佯装欢快。

"工作。"他回答我，"有事？"

我深吸一口气："周至深，你很容易就找到乔冠生并不是偶然，要找到我家人并不难，只是他们放弃找我了，对不对？"

电话那头沉默着。

"没关系，你可以告诉我。"我笑了笑，却发现自己笑得比哭还难听。

"这个不在我调查的范围内，我只负责找出你的亲生父母。"周至深似乎叹了一口气，"怎么？在那边过得不开心？"

他的声音透着疲惫，我没想过他来到伯明翰还要忙着工作。虽然有约在先，但我仍旧觉得自己的事情麻烦他太多了："没有，我就是突然想问一问。"

他似乎在跟身旁的人说话，半晌才回到通话中："乔遇，你如果想回去了，随时告诉我。”

我心怀感激地点点头，没有再和周至深多聊。再聊下去，我只怕自己会露馅。

我又在乔家待了一个礼拜，虽然我并没有打算在乔家久留，但碍于这里的规矩，我还是抽空到超市买了些食物和生活用品。

好在所有人在工作日都要外出工作，我也不至于对着他们徒增尴尬。周末大姐乔苑会过来，这些日子里我一心等她来，她给我的相册我这些天翻来覆去地看，这家里我唯一没见过的，就是我的亲生母亲了。

“你能不能带我去看看妈妈？”我将乔苑拉到房里，满怀期待地提出要求。

乔苑呆了呆，半晌才开口：“可能不太合适。”

我的心往下坠了坠：“我既然回家了，理所当然要去看看妈妈，怎么会不合适？”

乔苑顾左右而言他：“我是说，今天可能有客人要来，改日吧。”

等乔苑放假，又是一个礼拜过去，我不同意，难得态度强硬：“不行，我今天一定要去。你不带我去，我就去问……”

话说到这里，我忽然噎了噎，这才发现原来我到了乔家这么久，没喊过乔冠生一声爸爸，而他似乎毫不在意，从未提起这事。

但即便我没说出口，乔苑也明白了我的意思，她连忙拦住我：“你千万不要去问他，我带你去！”

我果然没有看错，乔苑估计是家里最在意我的人了，她借口带我去超市，开了一个小时车，带我来到墓园。英国的墓园绿草如茵，墓碑洁白，墓碑前鲜花盛放，明显被打理得很好，墓碑上有一张照片，照片里的女人和我有着相似的眉眼。我忽然觉得可惜，她是我的母亲，可我对她全无印象。

我看了看墓碑上的时间，去世的时间是十二年前。

“她，是怎么走的？”我开口说话，却发觉自己的声音干涩。

乔苑的手搭上我的肩膀，叹了口气：“她那段时间太累了，因为怀孕身体虚弱，生完孩子又抑郁，身体一直不好，拖着拖着，就离开了。”

我其实没有什么话可以对她说，就好像我没有话要对乔冠生说。我这十多年来流离浪荡，说出来并不光彩，像是在博取同情，这样一来，我也只会看低自己。

我在墓碑前坐了半个小时，由始至终只说了一句话：“妈妈，我回来了。”

离开的时候，我摘了墓碑前的一朵小蓝花别在衣服上，当作是亲生母亲馈赠的礼物。

回到乔家的时候天已经黑透，乔茹听到车声等在了门口，没好气地看了我一眼：“你们去哪里了？爸爸有朋友来吃饭，你一会儿不要乱说话。”

我张了张口，却被乔苑拉住：“进去吧。”

饭厅里坐满了人，乔冠生左侧坐了一对和他年龄相当的中国夫妻，乔苑给我介绍：“这是爸爸的同事，秦教授和他的太太。”

我见他们是中国人，条件反射地讲了中文：“你们好。”

听见我说中文，那位秦教授的眼睛亮了亮：“中国人？哈哈哈，难得能听见别人讲普通话。冠生，你这些小姑娘连母语都不会讲了吧？”

乔冠生只是笑。

秦教授的太太打量着我：“小姑娘叫什么名字？我看着特别亲切。哎，你们有没有觉得她和海莲特别像？难道……”

海莲，是我母亲的名字。

这话刚出口，乔冠生的脸色忽然沉了沉：“你们想多了，只是朋友的女儿，来英国玩，在我这边住几天。”

他说这话的时候乔家六姐妹的脸色都十分古怪，可是没有人敢出口反驳他，包括乔苑。

“哦，是我误会了，这小姑娘实在像海莲，”秦太太叹息一声，“我还以为，你们终于找回了乔遇。”

有什么在胸腔里冲撞又冲撞，我一把甩开乔苑一直紧紧拉着的我的手，踏前一步：“不，这位太太，你没有误会，我就是乔遇。”

我的一句话掀起了轩然大波，乔冠生拍桌而起，用力之猛，几乎要将桌子掀翻：“你胡说八道什么？！”

我这人向来吃软不吃硬，乔冠生怒发冲冠的样子让我一身反骨嗷嗷作响：“是谁在胡说八道？你可以不认我，可是你不能随便把我当成路人甲！”

我怒极反笑，自己下午还在海莲墓碑前可怜兮兮地摘下一朵花，但原来他们从来都不将我放在心上。我将别在胸前的花扯下来，丢在乔冠生面前。

“这花！”乔冠生又惊又怒，“你去过海莲坟前？！谁带你去的？！”

秦教授见这阵仗，忍不住拉了乔冠生一把：“孩子去看看母亲有什么不对的，你别这样，自己的骨肉啊！回来了不好吗？”

“我没有这样的骨肉！”乔冠生怒吼一声，吓得最小的女儿哭出声来。

他三步并作两步走到我的面前：“你不要以为我不知道你这些年在美国都干了些什么！你不学无术！拍别人隐私去要挟别人，以此赚钱，你还欠了一身债是吧？！”

他转向秦教授：“老秦你看看！我没有这样的女儿！我的女儿，哪一个不是腹有诗书？哪一个不是安安分分？！”

我的嘴唇发着抖：“我要是还欠着一身债，哪里来的钱给你们买礼物？！”

“好！我正要问你呢！”乔冠生转过身，从客厅的柜子里提出一袋东西丢在我面前，里面的东西散落在地，竟然是我来的那日送给他们的礼物，不知道什么时候又被乔冠生收了回去。

“这些怕不是用你自己的钱买的吧？你和那个男人是什么关系？啊？他的谈吐气质都不是你能攀附的！他看上你什么？还不是贪你年

轻！图个新鲜！”

我张了张口，却发现自己无法反驳。这些礼物确实不是用我的钱买的，我和周至深也不是名正言顺的男女朋友关系，严格来说，我只是他的药。

乔茹在一边冷冷开口：“你的事情我们早就知道了……”

“你们早就找到了我？”我难以置信地看向乔茹。

乔茹抿了抿嘴：“你回来究竟要干什么？想死皮赖脸地留下来，骗我们的钱让我们帮你还债吗？还是那个男人不要你了，你无路可走，想回来赖着我们？”

难怪他们拿到礼物时表情古怪，难怪我来的第一天他们就对我说要自力更生，难怪到现在他们都从未问起我这些年过得怎么样，原来他们早就知道！

“你以为我想背一身的债，每天吃不饱、睡不安稳？”我冷冷笑起来，“你以为我想做那种被人唾骂的工作？我的亲生父母不要我了，我除了靠自己，还能怎么办？”

乔苑过来抱住我的肩膀：“好了好了，乔遇，别说了。”

我甩开她的手：“是！我是被一个赌鬼收养了，他很穷，还嗜赌，没钱供我读书，还要我去打工帮他还债。但是这些年，他起码把我当成半个女儿！”

乔冠生看着我，仿佛气急攻心，指着我半天说不出话来。

“因为我过得不好，活得低贱，所以你们即使找到了我也不认我，是吗？”我越说越觉得这事情太可笑了，也觉得没必要再说下去了，“那真是不好意思，是我打扰大家的生活了，我这就走。”

我转身上楼，将属于我的东西收在行李箱里。因为一直住在客房里，我也将自己当作客人看待，行李箱里的大部分东西甚至都没有拿出来过，收拾起来用了不到五分钟。

我下楼时所有人都围着乔冠生，似乎是在安抚他。

我拉着行李箱目不斜视地往门外走，却被乔茹叫住：“你等等！”

她走过来，看了一眼我的行李箱，就这一眼，我忽然明白了她的意思。

“怎么？你当我是贼？”怒极过后，我反而冷静下来。

我并不是第一次被刁难，此时此刻，这样的情形已经不能够让我感觉难堪。

乔茹是公事公办的语气：“我怎么知道你有没有顺手牵羊……”

“乔茹！”乔苑就在这个时候冲了过来，将乔茹扯到一边，她看我的眼神充满歉意，“乔遇，对不住，我送你走吧。”

乔茹被扯在一边，脸色立刻沉下去：“你又不住在这里，你倒不怕丢东西！”

乔苑耐着性子劝解：“能丢什么东西？她连那么贵的香水、丝巾都送给你了，还能贪你什么东西？”

乔茹刻薄地踢了踢地上散落的那些东西：“你知道这些是正品？现在假冒伪劣的东西太多了！”

乔苑终于忍无可忍：“乔茹！你嘴巴能放干净点吗？如果有任何东西丢了我负责！”

“不必了。”我看了她们一眼，忽然庆幸这些年的生活让我此刻能这样冷静，之后蹲下将行李箱打开，一件一件地翻开给他们看，“怎么样？下一步是不是要搜身？来啊！”

似乎是被我的冷静震慑，乔茹半天说不出话来。

我将行李箱里的东西收起来：“不搜，那我走了。”

乔苑连忙追上来：“现在外面很难叫车，我送你！”

我刚要说“不必”，就听乔冠生怒吼一声：“乔苑，你给我回来！”

乔苑慑于乔冠生的威严，一时进退不得，我拍了拍她的手：“我自己走吧，你的好意我领了，谢谢。”

说着我疾步走出大门。

夜幕沉沉，小区里大部分房屋里都亮着灯光，街上却鲜少有行人。

我拉着行李箱走在路上，原来并不是找到了亲生父母就可以结束孤苦无依的日子。

我摸出手机，下意识想给周至深打电话，那天他那句“如果想回去了，随时告诉我”是我如今唯一能享受到的温情，而他大概是我在这世上唯一可以依靠的人了。

号码拨出一半，我忽然想起他近几日都忙着工作，也不知道现在会不会在忙。

我思虑再三，还是决定直接去他住的地方找他。

周至深给我的是一个酒店的地址，我来到酒店，却忽然有些踌躇。一会儿见到他，我要怎么说呢？

我干脆在大堂的沙发上坐下来，冥思苦想。

大概离开了乔家，整个人都放松了下来，我竟在酒店大堂的沙发上打起瞌睡，也不知道过了多久，有人推了推我：“小姐，你没事吧？不舒服吗？需要我给你倒杯水吗？”

是酒店的人，说话间还用担忧的眼神看着我。

我这才想起我还没吃饭，又刚刚知道了亲生父亲不愿要我的真相，此刻我的样子一定十分委顿难看。

我摆摆手，刚要告诉她我是来找人的，就瞥见大门口一个熟悉的身影，不，严格来说是一对，周至深不是一个人，那个挽着他的手笑得甜蜜无边的人，是卢娜。

我无暇思考卢娜为什么会在这里，这一刻我竟然觉得心虚。我猛地一低头，揪住眼前的酒店服务员，试图用她遮挡视线。

服务员被我扯了一个踉跄：“小姐，小姐，你还好吗？”

好在周至深和卢娜相谈甚欢，没有注意周围的人和事，自然没有看见我像缩头乌龟一样缩在服务员的怀里。

他们经过沙发，直接按电梯上了楼。

我放开了服务员，尴尬地笑了笑：“抱歉，刚才有些胃痛，现在没事了。”

服务员关怀地看着我，确定我不需要帮助才离去。

我愣愣地又在大堂里坐了很久，明知道我没有资格过问周至深和卢娜的事情，偏偏心却不断地往下沉。

是我想多了。在可以和周至深和平相处之后，我不是没有妄想过，他对我慢慢变得不一样是因为他对我生出了别的感情，如今我确定了我的确是在妄想，我自始至终只是他的药，救命的药，关乎前程的药，所以他在意一点，并没有什么不对。

即便我要求他给我一个女朋友的名分，名分也终究是名分，一直在他心上的那个人，是卢娜。

我没有再在酒店待下去。

在前一刻，我还觉得自己至少有枝可依，然而现在倚靠着那枝丫的人，却不是我。

我莫名想笑，伯明翰真是个鬼地方，我再也不想来了。

我想了想，拨了雪莉的电话，尽量装得语气轻快："雪莉，把你家的地址发给我吧，我去找你玩！"

电话那头的雪莉发出一声欢呼："太好了乔遇！我想死你啦！"

我沉到了谷底的心终于因为雪莉的雀跃回升了一点点，伯明翰对我太不友好了，去伦敦吧，伦敦有雪莉，也许会好一点。

事实证明，英国和我，大约就是唐人街老头们常说的八字相克。

我连夜离开了伯明翰，因为时间太早，我没有答应让雪莉来接，打算下飞机之后直奔雪莉家。

然而我万万没有想到，我第一次来伦敦，竟然就遇到了大游行。

通往雪莉家的那条路的交通几乎瘫痪，连警察都出动了。计程车过不去，我一咬牙，干脆下车，打算混在人群中走过去。

然而群情激愤，游行的人竟然和警察发生了冲突，场面一时混乱不堪。

我左躲右避，正感叹自己倒霉透顶时，手机就响了起来，来电显示是雪莉。我担心她出门接我时遇到这阵仗会有麻烦，立刻接起电话。

“乔遇，你下飞机了？你先不要过来，在机场等我，这边出了点状况！”大约她也知道街上爆发了游行，声音带着焦躁。

我刚想告诉她我很好，就忽然被人撞了一下，手里的手机飞了出去，一下子消失在人群中。

我揪着头发几乎要尖叫起来，原来没有最倒霉，只有更倒霉。

手机上面还有雪莉发来的地址，我一没记住地址，二没记住周至深和雪莉的手机号码，丢了手机，我就真的要被逼疯了。

我迫不得已，只能咬着牙冲进人群里找我的手机，然而现场的情况实在混乱，人们跑来跑去，地上都是动来动去的脚，别说手机了，现在就算掉了一万块美金，恐怕也没人去捡。

我正埋头找手机，就见一个身形瘦弱的女孩子被人用力撞了一下，整个人在地上滚了滚。有人跑过来，有人跑过去，在她的身上踩了一下又一下，疼得她的脸瞬间白了。

情况这样混乱，没有人注意脚下，很容易发生踩踏事故，那女孩再被踩下去，只怕就要出人命了。

我自认不是圣母，但还不至于见死不救。

我冲过去，用行李箱挡住那个女孩子：“你还好吧？能不能站起来？”

那女孩子满面泪水，感激地看了我一眼，点了点头。

她大约被踩到了脆弱部位，疼得满头大汗。我将她搀扶起来，放眼望去却找不到一个可以容身的安全地带，只能用行李箱做护盾，扶着她一步一步走到建筑物的墙壁旁，让她靠着墙壁站立，好避开人群。

游行人群和警察的冲突越来越激烈，人群里已经有人开始投掷物品，也不分前方是敌人还是自己人。

我刚想问那个女孩有没有同伴，就听到一声急切的呼唤：“Sue!”

一个棕发大男孩跑过来，一把将那个叫Sue的女孩搂入怀里，看来是她的男友。Sue泪眼汪汪地讲述着刚才发生的事情，又指了指我，告诉男孩是我救了他。

“谢谢你！场面已经失控了，我们快点离开这里。”那个男孩感激地看我一眼，就回身想要搀扶Sue离开。

就在男孩转身的瞬间，Sue看着我的身后，惊恐地瞪大了眼睛：“小心！”

我没来得及回头，忽然有一股大力将我扯了过去，下一秒，我就跌落在一个坚硬的怀抱里，而随之在耳边响起的，是重物砸在墙上的声音。

竟然是警察的护盾！看这个力度和角度，若是被砸中，我很有可能连脑袋都被削掉，就此一命呜呼。

“乔遇！”头顶响起一个咬牙切齿的声音，我一抬头，就看见那个此时根本不应该在这里出现的人。

“周至深！你怎么会在这里？！”

周至深还想说些什么，但那个棕发男孩打断了他：“快跟我走吧，这里太危险了！”

周至深抿了抿嘴，扯过我就走。他手上用了力气，拽得我的手腕生疼，然而任我怎么挣扎，他都不松懈一丝一毫。

等棕发男孩将我们带到安全地带，我的手已经被捏出一圈红色，几个手指印清晰可见。

“谢谢你们！”男孩对着我们一谢再谢，为了送Sue去医院，他没有过多耽搁，告诉我们往哪个方向走安全之后就离开了。

男孩走后，我才看向周至深：“你……怎么会在这里？”

周至深背着光，我看不清他的表情，可是他的声音泄露了他的情绪：“乔遇！你好大的胆子！”

他又气又急，说话间又拽起我的手：“是我太纵容你了吗？还是你本来就这么没有合作精神？跟我走！”

我的手腕刚出狼窝又入虎口，他越拽我，我越不愿意走。我只是来了伦敦，又不是做了什么丧尽天良的事情，他这么生气做什么？

“周至深！你弄疼我了！我来伦敦找雪莉，哪里犯着你了？！”

"你来找雪莉可以！"周至深猛地回过头，"但你要向我报备！你知不知道如果不是我及时找到你，你很可能就死在这里了！"

我虽然也有些后怕，但此刻输人不输阵，于是我踮起脚吼回去："哪里有你说的那么可怕！顶多头破血流！"

说起血，我困惑地看向周至深，刚才在大街上受伤的人不在少数，他难道没看见血吗？竟然没有发作？

似乎是知道我在想什么，他冷冷地解答了我的疑惑："多亏你，我下车之前已经吃了抑制病情发作的药，双倍！"

他把双倍这个词咬得很重，我不知道吃了双倍的药会有什么后果，但我已经开始心慌。

我垂下头，认栽："抱歉，我没想到会遇到大游行。"

"你做事考虑过后果吗？"周至深却似乎没有消气的打算，他居高临下地看着我，"乔遇，你知不知道保护好你自己也是我们合同里的一部分？你三更半夜离开伯明翰，甚至懒得通知我一声，要不是乔苑联系我，你此时此刻命都没了！"

我的手颤了颤："乔苑打电话给你？"

周至深看着我，没有隐瞒："送你去乔家的时候，我就给她留下了联系方式。"

"为什么？"我仰头看他，连声音都跟着颤起来，"你早就知道我会受不了跑出来？你早就知道乔冠生不会认我？为什么不告诉我？"

周至深丝毫不退步："乔遇！没有人可以预料将来！这是你自己的事情！是你吵着要找亲生父母，是你吵着要来伯明翰！既然来了，你就得有勇气面对即将发生的一切，你不能一直想着依赖别人！什么嫁个男人安稳一生这种可笑的梦想，简直错得离谱！"

"你告诉我，你是不是早就知道？"我抬起头看他，希望能从他的表情里看到些许破绽。

他轻易就坦白："乔冠生一早找到你却没有来认你，我有所怀疑，但原因究竟是什么我不知道。"

我知道，因为我是不学无术的街头混混，我跟着赌鬼长大，有损他的颜面，不配做他的女儿，所以他选择放弃我。

一时间，我所有的情绪都爆发出来，就连眼前的周至深都变得碍眼。

他却偏偏无知无觉，依旧拽了我的手就要走："跟我走，麻烦你以后能够有点合作精神，不要再让你自己置身于这样的危险中。"

"你来找我，就是怕我丢了有损你的前程，对吧？"我冷冷地开口，"如果不是因为我能抑制你的第二人格，你也不会为我做这些……"

这些明明就是事实，而我在说出口的瞬间才恍然大悟。是这些日子以来我们的相处和他的温情蒙蔽了我的眼睛，让我一时忘了我与他不过是一纸合同的关系。

这世上根本没有人真正关心我。

周至深的声音亦是冷的："否则呢？乔遇，你还想要什么？"

"我不会跟你走了。"我的脑海里一片混乱，连自己说的是什么都不知道，"你不是要我别依赖别人吗？那好！我要和你解除合约。"

"不可能！"周至深怒极反笑，"你知道违约要付出什么代价吗？"

"反正我没有钱，烂命一条，你要就拿去！"我破罐子破摔，只觉周至深的愤怒让我觉得快意。

说罢我转身就走，周至深追上来，一把扯过我的手。

就在那一刻，我觉得眼眶酸涩，终于忍不住落下泪来。周至深倒吸一口凉气，猛地放开了我的手："乔遇！"

"怎么？要发病了吗？要我吻你吗？"我流着泪，此刻笑出来，必定比哭还难看。

我不否认，在他温柔待我的那些时刻，我有过妄想，妄想忽略我和他之间的天壤之别，享受他的好，如今要告别了，留下一个告别吻亦是好的。

大约是我的眼泪对他的冲击力比鲜血更强烈，即便吃过了药，他依然开始喘不过气来。

我在脑袋一片空白的情况下凑到他面前："周至深，这个吻，当作分别礼物吧。"

未等他开口，我踮起脚搂住了他的脖子。

在别人看来，我们或许只是随处可见的在街边拥吻的情侣，是热恋中情不自禁的小儿女，却不知道这个吻对我来说是一种告别。

我抽离的时候，听到一声若有若无的叹息，不知道是来自周至深，还是来自他的第二人格顾子昂。

我放开了他，看着他慢慢恢复，与此同时，他的手机响了。

他接起手机的瞬间，我转身就走，却还能听到向来自持的他突如其来的失控话语："你说什么？你再说一遍！不可能！"

我皱着眉停下脚步，然而等了很久，都没有再听见周至深的声音。我忍不住回过头去，却发现周至深原本站着的地方空空荡荡，一个人影也没有。

他走了。在我们剧烈争吵之后，在我说要离开之后，他竟然一走了之，没有带走我。

我叹了口气，笑自己痴心妄想。我有什么值得他不顾一切？世上能让他那样紧张的，大约只有卢娜吧。

我握紧了手再放开，好！反正我和你也没有将来，再见了，周至深。

第八章

我来寻你，逾山越海，在所不惜

伦敦的酒店房价很高，我没有能力逗留太久，又失去了手机，没有办法联络雪莉，只能自己买了回美国的机票，但我没想到伦敦那样大，雪莉还能找到我。

她找到我的时候是在机场，我正要过安检，忽然被一个大男孩扯住了手臂："乔遇？你是乔遇吗？"

我防备地看着他，就听见他说："我是展扬，你认识雪莉吗？我是她的男朋友。"

展扬这个名字我并不陌生，雪莉经常挂在嘴边，在我面前秀恩爱。

我愣了愣，展扬以为我怀疑，也不放手："你别跑啊，不要动。"

他也不顾这里是机场，扯开喉咙就喊："雪莉！我找到她了，她在这里！"

路人纷纷侧目，好在他这样喊很有成效，不一会儿，我就看到雪莉从人群中走了出来，她一点都没跟我客气，大庭广众之下，拉过我甩手就往我屁股上打。

她用了狠劲，我被打得发出"嗷"的一声，忍不住躲到了展扬身后："等等，有话好好说，别这样打我，太没面子了！"

"乔遇！你这个坏孩子！"雪莉气得泪眼汪汪，"你太任性了！"

她似乎是真动了气，我也不敢躲藏了，连忙出来解释："我不是故意不告而别的，我的手机在那次大游行里弄丢了，我不记得你的号码和家庭地址。”

雪莉沉默地瞪着我，我只差没把双脚举起来发誓：“我没钱在伦敦待下去了，所以打算先回美国再联系你。”

雪莉似乎相信了我的话，她拉过我的手，说：“现在你找到我了，跟我走。”

我在雪莉面前向来是鹌鹑一只，只能缩着头被雪莉押着走，一点都不敢反抗。

一路上，雪莉都不怎么说话，好在展扬这个大男孩是个自来熟，不断地插科打诨，这才让我不至于那样尴尬。

展扬一边开着车一边说：“你都不知道，雪莉急疯了，一听说你一个人在伦敦，差点报警，最后没办法，我们只能去机场守着，没想到真的等到你了。”

我自觉理亏，只能撒娇求原谅：“雪莉，我真的不是故意的。”

雪莉紧抿着的嘴终于松弛下来：“乔遇，不是我想生你的气，可是你这次真的太过分了。至深来找你，你为什么不跟他走？”

她一提起周至深，我便什么脾气也没有了。我总不能告诉她我当时心灰意冷，才将所有的气都撒在他的身上。

“其实我去找过他的。”我坦白从宽，“从乔家出来以后，我去了他住的酒店，看到他和卢娜一起……”

“卢娜？”雪莉吃了一惊，随即了悟，“所以你就吃醋，跑过来找我了？”

我不好意思承认，只能扯东扯西找借口：“我只是不好意思打扰他……”

雪莉不依不饶：“据我所知，至深知道你离开了乔家之后立刻就联系你了，是你没听电话！”

我低头认错：“我那时应该在飞机上，手机关机了。”

雪莉恨不得将我再打一顿：“他定位不到你的位置，立刻就联系了我，知道你要来伦敦，他二话不说就跟来了，你在他心里很重要！”

“当然当然！”这一点我是勇于承认的，“我的存在关乎他的前程，当然重要的。”

雪莉气急：“你！你真是好心被雷劈！”

“是好心被当成驴肝肺……”展扬忍不住开口纠正她，见她一眼瞪过去，便缩了缩脖子，不敢说话了。

她不再和我讲道理了：“反正最近你就住在我那里！”

我以为在雪莉家会遇见周至深，然而直到我在那套洁净的公寓里住到第三天时，别说周至深了，连他的影子都见不着。

等气消了之后，我才发现自己的确和雪莉说的一样，任性妄为。乔冠生对我的所作所为和周至深半点关系都没有，我却把他当杀父仇人般臭骂了一顿，动不动就闹着要解约。

我心里愧疚，终于忍不住向雪莉提起他：“怎么这么久了，都没听见你提起周至深啊？”

雪莉看了我一眼，叹了一口气：“他回中国了。”

“他一个人？”我有些吃惊，“难道，他真的打算和我解约了？”

雪莉摇摇头：“他的父亲忽然发病去世了，事情发生得太突然，一点预兆都没有，他收到消息后立刻赶回中国，这才把你托付给了我。”

我突然想起那天在街边周至深接到的那个电话，我一直以为电话那头是卢娜，没想到是他父亲出了事，难怪他连骂我都来不及就匆匆离开。

雪莉看着我，顿时又生起气来：“他那些叔伯兄弟都觊觎着公司，本来指望你陪着他过去的，但是你又闹脾气！”

我顿时也着急起来：“那他现在怎么样了？”

雪莉摇摇头：“他离开得匆忙，只交代我去找你，在那以后就失去联络了，我打他电话一直打不通，也不知现在那边是什么情况。”

他忙乱之中竟然还想到我，他终究不是我想象中那么无情。

我有些坐不住：“你把他的地址给我，我去中国找他！”

"现在你过去也帮不了什么忙。"雪莉把我拉回去，"何况至深离开的时候交代过，等你冷静下来了，要我带你去见一个人。他说你想要知道的，或许那个人会有答案。"

雪莉要带我去见的那个人，是乔菀。

"进去吧，她在等你了。"雪莉送我到约定的咖啡厅门口，"一会儿谈好了给我打电话，我来接你。"

周至深的确想得周到，要是说乔家有谁我还勉强愿意接触的，的确只有乔菀了。

乔菀坐在咖啡厅靠窗的位置上，见我出现，她一脸惊喜地站起来："乔遇，你愿意见我，太好了。"

我在她的对面落座，她看着我的目光里充满歉意："对不起，那天一切都失去了控制。"

"早晚要发生的。"我耸耸肩，"这样也好，我以后也不会有什么不切实际的妄想了。"

"乔遇。"乔菀越过桌子握住了我的手，"我想了很久，觉得你还是应该知情。爸爸他……"

我打断她："我知道，他早就知道我在美国的生活。他觉得我的生活太堕落，配不上他的高知家庭，没关系，我以后可以继续当赌鬼的女儿。"

"不是你想的这样，你在外面漂泊那么多年，你回来，我们本应该好好弥补你的。"乔菀的表情黯然，"妹妹们也都像你这样想，以为爸爸是因为你被赌鬼收养而嫌弃你，但事实上，爸爸会有这种反应，是因为他觉得，你不是他亲生的。"

我的手抖了抖，手上的咖啡猛地洒落在身上，而我却只想笑："还有这一出？到底有没有这么曲折离奇啊？"

"他的怀疑不无道理，除了你，我们姐妹六个人的长相和性格都像爸爸。"乔菀也在苦笑，"只有你，长得像妈妈，由外到内没有一样像他。"

我沉默地看着乔苑。

她继续说："最重要的是，妈妈在怀你之前，和她初恋男友有来往，而爸爸那时候带学生去法国参加比赛，不在她身边。"

我敲着装咖啡的陶瓷杯子，只觉得自己的身世真的足够坎坷："既然怀疑，为什么不问清楚？"

"你不懂，乔遇。"乔苑摇了摇头，"爸爸非常爱妈妈，虽然他有所怀疑，但在你小时候，他对你也是非常好的。"

我耐心地等待着乔苑说下去。

"那一年你五岁，他们带着你去曼哈顿出差，你却突然走失。"乔苑说一下停一下，似乎在斟酌言辞，"妈妈因为自责开始生病，又奔波于美国和英国之间，就为了找你。刚开始的时候，你一点下落都没有，后来妈妈又怀孕了，爸爸劝她放弃，两个人因此大吵一架，关系一落千丈。"

"所以他就将这件事怪罪在我头上。"我终于明白过来，乔冠生对我的憎恨从何而来，我非但疑似他妻子婚姻出轨的产物，甚至间接地破坏了他们的婚姻。

然而乔苑告诉我，真实的情况比我想象的要糟糕得多："没有爸爸帮忙，妈妈根本没有能力继续找你，她耿耿于怀，虽然后来又有了孩子，但她的心结已经解不开了，到她离开的最后一刻，她甚至都不愿意和爸爸说最后一句话。"

我的手抖得厉害，只能两手交握才能克制。

"大概六年前，爸爸终于得到了你的消息，在那之前，我们甚至都不知道他还在找你。"乔苑表情痛苦地蹙着眉毛，"可惜他终究放不下……"

我苦笑出声："现在我忽然感觉，他恨我也是应该的。"

"他其实对妈妈和你都有愧疚。"乔苑再度握住我的手，"乔遇，你应该回来，我们一家人应该团聚。我可以劝爸爸去做DNA测试，只要证明你……"

“不用了乔苑，”我摇摇头，“不需要勉强。”

知道了原来这世上有人不遗余力地寻找过我，有人尽心尽力地爱过我，这一趟来英国就已经够了，我甚至足够幸运，可以在她的墓碑前叫她一声妈妈。

至于乔冠生，无论我是不是他的亲生女儿，对我来说都不再重要了，如果不是，他会继续憎恨我；如果是，他会因为他的所作所为悔恨一生而想要弥补我，然而这两样都不是我想要的。

乔苑脸色苍白地看着我：“乔遇，你千辛万苦回来，不就是为了和我们相认吗？”

“我已经得到了我要的，余下的就不重要了。”连日来遮蔽在我心头的乌云此时此刻有就此散尽的趋势，我回握住乔苑的手，“谢谢你，姐姐。”

“乔遇……”

乔苑还想继续说些什么，我打断了她：“我短时间内不会再来伯明翰了，我答应了一个人，未来一年要寸步不离地陪着他，做人起码要言而有信。”

大概是我的目光足够坚定，乔苑愣了愣，没有再开口挽留我。

走出咖啡厅的时候，我抬头望天，第一次觉得伦敦的天空蓝得动人，之后我打电话给雪莉：“我决定了，我要去中国，我要去周至深身边。”

雪莉陪着我回了一趟曼哈顿，在我收拾行李的时候，她去了一趟周氏的分公司，终于得到了周至深的消息。

“情况很糟糕。”雪莉慌张地看着我，“至深父亲一去世，他叔叔就指控他泄露公司机密，而且他父亲的遗嘱似乎被篡改过，他失去了继承权。公司现在被他的叔叔周成广接管，听说他们下了封杀令，他被拉进了行业黑名单……”

在雪莉的培训内容里，我知道周至深的叔叔周成广一直在和他争夺公司的继承权，但因为亏空公款的问题一直被他的父亲周成闻打压着，但没想到周成闻一去世，周成广就乘虚而入。

我惶惶不安地问："那他现在怎么样了？"

雪莉摇摇头："他现在……车子、房子，甚至是银行卡都被冻结，而且一旦被拉入黑名单，他在这一行里就无法立足了。"

我张了张嘴，却发现无法言语。比起我前阵子在伯明翰的遭遇，周至深此时此刻才叫作一无所有。

雪莉目光炯炯地看着我："他已经没有能力履行他和你合约里的义务了，你还要去找他吗？"

我沉默着，脑海里全是初见周至深时他倨傲的样子，从云端跌落尘泥，他现在一定过得很不好。

大概是我沉默得太久，雪莉的眼里爬上了失望："你和他本来就是合约关系，如果你不想去找他，那也在情理之中。"

"不！"我的语气比我想象中的坚定，"雪莉，我要去找他！"

自懂事开始，我的梦想就是嫁给一个可靠的男人，安稳一生。周至深动摇了我的想法，我突然想证明给他看，也证明给乔冠生看，我乔遇即使不依靠别人也可以活得很好。

我要去中国。

"乔遇！"雪莉欢呼起来，"我就知道你没那么势利。"

她准备了行李，订了机票，谁知道英国那边却来了电话，通知她，展扬在打工途中发生了点意外，进了医院。

雪莉一时间慌了神，左右为难。

"你回英国吧。"我替她做了决定，"周至深现在一定不想太多人看见他落魄的样子，如果我搞不定再联系你。"

雪莉着实记挂展扬，犹豫了半天，最终决定回英国："那至深就交给你了，等我们安顿好了，我就去找你们！"

我和雪莉匆匆告别，送她登上了回英国的飞机。

在离开曼哈顿去中国的前一天，我去找了华医生。

华医生对我的出现很是惊讶："至深的事情我听说了，我以为你不会来了。"

周至深治病的绝大部分原因是争夺继承权，既然他现在已经一败涂地，那么我对他已经可有可无。

"华医生，我这次来，是想请你替我催眠。"我说出此行的目的。

我曾对华医生说过，我对五岁前的事情没有印象，她提出可以用催眠让我记起来，然而我因为害怕记忆里有让我难以接受的事情，因此一拖再拖。如今我已经去过伯明翰，见过了乔冠生一家，那么找回走失前的记忆，便没什么可怕的了。

华医生没有多说话，只让我在那张舒服的躺椅上躺下。

她点燃了香薰，在我身边坐下，温柔沉着的声音响起，我慢慢地便觉得很困，意识放松下来，很快就睡了过去。

我做了个梦。

梦里有个女人牵着我的手嘱咐我："阿遇，你不要乱跑，不然一会儿妈妈找不到你了。"

那女人眉眼温柔，是我在相册里见过的模样，是我的母亲海莲。

梦里的我是孩童的声音，撒着娇："妈妈，我去找我朋友玩，就去一会儿嘛！"

海莲无奈地捏了捏我的鼻子："小坏蛋，那你不可以走远，好不好？"

我点点头，掉头就跑。不远处一个小男孩在对着我招手："阿遇！我在这里。"

我终于看清了那个男孩的模样，他有些瘦，但是笑吟吟的样子让他的眼睛都发着亮。他拉着我的手，带我去看他在酒店花园里造出来的石头城堡。

离别的时候，他对我说："阿遇，我们明天还在这里等好不好？"

我点点头，转眼场景变换，我站在空荡荡的花园里，左等右等，却等不到那个小男孩出现。

我看了看在远处和别人谈事的海莲，一转头，就看到大门外一个身影一闪而过，像极了那个小男孩。

我想都没想便跑过去，这一跑就跑到了大街上，然而男孩的身影遍寻不见，我盲目地乱转，早已经不知道自己身在何地。

直到有一双大手捂住我的嘴，将我拉入了一片黑暗。

我醒过来的时候只觉自己流了一身的汗，我谢过了华医生，却没有告诉她我被催眠的时候看到了什么，如果要联系起伯明翰的乔家，实在说来话长，而我赶着要上飞机，没有时间了。

华医生也没勉强我，她将我送到门外，忽然笑着开口："乔遇，我觉得你选择去中国是对的。"

我没有再停留，马不停蹄地赶往机场，搭乘飞机去往那个我向往已久的国家。

一下机，我满眼都是黑头发、黄皮肤的中国人，他们说带着各地口音的普通话，让我原本不安的心登时安定不少。

我飞快穿梭在人群中，一心只想快点走到周至深身边。

我拦了计程车，按照雪莉查到的地址，找到了周至深现在居住的地方。

中国的建筑和街道跟美国的很不一样，计程车来到一条巷子口便进不去了，司机抱歉地对我说："只能到这里了，里面七歪八拐的，我进去就很难退出来了。"

我下了车，独自走在这些带着古老神秘气息的巷子里，这时候我忽然无比庆幸乔亿教会了我讲中文。我拿着地址问路，终于在七弯八拐之后，找到了一家叫"问道"的茶道院。

雪莉查到的资料显示，周至深如今就住在这家茶道院里。

院落的石桌旁坐着一个自己和自己下棋的老人，见我左顾右盼地走进去，他也不理睬，顾自下着棋。

我尚不知道茶道是什么东西，也没有接触过，但这地方看起来像是打开门做生意的。我走到老人面前：“你好。”

“喝茶吗？”老人笑眯眯地看着我，又看了看我身后的行李箱，“不会是住宿吧？走错地方了呀。”

我尽量让自己的笑容无害一些：“老爷爷，我想找周至深，他住在这里对吗？”

“哦，原来是寻人！”老人了然地点点头，似乎很为难，“你要找的那个人啊，恐怕不愿意见客。”

我一急，连忙表明身份：“我不是客！我是他女朋友！”

我努力挺直腰杆，合约只要一天还生效，我就还是周至深的女朋友。

老人疑惑地看着我：“没听说过有女朋友啊……”

老人打量了我半天，眼里的疑惑消失了，取而代之的是无奈：“既然是女朋友，怎么现在才来？”

我慌张起来：“他怎么了？”

老人摇摇头：“很不好，你跟我来吧。”

我跟着老人登上木楼梯，走到二楼走廊最角落的房间，还未开门就已经能闻到里头冲天的酒气。

老人努了努嘴：“就在里面，你自己进去吧，我没眼看了！”

老人说着便顾自走开了。

我站在门前，敲了敲门，却没人回应。

“周至深，我是乔遇。”我放软声音，里头却仿佛没有人一样，安静得可怕，我咬咬牙，“我进来了！”

我伸出手，推开了眼前那扇古朴的木门。

在往后多年的时光里，我仍旧对眼前这一幕印象深刻。那个我所认识的天之骄子周至深，此刻正蓬头垢面地趴在房间最里头的床上，手里握着一个空掉的酒瓶，一动不动。

除去他手上的，地上还横七竖八地躺着许多酒瓶。我呆愣着踏出一步，一不小心踢中一个酒瓶。那个酒瓶滚到周至深身旁，发出“叮”的一声响。

这个动静终于让一直双眼紧闭的周至深睁开了眼睛，但他看都没有看我一眼。

“滚！”他的声音沙哑得如同几十年没开过口的人。

他的声音明明很小，我却只觉这个字震得我耳朵都痛。我情不自禁地又往前一步，就见那个他一直握在手中的酒瓶忽然脱手而出，直挺挺地向我飞过来，好在我避得及时，那个酒瓶砸在了我身后的木门上，瞬间四分五裂。

周至深咆哮起来：“我说了让你滚！”

虽然我做足了心理准备，但在面对周至深的这一刻，我才终于确信，向来骄傲的周至深，当真被打垮了。

我是被老人拉下楼的。

在老人拿着碘酒过来给我消毒的时候，我才发现自己的手被玻璃碴儿划出了一道口子，好在我站的地方背着光，周至深应该没有看见这道伤口。

老人看着我：“他疯了，整天除了睡觉就是喝酒，这样下去不废掉才怪！”

老人让我叫他胡爷，是这家茶道院的老板，和周至深有些渊源，知道周至深走投无路，才收留周至深在这里住下。

“兔崽子，赶走了我不少客人！”胡爷气咻咻的，指着我投诉，“你不是他女朋友吗？怎么搞不定他？”

我按了按不住抽动的眉角：“我会尽快搞定他的。胡爷，我能不能在这里住下？我给你交房租，连周至深那一份一起交。”

周至深之前给我留下一点钱，如今我带在身上，正好应急。

“你爱住就住，房租就不用了，赶紧让那小子振作起来才是正事。”胡爷指了指二楼的另一间房，“你就住他隔壁，劝他洗洗澡吧，臭死了，我这个老头子都受不了了。”

我将行李搬到胡爷指定的房间里，想了想，去打了一盆水，再度推开了周至深房间的门。

房间里的窗帘都拉着，里面暗得不见天日。

我撸起袖子，开始将地上的空饭盒和空酒瓶装进垃圾袋里。在我做这些的时候，周至深仿佛无知无觉，全当我是透明的。

打扫完房子，我走过去戳了戳一动不动的周至深："起来吧，胡爷说你有十多天没洗过澡了，你不是最爱干净的吗？"

他动了动，却将脸翻过去对着墙，不看我。

我一咬牙，打算出奇制胜："你要是不愿意动，那我帮你洗了！"

他还是一动不动，我吐出一口气，当真去拧了湿毛巾过来，拉过他就往他脸上擦。

然而毛巾刚碰到他的脸，我的手就被揪着甩出去。

还是那沙哑的声音："我说了让你滚，谁让你来这里的？"

我揉了揉发疼的手，努力心平气和地和他对话："是你让我来的，你不记得了？你说要带我来中国的，我们的合约还没到期，你别想耍赖。"

周至深冷笑一声："还跟我谈什么合约，胡说八道！"

我气急攻心，也没多想就回了房间，将合同找出来放到他的面前："白纸黑字！周至深，你想赖账吗？"

周至深定定地看着合约，忽然摇了摇头，拿起来就撕，我要阻止的时候已经来不及了，那份厚厚的合约在他手里飞快地成了碎片。

末了，他将手里的碎片一撒，整个房间登时飞扬着白色的纸屑。

"现在呢？"他看着我，"可以滚了吗？"

"周至深！你太过分了！"我想去抓住那些纸片，然而它们散落得到处都是，我一时间又急又乱，也不知道该先捡哪一片才好。

"你不是要解约吗？"周至深瘫倒在床上，"我这就答应你了。从现在开始，你和我一点关系都没有，你可以走了。"

"你不想治病了吗？"我站起来看着他，"周至深，你不像是轻易就被打倒的人。"

“走吧乔遇，我什么都没有。我给不了你钱了。”他不耐烦地扭过身体，“那合同的义务我一条都履行不了，顾子昂想要这副身体，那就给他好了，麻烦你快从我的眼前消失。”

我沉默地将地上掉落的纸片都捡起来，离开前，我咬着牙撂下话：“我既然选择了来中国，就不会轻易离开，周至深，我要你好起来。”

可一直到我离开，周至深都没有说过一句话。

我无别处可以去，只能在茶道院里住下来，偶尔帮胡爷招呼一下来喝茶的客人，顺道打扫卫生。胡爷对我的勤快很满意，就连对周至深的投诉也少了许多。

周至深依旧躲在房间里不出门，然而我再去他的房间送饭送水，他不再让我滚了，只是沉默着不说话。

我试探着替他擦洗，他也不反抗，任由我摆弄，将我当作空气。

然而这样沉默不语的周至深却让我更加觉得害怕，他的眼神空洞，似乎没有了对生活的渴望。

我不知道怎样能让他活过来，苦思冥想之后，我想到了一个人。

“周至深，你想不想雪莉？”我蹲在他的床边，试图和他聊天，“我让她来看看你，陪你说说话，好不好？”

周至深没有反应。

我揉了揉鼻子：“那，你想不想见卢娜？”

这才是我真实的试探，我一直觉得卢娜对他非比寻常，也许她才是他如今的药。

周至深的眼珠子动了动，我大喜过望，他有反应了。

我继续说下去：“如果你想见她，我去把她找来好不好？也许她可以帮你……”

话还未说完，我就感觉一只大手掐上了我的脖子，周至深冷冷的眼眸就在眼前：“你好吵！”

他似乎失去了理智，我瞬间慌了神，难道在我不知道的时间里，他病发了？此刻在他身体里面的，难道是他的第二人格？

“周至深？是你吗？”我用力拍着周至深不断收紧的手，“你冷静一点！”

然而他似乎已经完全失控：“离我远点！离我远点！”

这样的周至深太过陌生，我心里一片酸涩。那片酸涩蔓延至鼻腔，下一秒，我便听见自己哭出声来：“周至深……”

眼前的人忽然震动了一下，茫然地抬起头来看我。

下一刻，他猛地松开了手，捂着胸口喘息起来。

我往后退去，惊恐地看着他倒下去，完全忘记了他病发时我应该做的事情。

等我想起来的时候已经太迟了，周至深脸上的潮红褪去，他睁开紧闭的双眼，茫然地爬起来，在看到我的那一瞬间，那双茫然的眼睛里有了欢喜：“阿遇！”

我忽然想起我和他掉进海里时的场景，看着眼前的人，颤抖着开口：“你……你是……顾子昂？”

“阿遇，你记得我呀！”周至深，或者应该说是顾子昂，兴高采烈地下了床，走到我身旁蹲着，“你长大了好多呀。”

他笑眯眯的，似乎想伸手摸我的头，却又红着脸收回手：“你怎么坐在地上，不凉吗？我扶你起来。”

说着他当真就伸手把我扶起来。

我踉跄着靠着墙壁站定，惊疑不定地打量着顾子昂。世界之大，无奇不有，只是换了个灵魂，即便是同样的躯壳，看起来就像是另外一个人。

周至深说过顾子昂是有暴力倾向的人格，可是目前我怎么看，眼前都是一个良善的男孩子……

顾子昂被我看得脸红耳热：“你……你这么看着我干什么？”

说着他自己去找镜子，一看吓得往后缩了缩：“我的天啊！我什么时候变得这么丑了？”

我被他吓了一跳，突然脑中闪过一道光，我拉住顾子昂的手：“那个，我带你去洗澡好不好？你好多天没洗澡了。”

我一碰到他，他便又开始脸红。

这张脸我太熟悉了，然而我从未看见过会脸红害羞的周至深，顾子昂的出现让我觉得有意思极了。

“我只负责带你去浴室，你要自己洗的。”我强调，“然后把胡子剃一剃，头发理一理。”

“当然当然。”顾子昂点头如捣蒜。

我给周至深擦洗的时候都只敢擦擦他裸露在外的地方，至于其他被衣服掩盖的地方，我碰都不敢碰一下，如今顾子昂愿意自己动手，实在太好不过。

因为不知道顾子昂出现的时间能维系多久，我只能抓紧时间，将他拉去浴室：“洗快点哦！”

顾子昂非常听话，我让他洗快点，他便真的快速地洗好，胡子也剃干净了，站在浴室门口朝我羞涩地笑：“头发太长了，梳不好，阿遇，你帮我剪好不好？”

院落里种了一棵大榕树，阳光透过树叶细碎地落在顾子昂眼里，盈盈发亮，我忍不住倒吸一口气。

要是周至深会这样笑，真的不知道要迷死多少女孩子。

等顾子昂乖乖地坐在院子里让我给他剪头发的时候，胡爷下巴都要吓掉了：“这太阳打西边出来了！这，喝酒喝傻了？”

我连忙将胡爷拉开：“你老人家快去遛鸟赏花，我没多少时间，要趁现在把他打理干净。”

胡爷念念叨叨着走远，但脸上的表情却是高兴的。

我不会剪头发，拿着从胡爷那儿借来的理发器，一咬牙，干脆给他剃了个平头。

拿镜子给顾子昂时我还有些发抖，然而他摸了摸自己的脑袋，显得很欢喜：“阿遇好厉害，剃得一点都不难看。”

我感动得眼泪都快掉了，要是周至深，我的脑袋可能早掉八百回了。

为了报答他，我去巷子口买了两瓶橘子汽水，和顾子昂肩并肩坐在露台上晒太阳。

一放松下来，我脑海里立刻浮现出千千万万个问题：“顾子昂，你为什么叫顾子昂的？”

他好脾气地回答我：“我妈妈姓顾，我跟她姓，名字也是她给我取的。”

我心里一颤，我从没有听过周至深提起过他的母亲，这么说，顾子昂其实是周至深的另外一个名字。

关于这个问题，我一时理不清楚，只能看着他笑：“我还没谢谢你，在海里……”

“那个时候，我很想和你多待一会儿的。”他有些沮丧，“可惜我不会游泳，可是我知道，那个人会。”

我震惊地看着他：“那个人……”

我记得华医生说过，周至深和顾子昂的人格是互相独立的，有一个出现，另外一个就必定会陷入沉睡，那顾子昂是如何得知周至深会游泳的，而且当时是他自己主动吻我的，我一直忽略了这个细节，这样是不是说明，他其实早就知道我的亲吻会让他陷入沉睡？

顾子昂似乎看出了我的疑惑，他说：“我见过那个华医生，关于周至深的事，都是她告诉我的，还有……还有那个吻。”

顾子昂有些不自在地挠了挠后脑勺，耳朵已经红得如同火烧：“在楼梯间和警察局门口，你亲了我之后我就睡着了，那个时候我就猜到了……”

他动不动就脸红的样子实在可爱，我竟然肥着胆子掐上他的脸颊：“那你又是怎么知道我的名字的？”

顾子昂眼里似乎有东西晃动了一下："阿遇，你终于问我这个问题了。"

我歪着头看他，不明所以。

"第一次见面的时候，我就把你认出来了。"顾子昂看着我笑，

"阿遇，其实我们认识，很久很久以前就认识了。"

第九章

原来我早遇见你，在我们忘记之前

十五年前，夏季的曼哈顿阳光猛烈，八岁的顾子昂在那里遇见了五岁的乔遇。

茶道院的露台上偶尔有风声阵阵，可我还是在顾子昂的描述里，回到了那一年的曼哈顿。

我五岁那年，乔冠生带着海莲去曼哈顿参加一场学术研讨会，我们在一间酒店里住了一个礼拜。就是在那间酒店里，我遇到了年少的周至深，也就是顾子昂。

顾子昂的妈妈是酒店的清洁工，独自漂洋过海来到美国，没人帮忙照顾孩子，只能将顾子昂带在身边。

小时候的我从来不怕生，胆子也大，在酒店的小花园里玩水，却一不小心将最喜欢的发卡掉在喷泉池里。

乔冠生那时恰好遗失了一份资料，海莲跑前跑后地帮他寻找，两个人谁也没注意到我。

喷泉池刚过我的肩膀，我拖来一个花盆，踩上去弯腰就往下捞。

然而我身形矮小，一时间头重脚轻，眼看着就要栽下去，忽然身后有人扯了我一把，将我从喷泉池里一把拖下来。也许是因为用力过猛，我和那个拉我的人在地上滚成一团，海莲给我买的新衣服霎时间灰扑扑的。我委屈得不行，眼泪争先恐后地往下坠。

“你别哭呀，我不是故意拉你的，你都快掉下去了。”男孩的声音清朗，带着些懊恼，说的是我不甚熟悉的中文。

我仰起头，看见一个清瘦的小男孩。他有着一双堪比星辰的眼睛，里面有细碎的光在闪动，我怔怔地看着，一时忘记了哭泣。

我自小就喜欢漂亮的东西，漂亮的发卡，漂亮的娃娃，自然也包括漂亮的小男孩。

我爬起来就抱住他的胳膊：“我，乔遇！”

乔冠生在家中很少讲中文，我的中文是海莲教的，磕磕巴巴，只能讲一两个字，讲得最流利的就是我的名字。

“我叫顾子昂。”小男孩红着脸抓了抓自己的耳朵，“我比你大，你得叫我哥哥。”

在我的字典里没有哥哥这个词，我歪着头看他，不明所以。

顾子昂被我看得脸越发红了：“算了算了，别叫我了，你一个人太危险了，我带着你玩吧，阿遇。”

这句话我听懂了，我一时开心，踮起脚便“吧嗒”一声亲上他的脸。

下一刻，顾子昂的脸彻底红成了蒸熟的虾，大半天都说不出一句话来，但他到底还是遵守承诺带着我玩。我家中只有姐姐，没有和男孩子玩过，而顾子昂胆大心细，许多原本无聊的东西，到他那儿就变成了有趣好玩的玩具。

其间海莲还找过我，她似乎也乐得我有玩伴，便由着我和顾子昂去玩，她独自在一边看书。

接下来的几天，顾子昂都在花园里等我出现，那大概是我五岁之前的生命里最快乐的时光。

最后一次见到顾子昂，我依旧如同前几次一样心无挂碍地玩，完全忘记了第二天乔冠生和海莲就会带着我回英国。

那天离别的时候，顾子昂对着我挥手：“阿遇，我们明天还在这里等。”

那个时候，我们都没有想到这就是离别。

第二天乔冠生和海莲往行李箱里收拾东西的时候，我才意识到我们要走了，我很可能从此就见不到顾子昂了。我跑到小花园等，但等来等去都等不到顾子昂，而乔冠生和海莲已经在柜台前办理退房手续了。恰好在这时候，我瞥见酒店门口掠过一个和顾子昂很像的身影，便想都没想就跑了出去。这一跑，我便跑出了后来流离浪荡的人生。

如今一切都对上了，我看着眼前成人模样的顾子昂，顿时有些气不打一处来，原来真的是他，难怪我第一次看见周至深就觉得莫名熟悉。

我推了顾子昂一把："说！你为什么说话不算话？说好了在小花园等，可你没有来！"

顾子昂一脸懊恼："阿遇，都是我的错，你打我吧，如果不是我，你也不会被人贩子拐卖了。"

我不理他，愤愤地扭过头。

他跑到我面前蹲着，手足无措的样子看得人于心不忍，半晌他才重新开口："阿遇，我其实想去找你的，可是我没办法，那个时候，我妈妈出事了。"

顾子昂的妈妈顾双在成为母亲之前，是一个服装平面模特，她长相出挑，追求她的公子哥不在少数，偏偏她在为周氏服装公司拍摄女性内衣广告的时候，爱上了周氏的老板周成闻。

年少时的爱情盲目热烈，顾双以飞蛾扑火的姿态投入这段感情里，甚至在还没弄清楚周成闻的心意之前便怀了他的孩子，然而他并不如顾双想的那样好，他实际上只是贪图新鲜才和她一起，别说娶她回家，连给她一个女朋友的名分都不愿意。

顾子昂说起这些的时候，脸上的恨意毫不掩饰："他抛弃了我妈妈，就像抛弃一双穿过的鞋子那样轻易，无论她怎么求他，他都无动于衷。后来她只能一个人将我生出来，独自抚养我。"

顾双与周成闻的关系在行业里流传开来，周成闻厌烦她的纠缠，甚至狠心对她下了封杀令，导致没有多少人愿意聘请她。由于经济拮据，顾双只能带着顾子昂住在城里租金最便宜的区域，那地方龙蛇混杂，她又长得好，时不时有流氓地痞来闹事，顾子昂便从小学会了如狼崽般护着他妈妈，红着眼和别人拼命。

“有一次我和人打架，伤得很重，大腿缝了二十针，妈妈哭了一整夜，第二天就答应了那个模特公司去美国发展。”顾子昂皱着眉回忆，似乎很是痛苦。

顾双终究是年幼无知，没有打探清楚那个模特公司的底细，等带着顾子昂到了美国，她才发现所谓的T台走秀，其实就是在一个巨大的地下舞场跳脱衣舞。她断然拒绝，孤身一人带着顾子昂投靠了一个她从前的同事。那同事好心收留了顾双和顾子昂，又通过关系和一些小手段暂时将他们安排在酒店里当清洁工，然而就在我和顾子昂约定好再见的那天，酒店的人事部查出了顾双使用假证件滞留美国，要将她送去警察局，甚至替她弄来假证件的同事也要受到牵连。无奈之下，她只能联系那个模特公司，求对方证明她是来美国工作的，因此才帮自己和旧同事脱了身。

然而模特公司帮她的代价，是要她当天就乖乖地去脱衣舞场上班。

顾双终于放弃了抵抗，带着顾子昂跟着模特公司的领班去了那个脱衣舞场。她换衣服出场时，将顾子昂安置在一个清静的储藏室里，告诉他：“妈妈就在这里工作，你不要乱跑，等妈妈工作完了就过来找你，好不好？”

她用心良苦，既不想让顾子昂看到脱衣舞场的不堪，又不放心将他留在离自己太远的地方。美国那样大，世界那样大，她只有顾子昂了。

顾子昂向来听话，然而那一天晚上他却莫名地坐立不安，只一心想去找他母亲，后来情感战胜了理智，他冒着挨骂的危险离开了储藏室。

脱衣舞场的装潢光怪陆离，他兜兜转转，走迷宫似的走了近半个小时，才走到顾双表演的场地。他踏入会场的一瞬间便看见刚刚登台的顾双，这时他的不安更加强烈，推开面前的人群就想往前挤。

下一刻，台上忽然响起震耳欲聋的巨大响声，那个为了引人注目而建造的巨大背景牌不知为何忽然倒塌，台上的人四处闪避，但已经来不及了。顾双就在那个愣神间，被压倒在那个背景牌下。

而顾子昂因巨大惊吓昏厥前的最后一眼，便是四溅的鲜血和惊乱的人群。

“我再醒过来的时候，已经是两年后。”顾子昂看着我，痛苦地抱住了头，“我躺在一张大床上，一个女人告诉我，我叫周至深，她还以为我生病了，才会什么都不记得。”

醒过来的顾子昂发现自己变成了周成闻唯一的儿子，住在豪华的大宅里，是前呼后拥的小少爷。

“这一切都太可笑了。”顾子昂的面容忽然有些扭曲，“我才不会认贼作父，只要我可以出现，我就不会让他痛快。他还想让我做继承人，怎么可能！如果他敢把他的家业交给我，我保证让他多年来的心血毁于一旦。”

到这里，我终于了然为什么周至深一心一意地想要将顾子昂从自己的身体里驱除出去，顾子昂恨周成闻，也不想要周家的一切，而周至深正好相反。

我正在努力梳理其中的关联，就见眼前的顾子昂晃了晃。

“阿遇，我觉得累了。”他撑着头，似乎很不舒服的样子。

我连忙扶住他：“我带你回房间休息。”

我扶着他回房，让他倒在床上，他看着我，长睫毛颤了颤：“好难得，可以和你待这么长的时间，可是我却跟你说了那么多不开心的事情，你会不会生我的气？”

他的脸上有着异样的潮红，呼吸也开始急促，我认得这个症状，这是他身体里的另外一个人格快要苏醒了。

我安慰顾子昂：“我不生气，等你下次出现，我们一起去玩，好不好？”

一直愁眉不展的顾子昂闻言终于笑逐颜开，他放松了下来：“阿遇，我要睡了。”

他闭上眼，仿佛沉沉睡去，然而不到一分钟，这个沉睡的人豁然睁开眼睛。

我知道，周至深回来了。

醒过来的周至深还有些恍惚，他盯着天花板，沉默着没有说话。

我不知道哪里来的勇气，走到他面前俯视着他："我要告诉你两件事。"

"第一件事，你刚才差点掐死我。"我掀开高领毛衣，露出脖子上的红痕。

周至深的眼中终于有了波动，他伸出手，似乎想要触碰我，又猛地收回了手，声音喑哑："你不应该留下来，我说过让你走。"

我没有理会他，继续说下去："第二件事，我见到了顾子昂。"

有一瞬间，我以为周至深会暴跳如雷，跳起来下狠手把我掐死，然而他没有，他只是冷冷地笑了一声："是吗？他对你说什么了？他没有砸东西吗？没有见人就咬吗？"

我沉默地看着他。

周至深爬起来，定定地看着我："你想知道他对我做了什么吗？他一出现，就会不惜一切代价破坏我的努力，在我考试的时候撕碎试卷，在我爸爸带我去公司的时候撕碎爸爸办公室桌上的重要文件，砸坏家里的东西，将我所有心爱的物品通通毁坏。"

周至深低头看着自己的手："我总以为自己身体里住了一头怪兽，他会毁掉我，如今他做到了。拜他所赐，我落到了今时今日这个地步。"

我忍不住开口为顾子昂辩解："周至深，顾子昂其实没有你想象的那么糟糕，其实……"

"我怎么会跟你说这些？"他打断了我，"你走吧，让我一个人静一静。"

他好不容易冷静下来，我不想再刺激他，而且有些事情我至今没有弄清楚，于是我顺从地退了出去："那你好好休息。"

出来后，我找了个僻静的地方给雪莉打了个国际长途："雪莉，你知不知道周至深妈妈的事情？"

雪莉那边刚好是早晨，她大约还没睡醒，被我突如其来这一问，有些反应不过来："你怎么突然问这个？"

我急了："你先不要管，把你知道的都告诉我 。"

雪莉在那头犹豫了一下，终究还是告诉我："至深的妈妈听说已经去世了，她去世的时候他也在场，所以受了极大的刺激，后来大病一场，醒过来以后他就什么都不记得了，八岁之前的记忆都没有了，连他妈妈长什么样子都不记得。"

我抿了抿嘴，难怪周至深和顾子昂对这件事的态度差异这样巨大，原来他根本就不记得了。

雪莉接着说："后来他就被他爸爸接回家去了。"

我心里疑惑，周成闻既然抛弃了顾双和顾子昂，后来为什么又要把儿子接回去，难道是良心发现？下一刻，我忽然想起，周至深好像没有兄弟姐妹。

"雪莉，为什么周至深没有兄弟姐妹？"

"这个啊，"雪莉的声音有些尴尬，"好像至深的爸爸出过意外，在那之后就不能生育了。"

难怪，因为无法生育，所以他才想起把亲生儿子接回身边。

雪莉似乎对周成闻并不感冒："至深在十岁左右的时候就发现了那个病，他爸爸气得不行，干脆把他丢到国外，还说只有他治好了这个病，才可以接手公司。"

周至深一直想得到父亲的认同，所以他一直努力地治病，努力地想要让他父亲刮目相看，然而如今一切功败垂成，难怪他会大受刺激，一蹶不振。

"好，我知道了。谢谢你，雪莉。"

“至深怎么样了？展扬已经好多了，等他痊愈了，我就去中国找你们！”雪莉的声音透着担忧，在来到中国之后，我和她保持着邮件联系，周至深此时此刻的样子她也知道，但也只能干着急。

我安抚她：“你暂时不用过来了，他现在稳定多了，你好好陪着展扬吧。”

挂断电话后，我又拨了华医生的电话，将我从顾子昂身上得到的信息都告诉了她。

“难怪，原来你们有过一面之缘。”华医生在那头叹了一口气，“顾子昂是传统的中国男孩，也没怎么接触过女孩子，你小时候那一个吻在他心里埋下了开关，这大概就是为什么后来你每一次亲吻都能让他消退的原因。”

我提出自己的疑惑：“周至深似乎完全不知道自己母亲的事情。”

“顾子昂其实就是孩童时代的周至深，他接受不了母亲去世，这才硬生生把自己掰成两半。”华医生的语气有些沉重，“周至深不是不知道自己的母亲是谁，他的父亲告诉他，他的妈妈是一个人尽可夫的脱衣舞女。”

“什么！”我差些把手机捏碎，“颠倒黑白，这样的话，周至深也信吗？”

“他不得不信。只有相信了，他才可以继续憎恨自己的母亲，这是他对自己的保护机制。过去对他来说太沉重了，他无法承受，所以才会出现一个顾子昂。”华医生耐心地解释着。

在周至深失去一切之后，华医生反倒愿意和我分享周至深的相关信息，大约她对他仍旧放心不下，而眼下能帮到他的人，也只有我了。

我忍不住追问：“那我要怎么帮他？”

华医生在那头叹了口气：“最好的结果，是让至深记起八岁以前发生的事情，这样他和第二个人格就可以融合在一起。”

“那……最坏的呢？”我有些不安。

“最坏的，就是他们其中会有一个人格陷入永远的沉睡。”华医生的语气里是掩饰不了的担忧，“本来以至深顽强的生命力，加上有你的辅助，顾子昂陷入沉睡是早晚的事情，但是至深现在意志消沉，结果就很难说了。”

我咬着嘴唇，终于还是叹了口气：“我知道了，华医生。”

“你打算怎么做？”华医生问。

我诚实回答：“如果不能让他们融合，我就把他们都留下来！”

华医生觉得我在痴心妄想：“这……几乎是不可能的事情，他们对对方都抱有极大的恶意。”

我坚持自己的想法：“不管怎么样，要试了才知道！”

结束和华医生的通话之后，我忽然有了信心。既然如今一切都清楚了，那我作为周至深和顾子昂之间的桥梁，是不是可以让他们两个人消除对对方的恶意，和平共处呢？

我愁眉苦脸地晃进了厨房，这些日子以来，我好歹跟着胡爷学会了做蛋炒饭，虽然手艺被胡爷再三嫌弃，但好在现在的周至深是不挑食的，我给什么他就吃什么。

我依旧炒了一盘炒饭，端到周至深的面前。

周至深虽然心灰意冷，但好在没有轻生的念头，他该吃吃，该睡睡，就是如同行尸走肉一样活着。

我坐在他身旁看他吃饭，即便现在如此落魄，他吃饭的时候还是细嚼慢咽，透着一股优雅。

我试探着开口：“周至深，你有没有想过，其实你和顾子昂是有可能和平共处的？”

周至深冷冷地扯了扯嘴角：“不必了，这副躯壳如果他想要，尽管拿去好了，而且你看起来挺喜欢他的。”

我没有想到一下子就踩到了他的痛处，连忙扯开话题。

“不说这个了。对了，我还没有告诉你，我在伦敦的时候见了乔苑，她把我的身世都告诉我了。”我偷偷观察着周至深的表情变化，发现他没有什么明显情绪，便继续说下去，“虽然我现在都不知道自己到底是不是乔冠生亲生的，但起码我知道，我妈妈很爱我。”

我刻意将重音放在妈妈这两个字上，果然看见周至深的嘴唇颤了颤。

我鼓起勇气继续说下去：“我走失以后，她找了我很久，还因为我和乔冠生的关系破裂，郁郁而终。乔苑说得对，天下没有母亲是不爱自己孩子的。”

我偷眼看了看周至深，深吸一口气后终于问出口：“周至深，你妈妈也一定很爱你吧？”

话音刚落，周至深就痛苦地捧住了头。

我吓了一跳，想要过去察看，却被他一把挥开了。

几乎持续了两分钟，他才渐渐安静下来，看向我的时候眼神阴冷得可怕：“谁让你在我面前提起她的？”

我猛地往后退一步：“我只是随口问问。”

“是吗？”周至深冷笑着移开目光，“你想知道，我就告诉你。那个生我的女人，她不爱我，她如果爱我，就不会作践自己，最终死得那么难看。”

我心里一沉，忍不住直言：“我觉得你对自己妈妈一定有什么误会。”

“误会？能有什么误会？”他看向我，“她和你是一类人，想找个有钱的男人，蹭一张长期饭票，可惜她失败了！”

“喂！”没想到他会将火烧到我的身上，我忍不住踏前一步，“你别胡说八道！”

“我哪里说错了？”周至深看向我，“你们一样无知，一样不知自爱、胸无大志，一辈子就只知道依靠男人，一离开男人就活不下去。”

他的目光这样轻蔑不屑，仿佛又回到了酒店门前初遇的那一天，他看着我，就好像看着街边低贱的野草。这些日子以来，我与他朝夕相对，关系日渐和缓，我都差点忘记了，他从来看不起我，从第一次见面开始。

有一簇烈火从脚底烧起来，几乎要将我烧成灰烬的热量让我的血都沸腾起来。

记忆中乔冠生也这样说过我，说我胸无大志，一无是处。

我扑向周至深，揪住他的衣领不住摇晃："你等着！你等着瞧！"

说完我猛地放开他的衣领往外走去，再不离开，我害怕他会再一次看见我的眼泪，但这次的眼泪无关其他，我不想在一个看不起我的男人面前展现自己的软弱。

我仰起头，透过榕树的间隙看向天空。

好，既然所有人都看不起我，那我就偏偏要让全世界知道，我不是一无是处，我也可以依靠自己好好活着，总有一天让他周至深刮目相看！

我开始着手找工作，可我认识的中文太少，除去一些干苦力的工作，几乎没有人愿意聘请我。周至深冷眼看着我到处碰壁，倒是胡爷热情得很，他搬出一套茶具："来，我教你茶艺。我是看在你的分上才教的，别人我都不卖这个面子！"

我被胡爷强迫学了一个礼拜的茶道，听他一天到晚"道道道"地念叨，只觉在中国找工作比我想象中艰难太多。

胡爷恨铁不成钢地看着我："你说你好好的一个中国人，怎么连《道德经》都不知道？这样下去，怎么让那个臭小子刮目相看？"

胡爷竟然对我的打算了如指掌，他指点我："拿出你的优势来，你这样会讲英文的，又是从国外来的，在我们这里可抢手了，叫海归你知道吗？"

"海……海龟？"我一头雾水。

"是海归！海外镀金归来的意思！"胡爷的胡子都开始抖起来了。

我苦笑着看着胡爷，他老人家还不知道，我在美国那镀的可不是金。我不是没有考虑过外企，然而那些要求和学历，我一个都挨不着。

“学啊！”胡爷拍案而起，“我们中国人有句话，叫大器晚成。你想清楚了自己要干吗，就冲着这个方向去学，保准你有朝一日一鸣惊人！”

胡爷的振臂一吼登时将我点透，我这十多年来活得庸庸碌碌，除了忙着替乔亿还债，从没想过要提升自己。

“从低做起也没什么不好的。”胡爷瞅了我一眼，“我看前面商场很多服装店都在招店员嘛，骑驴找马也是好的。”

我从前做的都是偷拍的活，靠贩卖别人的隐私和丑闻赚钱，到商场工作起码也算是一份正当职业。

我听从胡爷的话，在附近一个大商场里找工作。

多亏了雪莉那几个月的培训，如今的我言行举止都和从前大有不同，说不上有多么优雅端庄，但就像周至深说的，不说话时唬唬人是没有问题的，加上这个商场的外国客户并不少，我又能说英文，很快就被一间高档品牌内衣店聘用。

作为员工福利，我被聘用的当天便提着一套公司赠送的内衣回到茶道院。

我人生中第一次有了一份正当职业，难免开心得忘乎所以，几乎忘记了我和周至深还在冷战中，买了点心便去敲他的门。

周至深已经习惯了我的突然造访，不动如山地继续躺在床上，动都不动。

我挨过去：“喂，周至深，我找到工作了，心情好，请你吃广式小笼包！”

我本打算放下东西就走，谁知周至深瞟了我手上提着的小笼包一眼，就这一眼，让他猛地从床上坐了起来。

我吓了一跳：“你……你别急，这本来就是给你吃的。”

要是知道小笼包对他有这么大的吸引力，我早该买个十笼八笼摆在他的面前。

他伸出手，夺过我手上的袋子，却把装着小笼包的那个袋子丢在一边，捧着我从店里带回来的内衣，手都抖了起来。

我倒吸一口冷气，忍不住跳脚：“周至深！你……你怎么还有这个癖好啊？这是女性内衣！”

“D&Z的内衣。”周至深的声音很小，似乎在喃喃自语，“你去D&Z的内衣店工作？”

我狐疑地看着他：“对啊，怎么了，这个品牌很有名吗？”

周至深忽然冷笑一声，将内衣连袋子丢给我：“出去！”

我早已习惯他如今的喜怒无常，也不想去招惹他破坏自己今天的好心情，转身就往门外走：“记得把小笼包吃掉啊，冷了就不好吃了。”

踏出房门的时候，我猛地一顿，终于明白了周至深刚刚为什么那么激动。

我急忙转身回到房间里：“周至深！D&Z是周氏公司的简称！”

床上的人动了动，却没有回头。

我走过去：“这是你家的店？我记得雪莉说过，你们家内衣卖得最好。”

周至深依旧不理睬我，而我此刻的心思百转千回，忍不住去拉他：“周至深，你听我说，也许我可以帮你。我好歹是周氏的人了，只要我努力一点，也许能帮你要回公司呢！”

周至深终于不耐烦了，他回过身，将我用力一扯。

我本来就踮着脚，被他这么一扯，重心不稳，整个人跌下去，倒在了他的身上。

我抬起头，就看见周至深下巴上青色的胡茬，心跳忽然加快了不少。我姿势别扭，周至深硬邦邦的胸膛也不见得多舒服，所以我应该立刻跳起来的，然而我却着魔了一样趴着不动。

周至深没有推开我，他的声音冷冷地从头顶传来：“乔遇，你知道一个公司是怎么运作的吗？就算你进了D&Z，你也不过是这个公司最底层的员工，你要帮我夺回公司，未免过分天真。”

也不知道是哪里来的勇气，我猛地抱住了他：“周至深，我想你振作起来。我记得雪莉说过，你父亲立过遗嘱，你就这样被踢出公司，被拉入黑名单，明显是有人不想让你继续留下来。”

我的声音有些抖，但难得此刻我的思路清晰：“这其中的猫腻你不想知道吗？我就算不能帮你要回公司，起码能帮着你查一查这背后的真相。”

“乔遇，”周至深的声音似乎没有那么冷了，“你只是一个销售员，你拿什么去接近公司的核心？你拿什么去查明真相？”

我什么都没想清楚，只带着一腔孤勇就向周至深许诺，此刻已经有些底气不足：“店长说了，如果表现好，有机会可以接受培训然后升职的。”

“升职？”周至深叹了一口气，“你要花多少时间去升职？从店员到店长要三年，店长转到办公人员又要三年，然后呢？就靠你，恐怕这辈子也爬不到可以查明真相的位置上。”

周至深说的是事实，但这个事实让人伤心，我终于放开他，慢慢坐起来：“不管花多少时间，就算是要用一辈子，我也要为你讨一个公道！”

我站起来，正要往外走，周至深却忽然叫住了我：“乔遇，你没有必要为我做这些，我已经……”

“我知道，你现在什么都没有了，你什么都给不了我。”我打断他，“但这是我人生中第一次想去证明给一个人看，我不是一无是处。”

接下来便是长久的沉默，最后我没有再等他开口就离开了房间。

为了让周至深刮目相看，我人生中第一次有了清晰的目标。我开始按时上班下班，在胡爷的指点下，我还找了当地最权威的夜校学习服装课程。

生活忽然间被填满，我除了上班的时间，其余时间便往夜校跑。

我的中文实在有限，一本教材看得磕磕巴巴，只能抱着书蹲守在周至深的房间里，遇到不懂的就问他。大部分时间，他压根不理人，看着我苦兮兮地查着字典，偶尔心情平静，他会大发善心，指点我一两句，但也只是一两句而已。

大约是被我烦到不行，某天我抱着书去敲门的时候，发现桌子上放着一张纸，纸上写了一长串的英文书名，都是服装类的教学书籍，而且都是英文版。

这手龙飞凤舞的钢笔字我认得，是周至深的字迹。他这些年为了继承公司东奔西走，在服装业，他才是真正的专家。

我捧着那张纸如获至宝，凑近那个面壁而睡的人："承认吧，周至深！你明明就很关心我！"

周至深依旧将自己当作木头人，完全不搭理我。

我笑嘻嘻地凑上前去，刚要厚着脸皮在他脸上啄一口，就见面壁而睡的他忽然翻过身来，瞬间我们变成了面对面的姿势。

我和他靠得十分近，只要我再低一点头，就能触碰到他的嘴唇。

我这边心猿意马，周至深却出奇地冷静："乔遇，以后你都不用对我做这种事了。"

我猛地坐起来："谁要对你做这种事了！你好歹在英国待了那么多年，感谢吻都不知道吗？"

"我不需要你感谢。"周至深直直地看着天花板，"无论你去哪里工作，好好工作就可以了。乔遇，合同没了，你不用再以我的女朋友自居，你现在是自由的。"

"我知道！"我的心下坠得厉害，却还要嘴硬，"你好歹帮了我那么多，就算我们不是男女朋友了，我把你当朋友总可以吧？"

周至深的眼睛眨了眨，却依旧平静无波："随你。"

我没有再待下去，疾步走出了他的房间，呆呆地站在走廊里。

中国的天似乎比国外的要蓝得多，也宽广得多。

周至深说我自由了，然而我后知后觉地发现，在曼哈顿的那些岁月里，或者更早之前，在我初次在相机镜头里看见他的那一刻，我的心就不自由了。

第十章

在相机镜头里初见你那日，我就不自由了

中国新年将至的时候，我领到了在D&Z的第一份薪水，不多，但足以让我开心一整天。

胡爷也替我高兴："对了，新年新气象，给你家那个买两套新衣服吧，他来了之后天天穿那一件外套，我看着都觉得难受，还好是冬天，若是夏天，早臭了！"

周至深被赶离周家的时候一无所有，在国外的财产也被冻结，身上的衣服还是他离开伦敦时的那套。

周至深从前的衣柜足有十多平方米，现在天天穿重样的衣服，难怪他意志消沉。

我想了想，跑去厨房翻到一颗洋葱，切开便往自己眼前熏，瞬间便泪流满面。

趁着泪流不断，我门都没敲就直接闯进了周至深的房间："周至深！"

他今天难得没有在睡觉，正坐在窗前写着什么，闻声他抬起头，瞬间便定格在那里。几声急促的呼吸过后，他倒在桌上，又慢慢地张开了眼睛："阿遇……"

我抹了抹眼睛："嗨，顾子昂！"

以周至深那臭脾气，我说要带他出去买衣服，没准要被他一顿臭骂

后丢出去。我别无他法，只能像那天给他剪头发那样，先把顾子昂给召唤出来。

“阿遇，你怎么哭了？”顾子昂刚刚苏醒，还没适应身体，忙不迭就要站起来，却没想晃了一下，又跌坐在椅子上。

“没事！我故意的！”我笑嘻嘻的，“走，快过年了，我带你去买衣服！”

眼前的人眨了眨眼睛，忽然欢呼起来：“带我去买衣服？真的吗？阿遇你太好了！”

顾子昂像一个孩子一样开心不已，我牵住他的手就往外走，经过目瞪口呆的胡爷时还忍不住得意地昂起下巴。

倘若周至深能和顾子昂融合在一起，彻底变成一个人，那我该多省心啊！

我带着顾子昂去了我工作的商场，那个商场里都是中高端的品牌店，我的薪水虽然不多，但咬咬牙还是可以买一套的。

然而顾子昂还没进商场便拉住了我：“阿遇，你带我来这里买衣服吗？”

“怎么了？”我一时有些慌神，难道他知道D&Z在这里有门店，所以抗拒？

“这个商场的东西，看起来很贵的样子。”顾子昂抓了抓耳朵，“阿遇，我不用穿太好的衣服。”

我差点忘记，顾子昂这个人格其实就是周至深的童年记忆，那个时候他和顾双住在一起，顾双没有收入，哪里有能力给他购置昂贵的衣服。

我想起我住在皇后区的那些时光，那时我手上总是拮据，买一件二手的皮衣都要思前想后考虑许久。如今看着顾子昂，我感同身受。

顾子昂见我半天不说话，有些急：“阿遇，你给我买衣服，我很开心的，我只是不想你花钱。”

“没事！”我揉揉鼻子，试图把那些酸涩通通揉掉，“我们去别的地方买，剩下的钱我们留着过年买好吃的！”

我本来想着周至深向来是穿定制的西服，不上点档次的衣服他都不肯穿，给他买必定要买好一些的衣服，但顾子昂提醒了我，如今境况不比从前，周至深也该体验体验贫苦大众的生活了。

我带着顾子昂去了普通的百货商场，之前我上了近一个月的服装课，又多亏周至深给我列的那些书目，于服装这一行总算入了门，给他挑的都是材质较好、简单经典的款式。

好在他本来就是模特身材，随便什么衣服套上去都显得气质不凡。

导购员看着他，眼睛都直了：“小姐，你男朋友实在太帅了！”

顾子昂在穿衣镜前左顾右盼，听见这句话，脸瞬间便红起来。

导购员艳羡地看向我：“这么帅还这么容易害羞，小姐，你简直是捡到宝了！”

我干笑两声，心想她是没见过能冻死人的周至深。

等我拿着挑好的衣服去买单时，收银员直接将金额报给了顾子昂，我连忙挡在他面前，将卡递给了收银员。

收银员大概觉得顾子昂是个吃软饭的小白脸，忍不住又瞅了他几眼。顾子昂虽然心理年龄不大，但自尊心极强，一下子就读懂了收银员的眼神。

走出服装店后，他一直闷闷不乐。

我试着开解他：“这没什么的，你以前也给我买过衣服，比这些可贵多了。”

这话一说出口，我就想咬掉自己的舌头，果然，顾子昂像被刺到一样抬起头：“那是周至深给你买的吧？他是他，我是我！不一样！”

他一脸倔强，似乎又想起他那个浑蛋父亲。

我连忙把他拉到一家冰激凌店前：“不一样，不一样，你比他可爱多了，我们吃冰激凌好不好？”

顾子昂却不动：“阿遇，你告诉我，是不是发生什么事了？”

他的脸上满是疑惑：“以前我醒过来的时候，这副身体总是衣着光鲜，钱包里有现金和黑卡，身上还总是香喷喷的，而且住的地方又大又漂亮，现在……”

他低头看了看自己：“我最近几次醒过来，都没有感觉到他的阻拦了……”

我想起华医生说过，如果周至深放弃对身体的掌控权，顾子昂醒过来的次数多了，就很有可能慢慢替代他成为身体的主人格，除非让他们两个人格暂时学会和平相处。

我还是买了冰激凌，拉着顾子昂到商场外的小公园里坐下。

“子昂，周至深他……没有成为继承人。”我观察着顾子昂的神色，小心翼翼地开口，“周成闻，也就是你的亲生父亲，在两个月前去世了。”

顾子昂抬起头，不可置信地看着我：“他死了？”

我点点头：“突发性的心肌梗死，抢救不及时……”

“好奇怪啊，阿遇。”顾子昂像是全身被抽空了力气一样，靠在公园的长椅上，“我应该高兴的，他是我在这世界上最恨的人，可是为什么，我现在只觉得空落落的？”

我握住顾子昂的手：“以后你就不需要再继续仇恨了，恨一个人也会很累的。”

“那他呢？”顾子昂扭头看我，“他不是一心要当他的继承人吗？怎么就落到这样的下场？”

我竭力不让自己叹息出声：“他的资产都不在自己名下，所以在周成闻去世之后，他所有的一切都被冻结。他净身出户，什么都没有了。”

“他活该！”顾子昂轻声说，“谁让他认贼作父！”

“其实周至深没有你想的那么坏。”我有些急切，“他只是忘记了从前的事情，他那么努力，也不过是想拿回属于自己的东西。子昂，周成闻本来就有抚养你们的义务，他亏欠你妈妈的，你们也应该问他拿回来！”

“可是我不想要他的东西。”顾子昂茫然地看着我，“小时候，我总是和他们作对，摔坏他家的东西，烧掉周至深的作业，把他们的文件丢到厕所里冲掉。他们也恨我，他养我，不过是因为他生不出儿子了。”

我一时无言，顾子昂对周成闻的仇恨太过深刻，根本不是我一言半语就可以解决的。

我只能转移话题：“不说这个了，快把冰激凌吃了吧，要融化了。”

顾子昂乖乖地咬了一口冰激凌，又偷偷看了我一眼：“阿遇，你和周至深……很要好吗？”

“他在我最难过的时候帮了我很多。”我不打算隐瞒，“虽然他有时候很浑蛋，但是他的本质不坏……”

不知为何，说起周至深，我便打开了话匣子，滔滔不绝地说个没完。说起他忍着胃痛陪我吃四川火锅时，我才发现自己一直是笑着的。

顾子昂一直看着我：“阿遇，你很喜欢他。”

这句话是陈述句，不是疑问句。我有些被窥破心事的心慌，连忙转过了头：“我也喜欢雪莉，也喜欢你啊。”

顾子昂没有继续追问，他忽然嘟囔了一句：“既然他会对你好，那他也不算是坏人。”

没想到我费尽心机开解他，他都不动容，却因为周至深对我好而放下成见。我的心头骤然暖成一片，伸手去牵他：“好了，现在天色不早了，我们回去吧，我晚上还有课。”

顾子昂乖乖牵住我的手，还不忘咬一口冰激凌。

真乖啊，这家伙小时候该可爱成什么样子？

顾子昂比周至深好侍候多了，我带着他回茶道院，简单炒了一盘蛋炒饭，他不但乖乖吃下，还赞不绝口。

自从回到国内之后，我的厨艺日进千里，现在已经能变着花样做许多道菜了。

吃过饭，我就将顾子昂往房间里推，谁知他动也不动："阿遇，外面天黑了，你一个人要去哪里？"

"我去上课。"我本来想着安顿好他就走，没想到今天一直表现乖巧的顾子昂突然就变得不听话起来，我只能使劲拉他，"快点，我要迟到了。"

"不行，我不能让你一个人出去。"他一脸担忧，"我送你去！"

说着他就拉着我往外走，他力气大得很，我只能被他拉着走，眼见时间也来不及了，只能让他送我去学校。

一到校门口，我便撒开顾子昂牵着我的手："我到了，你快回去吧。"

说完我头也不回地往学校里跑。

夜校的学费不低，我不想错过任何一节课，在打铃前好歹赶到了教室。我连忙拿出教材，因为中文不好，笔记也做得艰难，所以我能做的只有一心一意地听讲。

等到放学，已经两个小时过去，我厚着脸皮拉住同学，借了笔记过来拍照，整理完，这才慢吞吞地往外走。

刚走到校门口，我就听到有人在叫我的名字："阿遇！"

我回过头就看见顾子昂朝我跑过来，没头没脑地笑着："你下课啦？"

他脸上有几个被蚊子咬的大包，刚才我和他分别的时候明明还没有的，难道……

"你一直在这里等我？你是不是不认得回茶道院的路？"我不可置信地看着他，两个小时了，他一直在这里喂蚊子吗？

顾子昂看着我："我要接你回家。"

"大傻瓜！"我跺了跺脚，拉着他往回走。

顾子昂大概以为我在生气，一路都不敢和我说话，只敢偷偷拿眼睛瞄我。

等我把他送回了他自己的房间里，他才终于开了口："阿遇，你以后去上课之前，能不能把我叫醒啊？”

我看着他：“为什么啊？”

顾子昂今天出现的时间太长了，我已经有些担心自己过于莽撞，万一顾子昂习惯了苏醒着，那是不是意味着我有可能再也见不到周至深了？

“我没有别的意思。”顾子昂像拨浪鼓一样摇着头，“晚上你一个人危险，我……想送你去上课，再接你下课。”

我愣了愣。我从小像野草般生存在这个世界上，鲜少有人关心过我的安危，迄今为止，除了周至深，就是顾子昂了，偏偏这两个还是同一个人。

“不用了，你好好待在家里，我夜路走习惯了，什么也不怕。”我不以为意。

“不行。”顾子昂死死拉住我的手，“阿遇，如果不是我爽约，你就不会和亲生父母分开，你让我保护你，好不好？”

他的眼神里藏着愧疚，让我忍不住想要叹息。

“阿遇，在这个世界上，除了我妈妈，你就是我最重要的人了。”他的声音忽然轻下去，“我困了，你答应我，好不好？”

我扶他躺在床上，终于心软：“我答应你。”

得到我的应允，他终于松懈下来，慢慢地闭上眼睛，放开了我的手。

“晚安，顾子昂。”

出乎意料的是，他就这样睡着了，仿佛陷入了梦境。

我等了许久，也没有等到周至深醒来，大概他也累了吧。我抿了抿嘴，大着胆子在他的额头上印上一个吻：“你也晚安，周至深。”

胡爷说，临近过年的时候总是特别忙。

雪莉本打算来中国和我们一起过年，但因为展扬那次意外后伤情反复，她只能留守英国，每天靠通信工具和我联系。

我就读的夜校放了假，D&Z的工作也变得忙碌起来。因为商场二楼的女装部缺人，我又表现出色，所以被临时借调到了D&Z的服装店上班。

D&Z美国分公司自从任用了DG之后，销售额节节上涨，总公司因此决定重用DG，邀请他来中国担任总设计师。自从有了那本《古服饰全图鉴》，DG的设计越来越美丽复古，一件旗袍礼服就要卖上百万，许多名媛女星趋之若鹜。

我来到女装部，总是看着DG设计出来的衣服爱不释手，但那价格只能让我敬而远之。

除夕那日，我这个最没资历的员工被安排留守大本营。

D&Z的女装属于高档品牌，平日来的人就不多，我们本以为除夕不会有客人，谁知道非但来了客人，来的客人还很挑剔。

“这件衣服，你确定带子是这样系的？”那个身材高挑的美丽女人对着另一个导购员Gigi低声吼道，“你们目录上的照片明明不是这样的，你太不专业了！”

能到D&Z买东西的人非富即贵，Gigi是人精，哪里敢得罪她：“这位小姐，这种带子的系法是没有固定的，按照自己的喜好系出来更时尚呢。”

“时尚？”女人嗤笑，“你知不知道这衣服的设计理念是什么？还随便系！你给我系一个这样的蝴蝶结就叫时尚？”

Gigi的面子已经挂不住了：“小姐，如果你不喜欢这款，我给你介绍一下别的款式吧。”

“我有说我不喜欢这一款吗？”女人似乎很生气，“你连这件衣服的特点都没有搞清楚！难怪这一区的生意这么差！”

说完她便不再理会Gigi，顾自翻着衣架上的衣服。

Gigi连忙退到我身边，低声抱怨：“什么烂人！光看不买还诸多挑剔！乔遇，你过去招待她吧，我才不受这个气！”

Gigi是店长的亲戚，狐假虎威地指使人习惯了，我吃过几次亏，也不想得罪她，乖乖地上前去招待客人。

我将客人丢在一边的大衣收拾好，重新系上腰带，正准备挂起来，就被叫住。

“等等！”那个女人看了我一眼，“你会系这种结？”

我赔着笑脸：“其实也不是什么复杂的结，这件衣服的腰带其实是效仿中国的汉服，设计了隐扣。”

女人原本怒气冲冲的神色忽然缓和下来：“你看出来这件衣服用了中国元素？这是我们没有对外公布的。”

我还没弄清她说的是什么意思，就见她又提出一条裙子：“这件呢？”

“这件，应该是参考了唐朝皇后用的袆衣。”我如实回答。

女人的目光亮了又亮，她放下衣服，从包里翻出名片递给我：“我是安歌，D&Z营销部的。”

我接过名片，有些目瞪口呆，原来这是领导视察来了。

安歌笑吟吟地看了看我的工作牌：“你叫乔遇？你在这里做店员简直屈才了。我们最近非常需要懂得古装元素的人加入我们的团队，你有没有兴趣过来？”

我一时有些茫然：“我只懂一点皮毛，而且我的学历……”

“英雄不问出处！”安歌打断我，“你不用考虑其他，只要你有兴趣，就可以过来。”

安歌看起来非常愉快：“今天本来是不该来这里的，路过时突发奇想进来看看，谁知道被那个蠢货气得半死，好在让我遇到了人才。”

第一次被人叫作人才，我登时脸红耳热：“安小姐过奖了。”

“今天除夕，我要赶着回去和家人团聚。”安歌拍了拍我的手臂，“你好好考虑吧。”

说完她便哼着歌、踩着高跟鞋走了出去，完全不知道刚才发生了什么事的Gigi还在背地里恨恨地抱怨：“果然是穷鬼，什么都不买，还要威风！”

而我从茫然中终于想通，我居然得到了一个进入D&Z公司的机会，这下周至深不会再说我白日做梦了！

除夕夜不用加班，我熬到下班，就马不停蹄地往周至深那儿赶。

然而周至深不在房间，我急切地喊着他的名字到处找他，就听见胡爷在下面吼：“你慌什么慌！他那么大个人，能不见了吗？在下面帮我做饭呢！”

我想都没想就飞奔下楼，进了厨房就喊：“周至深！我要升职了！”

那个背对着我的人回过头来，脸上却不是我惯常见到的冷漠，他看着我的眼神里带着欢喜：“阿遇，你回来了！”

他不是周至深，他是顾子昂。

“怎么回事？”我下意识转向胡爷，就看到他手上缠着纱布。

胡爷摆摆手：“别提了，老糊涂了，还以为正当壮年，搬个花盆都能摔了，好在没什么事，就割伤了一点。”

他又指了指顾子昂：“这家伙来扶我，谁知道晕血。”

我登时了然，是周至深看见胡爷受伤想要帮忙，却没想到胡爷受伤流血，这才唤醒了顾子昂。

自从和顾子昂相认之后，我就不忍心在他偶尔出现的时候让他立刻消失，更何况此时此刻他的脸上明晃晃写着兴奋：“除夕呀！阿遇！我好久好久没有吃过团圆饭了！”

他在我面前转着圈：“我换上了你给我买的新衣服，还帮胡爷包饺子呢。”

顾子昂总是带着仇恨活着，如今周成闻去世了，他终于不必整天记挂着仇恨，反而开心了很多。

我看着他快乐地在厨房里转来转去，慢慢地将想见周至深的欲望压下去。

胡爷的厨艺能媲美五星级餐厅的大厨，他和几个伙计经营茶道院，都是孤家寡人，便每年凑在一起吃团圆饭，今年又多了我和周至深，或许说是顾子昂。

顾子昂坐在我旁边，不断给我夹菜：“阿遇，这个好吃。阿遇，这个这个，这个饺子是我包的。”

胡爷在一旁翻白眼：“喂喂喂！小两口见好就收啊！考虑考虑我这个孤寡老人的感受！”

顾子昂却置若罔闻：“阿遇，我给你剥虾吃。这个烫呀，先吹吹。”

胡爷胡子抖了抖，干脆闷头吃菜：“老了，你们年轻人开心就好！”

一顿饭下来，我被顾子昂塞了一肚子菜。吃过了饭，我想帮忙收拾，却被顾子昂拦下来：“不不不，你坐着，别弄脏手，我和胡爷来就好了。”

那边本来已经偃旗息鼓的胡爷气得连头发都竖起来了：“岂有此理！我还带伤呢，你就担心小姑娘弄脏手！岂有此理！岂有此理！”

在胡爷嚷嚷了十几次岂有此理之后，顾子昂终于请他老人家一边休息，自己一个人将所有的碗碟清洗了。

等他收拾妥当从厨房出来，月亮已经在夜空中高悬。

他来我身旁坐下，像个孩子般笑着：“阿遇，我好开心。”

他和我一起抬头看天上不断闪现的烟火，絮絮叨叨地说着一些鸡毛蒜皮的事情：今晚的菜，哪一块肉是他切的，胡爷还嫌弃他，又有哪一些菜是他洗的……

我边听边笑，时间就这么不知不觉地过去。

“快十二点了，中国的新年快到了。”我有些兴奋，然而刚才比我还兴奋的人忽然安静下来。

我扭头去看，就见他皱着眉头捂住了胃。

我才想起他刚才吃饭的时候蘸了不少辣酱，登时紧张起来：“忘记你不能吃辣了，上次你吃辣后疼得满头是汗，我去给你找找药。”

我刚起身，手便被人抓住。

"上次胃痛的不是我。"顾子昂抬头看我，声音有些虚弱。

我一时无言以对，只能沉默。他们本来就是一个人，可是我心里的天平仿佛在一开始就偏向了另一边。

"阿遇，你其实很喜欢周至深的，对吗？"

顾子昂的眼睛在夜色里闪着光，面对着他，我总像面对着自己的本心。我忽然不想再隐瞒下去，笑着点了点头。

喜欢啊，不然我为什么千里迢迢跟来中国，为什么要为了他吃尽苦头？世界上有那么多人看轻我，可是唯有他看轻我让我五内俱焚，那时我才知道，周至深才是我真正在意的，所以我不能容忍他看轻我，所以我想在他面前证明自己。

我想和他并肩，想让他知道，我也可以成为和他匹配的人，所以在得知我可以进入D&Z总公司工作的时候，我第一时间想到了他。

除夕的烟火声此起彼伏，顾子昂看着我："其实，你很想和他一起过除夕的吧？"

我眨了眨眼睛："他在的话，还指不定怎么摆脸色给我看呢，和你一起过，我觉得挺好的。"

顾子昂笑了笑，表情却有些失落："阿遇，你在撒谎。"

"我已经占了你一晚上的时间，也累了，阿遇，让他陪你守岁吧。"话音刚落，外面的烟火声便响起来，他捂住了我的耳朵，猝不及防地凑了过来。

下一刻，我只能看见漫天璀璨的烟火，还有眼前的人紧闭又睁开的眼睛，嘴唇上的温度骤然撤离。

我发现，自从周至深和顾子昂不再那么抗拒对方之后，人格的转换似乎已经不是那么痛苦的事情了。

我笑着缓缓地和他拉开距离，茶道院里的钟声刚好敲响了十二下。

我听见自己的声音如同呢喃："周至深，新年快乐。"

那双如深潭的眼睛眨了眨，周至深叹了一口气，开口道："乔遇，新年快乐。”

周至深得知我因缘际会得到进入D&Z总公司的机会时，长久地没有说话。

这时已经是大年初一的早晨，外面时不时传来小孩子玩小型鞭炮的声音，周至深在我面前坐了很久才转过身，从抽屉里拿出一本书递给我。

“《古服饰全图鉴》？”我有些吃惊地接过那本书，“不是已经给了DG吗？”

周至深缓缓开口：“我做事喜欢留有后路，当时给DG只给了前半部分的复印件，剩下的后半部分我一直留着。”

我差点忘记了，周至深一心想要继承家业，DG是他手上的一张王牌，他总要留下能和DG交易的东西。

我霎时间看到了希望：“DG现在在D&Z举足轻重，有了这本书，你不是没有可能赢回D&Z的！”

“乔遇，”周至深的声音低沉，“我父亲说过，只要我的病痊愈，就能得到继承权，我的叔叔周成广抓住这个漏洞，非但抢走了公司，还污蔑我泄露商业秘密，让全行业的人将我拉入黑名单。”

我诧异地张着嘴。我向来知道上流社会有许多钩心斗角的事，只是没想到有一天这样的事情会发生在周至深身上。

“但是周成广本身底子就不干净，亏空公款这种事他做得不少，你要帮我，只能想办法接近他，拿到证据。”言谈间，他终于恢复了从前的冷静。

他竟然在和我商议，这是不是代表着，他终于愿意相信我？

“你不觉得我在痴人说梦吗？”

“用这么短的时间就从品牌店进入总公司的营销部，你是我见过的第一个。”周至深温声说，“但这也是你的运气。”

我有些愤愤不平："你夸人能不能好好夸？"

周至深忽然笑了："DG进D&Z，就必须和原来的团队磨合，现在看来是合作出现了问题。老团队并不能理解DG的理念，所以他才想在D&Z里创造一支属于自己的团队，如果我没猜错，安歌就是他的人。"

我眼巴巴地看着周至深："所以你给我这本书，是让我接近DG吗？"

"这本书给你，但不是让你直接去接近DG。"周至深垂着眼睛，"你进了DG的团队，这本书就对你有帮助。你不能直接去找DG，只能等他发现你。"

周至深的手在桌子上有一下没一下地敲着："可是这需要很长时间，几年，甚至是十几年，很可能DG离开了D&Z都还没发现你。"

"没关系！"我忽然热血沸腾，"我有耐心等，而且说不定我运气好，不用等那么久呢？"

"没有人可以一直都有好运的。"周至深站起来，看向窗外。

这是他思考时惯常的做法，我忽然有种感觉，从前的周至深真的回来了。

"你有什么打算吗？"我小心翼翼地发问。

周至深没有回头，但他的话却清晰地传入我的耳朵里："你要帮我，我总不能让你孤军奋战。"

他真的回来了，我忍不住想要雀跃欢呼。这些日子以来，我最想看到的就是他的振作。

他回过头来看我："谢谢你。"

窗外的日光这样亮，照得周至深身上的光圈闪耀，我的心不由自主地狂跳起来，一下又一下，止都止不住，开口时声音飘忽："你帮过我那么多，我们之间已经算不清了。"

周至深却笑起来，他抓着自己身上那件白衬衣："我是说谢谢你给我买衣服，虽然不是什么大品牌，但是你的品位好了很多，款式和质量兼顾到了。"

我没料到他是说这件事，他非但不嫌弃我给他买的衣服，还夸我。我惊讶地看着他："周至深，你变了！"

"不，变的是你。"周至深彻底回过身来，他明明背着光，我却觉得他的眼睛那么亮，"你比我想象的坚强。世界对你从来不友好，可是你还是那么乐观向上。很抱歉，我曾说过你一无是处。"

今天的周至深太过不寻常，他已经连续夸了我两次，我有些得寸进尺，脱口而出："都是因为……"

"乔遇，"周至深轻声打断了我，"我以为我这辈子只会有雪莉一个朋友了，但是现在，又多了你一个！"

他的表情很诚恳，看不出一点作伪。

原来没了那一纸合同，我和雪莉对他而言是一样的！是红颜知己，是生死之交，是友情，而不是爱情。

我的手掌猛地收缩，在袖子里握成了拳，却不敢在他面前泄露半分情绪。我努力笑着："中国人不是有句话吗，叫为朋友两肋插刀，你都把我当朋友了，我怎么可以不帮你。"

不知道是不是我笑得太过勉强，周至深的眉头皱了皱，似乎还想说些什么。

我却绷不住了，连忙转身离开他的房间："中午约了安歌吃饭的，我要去准备了！"

周至深沉默地任由我走远，没有留我。

因为周至深的一句朋友，我一整天心神恍惚，去赴安歌的约时竟然一头撞在西餐厅的玻璃门上，惹得旁人大笑。

安歌刚好到了餐厅，站在我后面笑："怎么，是不是大年初一约你出来吃饭，打扰你约会了？这么恍恍惚惚的。"

我回过头，连忙摆手："是昨晚守岁了，我单身，哪里来的约会，还是工作重要。"

安歌一看就是个工作至上的女强人，否则也不会在除夕和大年初一就为工作奔波，她对我以事业为主的态度很满意，一顿饭下来都是笑吟吟的。

D&Z的年假只放到大年初七，安歌这才会急急忙忙地在大年初一约我吃饭，说是吃饭，其实就是一场非正式的面试。

她带了大量的DG设计图，又问了我一些服装方面的知识。

《古服饰全图鉴》是我从小就翻的书，加上周至深把书给我的时候我又翻了一次，而DG的设计都是有迹可循的，我回答得轻松，其他方面虽然应得磕磕绊绊，但安歌似乎并不是很在意。

末了，她满意地通知我："初七你到D&Z总公司六楼找我吧，正式上班。"

我没料到事情进展得这样顺利，有些喜不自禁："谢谢安小姐给我这个机会。"

安歌却摇摇头："乔遇，你比你自己想象中的有能力，好好把握，前途不可限量。"

我和安歌在西餐厅前告别后，便马不停蹄地回去见周至深，想要告诉他这个好消息。

到了茶道院，我却发现胡爷正站在院子里往楼上张望，一见我回来，他立刻把我拉到一边："来了个女人找你家男人！啧啧啧，那穿着、那打扮，跟皇后似的，长得也漂亮。"

"难道是雪莉？！"我大喜过望，三步并作两步往楼上跑。

周至深的房门却是关着的，我正疑惑，便听到周至深的声音响起："卢娜，你不必委屈自己来找我。"

我正要敲门的手顿在了那里，怎么会是她？

老式的木门并不隔音，卢娜和周至深的声音清晰地传出来。

"我知道你一定怪我现在才来找你，可是我没办法，至深，你知道我爸爸多么固执！"卢娜字字急切，"而且要离开罗斯并不是那么简单的事情，我花了很多时间。"

周至深沉默着。

卢娜的声音已经带上了哭腔："我们怎么会走到现在这一步？至

深，我答应我爸爸和罗斯在一起，真的只是想气你，你一心扑在工作和治病上，毕业之后，你有多久没有坐下来和我好好说话了？”

她急切地解释着：“你去曼哈顿找我，我就知道你还在乎我。我没答应你的求婚，但我已经想好和罗斯分手，可是我没想到罗斯死都不愿意放手，他那次在船上竟然还想办法对付你。”

周至深依旧沉默着。

我站在门口，知道自己不应该再听下去，可是脚下却像生了根，无论如何都迈不开步伐。

卢娜再次开口：“至深，我爸爸其实还是很喜欢你的，你知道的，只要你哄哄他，周家的事，他一定会站在你这边。”

仿佛是受不了周至深一而再再而三的沉默，卢娜终于忍不住尖叫一声：“周至深！你知道我爱你！我不会因为你一无所有就离开你！你知道的！”

“我知道。”周至深的声音沉得像深海的水，“我一开始被接回周家，没有人理我，只有你总是来找我玩，后来我发病，每一次都伤害你，可是在我醒过来之后，你还是笑着面对我。卢娜，我知道你爱我，我从来没有忘记过。”

我站在阳光底下，听着周至深如同宣誓般说着话：“所以这些年来，我身边只有你。”

“那那个娱记呢？”卢娜冷不丁地问出口，“那个叫乔遇的女人呢？”

周至深的声音如同叹息，可是听在我耳中还是这样清晰。

“她曾经是我治病的关键，但现在，她和雪莉一样，是我的朋友。”

我终于找到了转身就走的能力，我急于要离开那扇门，在我听到自己无法承受的事情之前。

我一路横冲直撞，奔上了茶道院的小天台。

我从来不喜欢卢娜，可是她爱他。她那样的千金大小姐，却能够为了如今一无所有的周至深不顾一切。

而我终于后知后觉地发现，周至深所谓的和卢娜再无关系，也不过是他的意气用事，他心里再冷情，终究还是给卢娜留下了一席之地，所以他才会大张旗鼓地跟她求婚，所以他才会故意带着我出现在她的面前。

有些事情，是否认不了的。

一定是阳光太盛了，我努力仰着头，却还是止不住往下掉的眼泪。

周至深，我也爱你，可是我的爱情这样卑微，既然口不能言，那就一辈子都不要让你知道好了。

在还来得及的时候，我选择停下来，停在你身边朋友的位置上，这样就够了。

第十一章

我可以和这世上任何一个人在一起，除了你

卢娜走后，我在天台上吹了数小时的冷风，才神思恍惚地下楼。

看见我的一刹那，周至深似乎有些诧异："回来了？怎么嘴唇都白了？"

他没有提起卢娜来过，我也装作什么都不知道，只讪笑着："天台风景好，我上去吹吹风。对了，和安歌的会面挺顺利的，我初七就上班了。"

周至深沉默了许久才开口："乔遇，能不能帮我一个忙？"

我强打精神："你说。"

他接下来说的话是我始料未及的，他说："帮我把顾子昂叫醒，我有话对他说。"

周至深准备了一封信，也准备了一罐芥末："用你的眼泪叫醒他，把这封信给他看。"

这就是那天我闯进去时他在写的东西，我没有犹豫就答应下来，接过芥末挖了一大勺便往嘴巴里送，颇有些自虐的感觉，反正我正愁没有正当理由可以痛痛快快地哭一场。

周至深被我这一大勺芥末吓了一跳："乔遇，不用这么多，你会很难受！"

我很想告诉周至深，这一勺芥末比他不爱我更让我难受，但我只是

闭着嘴巴，任由嘴巴里的辛辣感往上冲，眼泪不费吹灰之力便掉了下来。

匆忙去给我倒水的周至深一转身便晃了晃，他张了张嘴：“把水喝了。”

他在硬撑，就为了让我喝水吗?

我苦笑一声，接过了他手中的水杯。就在我接过水杯的那一瞬间，他如释重负地闭上了眼睛。

顾子昂苏醒过来不过是半分钟后的事情，他一见我就跳了起来：“阿遇，怎么我每次醒过来都看见你在哭?”

他慌慌张张地找纸巾，没有找到，干脆用衣袖当手帕：“不哭了不哭了。”

虽然是不同的人格，但在我面前晃动的这张脸也属于周至深，我想都没想就抱住了眼前的人：“不要动，让我抱一会儿，就一会儿。”

顾子昂愣了愣，任由我抱着他，轻轻拍着我的背：“阿遇，不管怎么样，会好起来的。”

我毫不客气地将眼泪、鼻涕都往他身上蹭，忽然很庆幸他的存在，我才可以肆无忌惮。

我在那个怀抱里待到半边身子都麻了，才悻悻地和他拉开距离：“我没事，我就是突然很难过。”

我哭够了，这才想起周至深交代给我的任务，连忙将信交给顾子昂：“周至深给你的，他有话要对你说。”

他们明明共用一副身体，却要通过这样的方式来沟通。

顾子昂面色古怪地将信展开，半晌才看向我：“阿遇，他要和我和解。”

我只觉欢喜：“这是好事啊！”

顾子昂干脆将信递给我看：“他说他在沉睡的时候，见到妈妈了。”

周至深将八岁以前的记忆全部忘掉了，这才会衍生出一个顾子昂，如今他竟然记起来了。我顾不得看这封信会不会侵犯周至深的隐私，接过来从头读到尾，才发现顾子昂没有骗我。

大约是因为受了刺激，又因为近来顾子昂醒过来的次数比较多，周至深在沉睡时竟然记起了自己的母亲顾双，他记起小时候顾双在雨天里将他抱起护在怀里，却任由自己湿透；他记起顾双将唯一一碗带肉的饭推到他的面前，自己只吃一碗清汤挂面……

虽然这只是一些细碎的片段，但足以让他对顾双有所改观，起码他终于了解到，顾双是爱他的。

大概就是因为这样，他才要和顾子昂和解。

我抬起头，看向一直皱着眉头的顾子昂："那，你同意吗？"

"周成闻都不在这世界上了，我也没必要和周至深作对了。"顾子昂出乎意料地好说话，"他救过你，就冲这一点，我欠他人情。"

他脸微红，仔细观察着我的反应："更何况，你那么喜欢他。"

顾子昂一句话，将我刚刚压抑下去的情绪又勾起来，我看向他："子昂，你认不认识卢娜？"

顾子昂随即皱起眉头："认得，很多时候我醒过来都是见到她，特别是小时候，周至深总是和她腻在一起。"

"你不喜欢她吗？"我看着顾子昂厌恶的表情，忽然有些明白为什么卢娜对周至深的病耿耿于怀。

"有钱人家的小孩都很讨厌。"顾子昂撇了撇嘴，"我就是看他们不顺眼，要是醒过来后他们在我身边，我总会不让他们好过。"

"比如呢？"我有些头疼地揉了揉太阳穴，有些明白过来为什么周至深一开始会告诉我顾子昂有暴力倾向。

果然，他简单粗暴地举起拳头："揪她小辫子，弄坏她的芭比公主，可是总不能把她吓跑。"

我的心里一片酸涩，卢娜没有说错，她在她很小的时候就爱着周至深，所以才能忍受第二人格顾子昂的欺负，想来长大以后，顾子昂也没给过她好脸色看。

我忽然有些同情她："她很爱周至深，以后还有可能会嫁给他，所以下次你醒过来见到她，就不要对她那么凶了，知道吗？"

顾子昂一脸无法理解："为什么嫁给周至深的是她，不应该是你吗？"

我咧开嘴，不知道自己究竟笑出来没有："子昂，我和他，现在只是朋友。"

顾子昂在长久的沉默后忽然开口："那你嫁给我吧！"

"你说什么？"我抬头看他，几乎不敢相信自己刚刚听到的话。

顾子昂的脸瞬间如同火烧一样红："阿遇，我……我没有别的意思，你如果嫁给我，其实就等于嫁给了他……"

我忽然明白了顾子昂的用意，他们共享一副身体，嫁给其中一个人格，就等于同时嫁给了另外一个人格，他是想用这种方法让我和周至深在一起。

"你啊，真是小孩子！这都想得出来。"我又好气又好笑地捏了捏他的鼻子，"感情哪能这么勉强。"

顾子昂由着我在他脸上乱掐："阿遇，你也许会遇到更好的。"

说完，他想起什么似的在桌前坐下来，开始给周至深回信，边回信边扭头看我："阿遇，你不可以偷看！"

这点自觉我还是有的。我随手在周至深房内抽了本书，等顾子昂回完了信，才放下手里的书。他难得出现，所以我总是格外珍惜和他在一起的时光。

我带着他到游乐园去，给他买棉花糖，他便快乐得像个孩子。

他本来就长得好，笑起来更让人心动，许多路过他的女孩子都忍不住多看他几眼，偏偏他还帮我提着包，拿着棉花糖，很像一个把女朋友宠上天的绝佳男朋友。

"阿遇，你也吃！"在旋转木马前，他把棉花糖举到我面前，"我们一人一边。"

他总有这种孩子气的想法。我对顾子昂虽然没有男女之情，但在他身边却能彻底放松。我也不计较这个举动有多么暧昧，踮起脚就咬了一口。

顾子昂笑嘻嘻地在另外一边也咬了一口，仿佛觉得这样再好玩不过了。

大年初一的游乐场依旧热闹，旋转木马前人流密集，许多人都忍不住对我们侧目。

顾子昂再次把棉花糖凑过来，我正要踮脚去咬，却只觉后背被人推了一下，人控制不住地往前倒，刚咬了一口棉花糖的顾子昂竟然也往我的方向倒过来，我们反应不及，只能愣愣地看着对方凑过来，鼻子对鼻子、嘴唇对嘴唇地磕在了一起。

"哈哈哈，亲上了亲上了！"有几个小男孩拍着手掌从顾子昂的背后跳出来。

"熊孩子！"我恼羞成怒就要去小惩大诫，却被人一手拽住。

眼前的人糊了一脸的糖，别提有多狼狈，但眼睛里是清明一片："乔遇……"

我愣了愣，接下来就只能苦笑，阴差阳错，把周至深给叫醒了。

周至深看着我皱了皱眉头，我刚才隔着棉花糖和他磕在了一起，他脸上糊成一团，我必定也好不到哪里去。

周至深从我包里找出湿纸巾，皱着眉头给我清理，一下一下，格外专注。

我还记挂着顾子昂，忍不住念叨："还答应陪他坐摩天轮的……"

周至深的手顿了顿："看来是我扫了你们的兴了？"

我抢过他手里的纸巾，胡乱在脸上擦了一把："没有，只是我不想言而无信，走吧。"

我料想周至深这样的人，怎么也不会喜欢在游乐场多待的，谁知道他却拉住了我："既然来了，坐了摩天轮再走吧，也就不算言而无信了。"

等我们排队坐上摩天轮，天色已经暗了下来，隐约可以看见夜空中零星的光点。

我将顾子昂的信递给周至深："回信。"

想了想，我又加上一句："我没偷看！"

周至深没理会我，拆开信一口气读完，末了古怪地看了我一眼："看来你们关系很好。"

我这才记起，自从和顾子昂相认之后，我都没有对周至深提起过，连忙解释："我们早就认识了……"

"我知道。"周至深看了我一眼，"我给华医生打过电话，是她建议我和顾子昂和解的。"

我有些紧张："她对你说了以前的事情？"

周至深淡淡地"嗯"了一声："她告诉我，你的走失是因为我爽约，我对你负有责任……"

周至深的表情很平静，我不够聪明，但也能猜到华医生一定只说了他和我的渊源，跳过了他母亲去世的部分，毕竟那一部分真相，现在的他也许还无法承受。

我嬉笑着扯开话题："那你要好好对我负责，振作起来，别让我为你担心了！"

周至深看向窗外："卢娜来找我了，有了她和她家族的帮助，我考虑自己建立一个服装品牌……"

他这些年一直在努力想为D&Z打造一个子品牌，虽然现在离开了D&Z，但有了卢家的支持，再加上他在国外的资源，他想打造一个属于自己的品牌，并不是太难的事情。

我假装不经意地问起："你和卢娜和好了？"

"卢家不会帮助和自己不相干的人，"周至深扭过头来看我，目光灼灼，"我会和她结婚。"

虽然答案在意料之中，然而我还是在一刹那间觉得，我和周至深终究是没可能了。

我违心地笑起来，慢慢望向窗外，窗外的夜色已经沉下去，墨一样的夜幕上有零星的光。往后想起这一幕，我都想，大概就是在这一刻，我的命运再度发生了转折。

我终究还是忍住了眼泪：“周至深，谢谢你陪我来坐摩天轮。”

过完春节以后，我开始正式在D&Z上班。一切如同周至深所料，我被安歌安排在旁支里，给我的工作虽然和DG的设计有关，但并不系统，看来要直接接触DG，还需要一些时间。

周至深征求了胡爷的同意之后，将茶道院的二楼装修之后当办公室使用，我每日经过他的房间，都见他在几台电脑前来回转，忙得不亦乐乎。雪莉被他留在了曼哈顿当交接人，负责联系以前的合作方。

我和周至深开始像两条平行线一样，明明在同一个屋檐下，却连话都说不上几句，倒是顾子昂出现的次数多起来，只要是我要上夜校的日子，他总是出现，固执地将我送过去，下课了又将我接回来。

这样的生活一晃就过了半年，这半年里，卢娜来了几次，每次她来不久，周至深便会拉着行李箱出国，一去至少半个月。

所幸的是，我忙着朝九晚五，没有机会撞见他们。倒是胡爷看着我的眼光里多了几分同情，周至深不在的日子里，他总拉着我一起吃饭：“你们年轻人的感情太复杂了，老人家看不懂，不像我们从前了，一心一意爱一个人……”

我埋头扒饭，没敢告诉胡爷，周至深也是一心一意地爱着一个人，但那个人不是我罢了。想了想，我还是老实交代：“我们现在只是朋友了。”

胡爷叹息了一声，没有追问。

正式进入夏季的时候，我通过安歌的推荐，参加了更专业的服装和营销课程。

依旧是夜晚上课，只是同学都变成了白领精英，言谈间都自信飞扬。

晚上下课的时候，我隔壁桌的男人忽然叫住我："乔遇，明天是周末，不用上班吧？"

我向来来去匆匆，很少和同学打交道，一时想不起对方的名字，只能回答："如果没有什么特别情况，应该放假。"

"那今晚晚点回去没关系吧？"那个男人眼里放出希望的光，"我请你吃夜宵。"

胡爷曾告诉我，在中国，一个男人说要请一个女人吃夜宵，和在美国那句"我请你喝一杯"的意思是一样的。

我想起在许久以前，倘若有人对我说这样的话，我必定来者不拒，如同渔民一样广撒网，只想钓到一尾可以托付终身的鱼，然而奇怪的是，我现在无论如何也提不起捕鱼的兴致。

"不了，我有点累，想早点休息。"我收拾好东西，转身就往外走。

"哎，你等等我，要不我送你回去吧？"男人不依不饶，跟上来继续说，"我这里有两张电影院的票，科幻片，明天下午场，赏个脸一起去吧？"

"不好意思，我明天还要做功课。"我努力维持着脸上的笑容，一边疾步往外走。

然而那个人仿佛铁了心要跟着我一样："别这样拒人于千里之外嘛，你平时够独来独往了，和同学培养培养感情又没什么的。"

我这大半年来在D&Z工作，好歹学到了一些待人处事的道理，知道不到万不得已，不可以撕破脸，所以一路只是沉默着不说话。

到了校门口，那人大概急了，扯了我一把："你别走这么快。"

我一下班就赶来上课，脚上还穿着高跟鞋，被他这么一拽，忽然重心不稳就往一旁歪去，脚踝疼得我倒吸一口凉气。

"哎，你怎么样了？都让你别走这么快了。"那人一副"早就告诉你了"的样子，伸手过来要扶我。

我这些日子修炼出来的好脾气突然荡然无存，正想张牙舞爪地发作，就见到一个身影挡在了我的面前，拉开了那个男人伸过来的手。

我仰起头，就看见一个熟悉的后脑勺，忽然惊喜地叫出声来：“顾子昂！”

周至深半个月前去了曼哈顿谈生意，雪莉还跟我说他们这次会去拜访一些重要的合作对象，周至深会待得久一点，这样就意味着顾子昂也有半个月不会出现在我面前，如今他忽然现身，我自然是喜多于惊。

那个男人看着顾子昂，后退了一步：“别这么看着我，我什么都没做啊，她自己扭到的。”

我翻了翻白眼，一把牵住顾子昂的手：“行了，我男朋友来接我了，不劳烦你送我。”

懒得再去和那人周旋，我干脆拉着顾子昂转身就走。

奈何脚实在疼得厉害，我没走多远就走不动了：“不行不行，疼死了，走不动。”

“打车吧。”顾子昂提议。

我扶着他的肩膀弯下腰去揉脚：“这个时间，这里比较难叫车，你怎么突然变得这么大方了？”

顾子昂因为小时候过过苦日子，在花钱方面一直小心翼翼，尤其看不得我为他花钱。

顾子昂沉默了一会儿，忽然转过身弯下腰：“上来。”

我看了看那宽阔的背，毫不客气地爬了上去。对顾子昂，我向来不讲究，还提着高跟鞋在他面前晃。

“你们怎么突然回来了？我听说你们还要多待几天的。”我把头搁在他的肩膀上，“好久没人来接我下课了，为了报答你，我们去吃烤串吧。”

“那边没什么事就先回来了。”他的声音有些沉，“没营养的东西少吃。”

在他说出这句话之后，我有种想从他背上滚下来的冲动，我也这样做了，但没成功。

身下的人用手将我捆紧在背上："别乱动！"

"你不是顾子昂！"我几乎可以断定，烤串和街边小零食一直是顾子昂的最爱，只有周至深才会觉得这些东西不卫生又没营养。

果然，背着我的那个人淡淡地应："我没说过我是顾子昂。"

"周至深，"一想到背着我的人是周至深，我就浑身不自在，"你放我下来，我自己走吧。"

"我说了别动！"他的声音有些不耐烦。

自从他决定创立自己的服装品牌之后，他便慢慢振作起来，连脾气也变回了从前的样子，然而我反倒习惯这样的他。

这样的周至深威严十足，我只能乖乖地在他背上趴着："你怎么会来接我下课？这是顾子昂才会做的事情……"

"我答应过他，在他不在的时候，我会来接你下课。"他的声音在深夜里显得又沉又稳。

顾子昂知道我对周至深的心思，这样的福利，必定是他为我争取来的。

我怀揣着这点小心思，只觉得莫名有些心虚，一时间不敢搭话。

倒是周至深先开口："那样的男人，以后离他远点。"

我愣了愣，才反应过来他说的是刚才那个男同学："要一起上课的。"

"乔遇，你不是说过你最大的梦想是嫁个好男人安稳过一生吗？"周至深顿了顿脚步，稍稍回头，脸颊恰好碰到我的额头，"下来吧，我们在这里叫车。"

我依依不舍地爬下来。

周至深继续说："那个男人在追你？"

我摇摇头："我连他叫什么都不知道，今晚忽然说要请我吃夜宵，还说要请我看电影，票都买好了，是科幻片……"

我的话还没说完就被周至深打断："我记得你谈过许多次无疾而终的恋爱。"

“没有无疾而终，”我有些沮丧，“是根本没开始过，每次都被人当成备胎……”

我抬头瞄了他一眼，觉得自己曾经勉强也算他的备胎，只觉得更沮丧了。

然而周至深却无知无觉：“你选择男人的眼光有问题，一个男人如果在意你，不会连你想看什么电影都不问就买了自己想看的科幻片，就好像以前的那个阿赛，如果真的在意，就不会只暧昧而不确定关系，乔遇，你懂吗？”

他抬手拦下一辆计程车，替我打开车门：“一个有基本风度的男人，最起码会为你开车门。”

我想起很久以前他说过：“要做我周至深的女朋友，起码要先习惯有人替你开车门。”

我被他扶上了车，夜里的交通状况很好，车子在茶道院的巷口停下。周至深下了车，又弯下腰：“上来。”

我有些犹豫，刚才已经贪恋过那一点点温暖，可我现在想起，他不属于我。

大概是我犹豫太久，周至深又回头看我：“还有，你要习惯被温柔对待……”

我愣了愣，在过去的那些日子里，对我好的人那样少，我只觉自己是地上的野草，人人可以践踏，一旦有人对我稍微好一些，我就会感恩戴德，比如阿赛，比如我之前的许多准男友，都是因为他们片刻的温柔，我就觉得他们可以托付终身。

我再度爬上周至深的背。

他今天的话似乎有些多：“你现在已经和以前不一样了，乔遇，想要别人爱你，你先要学会爱自己。”

我的声音闷闷的：“顾子昂也经常让我对自己好一点……”

“对自己好一点，不要管周至深那个浑蛋。”这是顾子昂的原话，然而我没敢说出来。

周至深的脚步顿了顿："你和顾子昂？你喜欢他？"

我万万没想到周至深竟然会觉得我喜欢顾子昂，然而细想之下，我做的这一切看起来似是而非，究竟是为了周至深，还是为了顾子昂，旁人看来就是同一人。

"是，我喜欢他，从见到他的第一面起就喜欢，否则我也不会为了找他把自己弄得走失十五年。"我理直气壮地撒着谎，"我十五年来一直梦见他，见到你的时候还以为你就是他。"

忽然找到这样一个完美的烟幕弹掩饰我对周至深的感情，我有些兴奋过度："那次在海里是他救了我们，我想再见他一面，又不想你真的把他驱逐出去，不然我为什么要千里迢迢跑来中国找你？"

茶道院到了，我还想继续陈列证据，然后周至深手一松，将我放了下来。

他转过身看我，目光在月色下晦暗不明："可是乔遇，你应该清楚，你们没有可能。"

是啊，没有可能。倘若以后顾子昂和周至深的人格得以融合，他终究还是会选择卢娜。

我的面色一定很难看，因为我从周至深的眼睛里看到了不忍，然后他说："他只是一个副人格。"

"我明白的。"我仰起头看他，"所以现在有机会见到他，和他说说话，我就已经知足了。"

周至深还想说些什么，然而我已经不想和他继续讨论这个问题了："我累了，我回去休息了。"

这个问题我早就知道答案，早就没有讨论的必要。

我知道总有一天，他不会再需要我，那么我就在他还需要我的时候，在他身边待久一点，再久一点。

隔日是周末，我竟然是被周至深的敲门声吵醒的。

“起床，我带你去图书馆。”周至深站在清晨的阳光里，无视我的哀号，大步走过来将我拉起来。

半个小时后，我一瘸一拐地跟着周至深在图书馆里绕圈。

他给我选了一摞的书，让我回忆起被雪莉地狱训练时的那些光阴，末了他还扔给我一张健身卡：“等脚好了，去健身。”

我莫名其妙：“你觉得我需要减肥吗？我的身材挺标准啊。”

周至深有些失笑：“阿遇，你还可以变得更好，只有变得更好，你才能遇见更好的男人。”

他突如其来地喊我阿遇，让我一时有些恍惚，然而下一句话立刻让我清醒过来。他终究还是对我昨天说的话耿耿于怀，只有确定我爱上别人，他才会放心吧。

我不客气地收起那张健身卡：“没问题，变好嘛，谁不想！也许我过阵子就能实现我的终身梦想，遇到一个可以托付终身的好男人了呢。”

这本来只是一句我搪塞周至深的玩笑话，然而就在说完这句话的一周后，我遇到了苏维封。

DG打算在D&Z创立一个青少年潮牌，安歌负责打点各个商场店面和广告的事情。这算是DG和D&Z旧团队的背水一战，不能出差错，所以安歌带出去的都是心腹。

我原本做好准备只做资料搜集的工作，谁知道这日安歌来到我办公桌前，笑了笑：“来了有大半年吧？走吧，带你去见见世面。”

这一次我们要去的公司叫Effe，青少年最爱去的消费场所几乎都是这家公司的，如果我们的新品牌能在这家公司旗下的商场上线，那DG这一次就赢了一半。

安歌将这件事看得很重要，这次出来时带了小半个团队，然而大公司总是不容易应付，一个会开了一个下午，还没谈出个所以然来。

安歌见对方都兴趣索然的样子，推了推我：“乔遇，去给大家买点下午茶，我们休息休息。”

楼下恰好有个咖啡西饼店，我点了单，正百无聊赖，就听到身后传来一声告饶：“我真的想不到。”

我回过头，就看见一个女孩子嘟着嘴，一副不开心的样子：“我前阵子才给你看过的，你太没诚意了。”

女孩子系着褐色围裙，看起来是咖啡店的店员，而站在她身后那个高大的男人一脸挫败：“你知道我中文不好……”

看起来是情侣闹别扭了。

“你应该是一场梦， 我应该是一阵风……到底是谁写的？比利·柯林斯？”

“都说是中国诗人了！我说的话，你总是一下子就忘记！”

在经历了和喜欢的人有缘无分这种残酷的现实之后，我现在对美好的爱情总抱有恻隐之心，趁着女孩子走开的时候，我飞快凑到那个男人身边，低声说了一句：“是顾城的诗，《你和我》。”

男人诧异地看了我一眼，片刻后便投来感激的眼神，赶紧过去哄他的小女友去了。

我自觉做了好事，心情舒畅，连带点的那十几杯咖啡和大袋小袋的蛋糕都不觉得重了。

然而我刚走到Effe楼下，就有人叫住了我：“等等！”

我回头，是刚才那个男人：“救命之恩，无以为报，我帮你拿东西吧！”

我这时才看到他胸前挂着Effe的工作牌，还没来得及拒绝，他已经伸手接过我手上沉重的十几杯咖啡：“这些可以让人送上去的，怎么要自己拿这么麻烦？”

他执着于要报恩，我干脆乐得轻松：“我们是过来谈事情的，我老板觉得这样比较有诚意。”

他笑了笑，把我让进电梯里：“谢谢你啊，不然我今天就不用上班了。我刚从国外回来定居，中文真的很差。”

“女朋友总是要哄的，”我表示理解，“我也是恰好知道那句诗。”

为了提高我的中文水平和文学素养，周至深要我看的书都能按吨计算了，我因此记住了一些零零碎碎的诗句，而记住那句诗恰好是因为我很喜欢。

你应该是一场梦，我应该是一阵风，而周至深也不过是我的一场梦罢了。

想到这里，我有些黯然，一时竟然没听见身旁的人说的话，我只觉抱歉：“刚才走神了，你说什么来着？”

“我说我叫苏维封，还有，那个不是我女朋友，她是我表妹，咖啡店就是她开的，文艺女青年一个。”说完，电梯刚好到了我要去的楼层，苏维封腾出手按住开门按钮，让我出去。

来到会议室门口，他又腾出手帮我开门，提醒我小心。

我诧异地看了看他，果然是提升自己就能遇到更好的人吗？最近我遇到的人越来越绅士了，要早知道这个道理，我年轻的时候也不至于绕那么多弯了。

我正暗自感叹，就见会议室里原本闷闷坐着的人突然都站了起来，全然不见刚才的神情委顿。

尤其是Effe的人，看着苏维封一脸诧异：“苏少，您怎么下来了？”

苏维封摆摆手，笑着看了我一眼：“帮我救命恩人拿东西，你们继续开会，我走了。”

他临走前笑着朝我摆摆手：“我走啦，恩人。”

他云淡风轻地走掉，然而会议室里的气氛却变了，所有人的目光都落在我身上，Effe的项目负责人忽然客气起来：“安小姐，怎么是我们苏少熟人也不说一声？这个，细节我们再聊聊。”

安歌不动声色地捏了捏我的手，带着笑意应下：“自然自然。”

我回国差不多有一年时间，耳濡目染，渐渐也知道这是一个“有熟人好办事”的社会。我不知道苏维封的来路，但他在Effe必定有一定的地位，否则安歌一直头疼的项目怎么会因为他一出现就顺利起来。

离开Effe的时候，安歌问清了我事情的缘由，笑得眉眼弯弯："没想到你还有这种交际手段，一直以来只让你跟进DG的设计真是浪费人才了。"

我哭笑不得，这哪里是什么交际手段，我压根不认识苏维封，只能算是走了狗屎运罢了。我扯开话题："快犒赏功臣吧，想想项目成功后请我们吃什么好吃的。"

安歌的"没问题"刚说出口，我就看到苏维封在不远处朝我招了招手："恩人！"

他身材高大，几步便走到我面前："太好了，你还没走，再帮我一个小忙吧？"

我还没回过神来，安歌已经轻轻推了我一把："这有什么问题，我们乔遇最乐于助人了，你到时帮我们把她送回去就行了。"

她的目的再明显不过，我也不好拒绝，只能跟着他走。

苏维封的车就停在门口，他替我开车门的时候，我忍不住想起了周至深。周至深是教会我骄傲的人，我终于也能理所当然地享受这些女士专享的待遇，诸如有人帮忙开车门之类。

我没想到苏维封带我去的居然是书店，他望着琳琅满目的书叹气："我表妹生日快到了，我得送她书，可是我不知道送什么，不敢乱买，你帮我挑几本吧。"

我一时无语："这么简单的事情……"

"不简单！"苏维封一脸害怕，"我表妹生起气来，后果很严重的。你懂顾城的诗，你一定也很文艺，你帮我选吧。"

我一边羡慕他们之间的感情，一边无奈地拐到诗词区："我也从国外回来不久，中文水平也是半桶水，选错了，你可别怪我。"

我对诗词的确一窍不通，但好在周至深列的书单里有不少这种东西，我按着书单挑了几本典藏版的诗词集，苏维封就欢天喜地地去付款了。

“感激不尽！”苏维封松了一口气，“我要怎么报答你？我请你吃饭吧？”

“不了，”我摇头，“家里煮了饭。”

我这借口敷衍得很，苏维封却不在意，也不勉强我：“那我送你回去。”

他坦坦荡荡，我也不好扭扭捏捏，便答应下来，由着他将我送回茶道院。天色已经暗了，通往茶道院的巷子里有盏灯坏了，灯光偏暗，显得有些阴森恐怖。

将我送到巷子口的苏维封往里头看了一眼：“我陪你走回去。”

“不用了，我天天走的。”我笑着拒绝。

“不行，这里看起来不安全，我要把你送到家门口，我有这个责任。”苏维封在这件事上坚持己见，我也不好继续拒绝他的好意，只能由着他陪我走回茶道院。

苏维封身上有股英国气，总让我想起初见时的周至深，只是苏维封要比当初那座“冰山”和蔼可亲多了。

茶道院前，他规规矩矩地止步：“今天谢谢你了。”

我礼貌摆手，说着客套话：“有机会再见。”

他转身时笑着朝我眨眨眼睛：“一定有的！”

他没有多逗留，将我安全送到后便离开，这样进退有度让我觉得和他相处格外舒服。

我忍不住想，若是在遇见周至深之前遇到他，我现在心心念念的，怕是要换个人了。

可惜没有如果，而且没有周至深，我也不会是现在这个样子。

“这么依依不舍，门都不进了？”我正出着神，忽然听到熟悉的声音在背后响起。

我回头，就见周至深站在月光下，似笑非笑地看着我：“新目标？这次眼光不错！”

看来他今天心情不错，竟然还调侃我：“你今天这么晚回来，原来是有约会！”

我张了张嘴，却发现自己没有必要解释，就让他误会好了。翻着白眼越过他走出几步，我就看见胡爷背着手走过来：“你可算回来了，这小子站在那儿等了你半天。我说你今晚没课，他还不信！要不是我拦着，他就要白跑一趟了！”

“你在等我？”我顿住脚步，回头不可置信地看着周至深。

他却没有回答我，还在纠结刚才的问题：“阿遇，你终于明白，你配得上更好的人。”

他朝我走近，居高临下地看着我。

我终于忍不住开口辩解：“大公司的高层，我才配不上。”

周至深微微弯下身子看我：“如果你想，我可以帮你到他身边去。”

我愣了愣，我日思夜想的是到你身边去啊，周至深！你就这么急不可耐地想把我送走吗？

然而这句话在喉咙里转了一圈，到了嘴边却变成：“好呀，求之不得！”

如果这样做能让你安心，那好吧，我可以假装我还是那个渴望找个好男人托付一生的乔遇。我知道从今往后，我可以和这世上任何一个人在一起，除了你。

第十二章

只望你余生安好

安歌和DG新品牌的项目进展得十分顺利，为此我莫名其妙地被封为功臣，安歌还特地在月底给我发了奖金。我被人簇拥着下楼的时候，还不忘继续解释我和苏维封只有两面之缘。其他人正七嘴八舌反驳着我的时候，有人突然喊了一句：“喏，这不就凑足三面了吗？”

我回过头，就见苏维封站在前台，似乎在打听着什么，扭头见到我时，脸上忽然现出欢喜的笑容，大步朝我走来。

刚才还闹着要我请吃饭的同事瞬间一哄而散，留我和苏维封站在那里，然后我就听见他恳切地开口：“恩人！”

“打住！”我忍无可忍，“别再这么叫我了，我有名字。”

“乔遇！”苏维封笑吟吟地打断我，“能不能再帮我一次？”

还没等我问清楚，他便主动交代：“我表妹非常喜欢那些书，但她不相信礼物是我自己挑的，非要我把帮忙挑礼物的人带去她的生日宴。”

“带我去？”我自然不会自恋地以为苏维封对我有什么不为人知的想法，但还是忍不住觉得奇怪，“你对你表妹也太好了！”

“阿初有先天性心脏病，所以大家都顺着她。”苏维封难得苦笑了一声，又胡乱地朝我抱拳，“拜托拜托，你去生日宴所有的花费都由我来出！”

我哭笑不得："去一场生日宴能有多少花费，最多我也买一套书。"

苏维封有些诧异："你不认识阿初？"

他这样一问让我也诧异起来："我应该认识她吗？"

苏维封笑了笑："不用！那这个周末，我来接你！那个，穿得漂亮点，就是华丽的那种漂亮，像明星参加颁奖典礼那种……"

我失笑："还有主题限定啊？"

苏维封笑了笑，给我递了一张名片，又问我要了电话："那说定了，周末见。"

快到周末的时候，我才发现自己毫无准备。我万万没想到参加个生日宴会还要买礼服，从前周至深给我购置的那些漂亮裙子全都留在了曼哈顿，没有带过来，如今想起来各种惋惜。

周至深似乎刚从外面回来，经过我房门口时，便听到我对着衣柜长吁短叹。

"需要我帮忙吗？"

我跳起来："我不小心答应去参加一个生日宴，还要盛装打扮，可我发现我没衣服穿了。"

周至深看了我一眼："那个人的生日宴？"

我没好气地掏出名片在他面前晃了晃："不是那个人，是那个人的表妹。要抓住一个男人的心，还要先攻破他家亲戚对不对？"

周至深却没有被我逗笑，他一把抓住我的手，拿过名片看了一眼，登时表情古怪地看了看我："阿遇，你这次当真走运了，这个可不是普通人。"

苏维封将名片给我之后我就直接丢包里了，也没仔细去看，难道一张名片还有什么玄机？

"Effe旗下有多少大型商场，我猜你已经知道了。"周至深将名片递回来给我，"但是你知不知道Effe是姓苏的？"

我接过名片，上面只写着运营部经理，苏维封。

周至深见我一脸茫然，摇了摇头："苏家有一个儿子和一个女儿，儿子生了个有先天性心脏病的女孩，注定是不能管理苏家企业的；女儿嘛，招了个上门女婿，生了一个男孩，就是你那金龟婿。"

我咂舌，原来苏维封是Effe未来的继承人，难怪那么多人赶着巴结他。

"苏家很疼苏艺初，生日宴必定隆重，苏维封愿意带你去，证明他心里很看重你。"周至深抬眼看我，"阿遇，这是你的机会。"

我实在没好意思告诉周至深，我和苏维封至今只见过三次面，哪里来的看重？

周至深没有继续在我房门口停留，只留下一句话："礼服不用你买，你告诉安歌你要去参加苏家的生日宴，自然有人会替你安排。"

我试探着给安歌打了电话，那边的人沉默了半晌之后，突然很严肃地发话："乔遇，你现在就回公司，立刻，马上！"

我吓了一跳，几乎是马不停蹄地往公司赶。

一到公司楼下，我就接到安歌的电话："你直接来样品间。"

我到样品间的时候，发现里面挤满了人，一个个严阵以待，一时间让我有种走错门的感觉。

安歌眼尖，一眼看到了我："乔遇，愣着干什么？快进来！"

说着她到门口一把将我拉进去，这时我才发现DG竟然也在，许久不见，他穿衣服的风格更加妖魔化了。

"DG，这就是我跟你提起的那个新人，非常有潜力！"安歌把我推到DG面前，"只要她能穿着我们新设计的衣服去参加晚宴，那简直就是活招牌，这个机会绝对不可以浪费。"

DG歪着头打量我："我怎么觉得你很眼熟啊？"

我干巴巴地笑了两声，正考虑要不要告诉他真相，就见他一拍桌子："是你！"

接下来的事情出乎了整个团队的预料，他们看到平日里高高在上、不可一世的DG居然围绕着一个新人转，量尺寸、设计造型，他一手包办。

然而只有我不胜其烦，听着他一直追问：“我的公主，我的女神，剩下那一半图鉴究竟在哪里？”

我充耳不闻，实在是想不到要怎么利用手里这一张王牌。

DG也不恼，看着我满意地笑：“反正你也跑不掉了，你的礼服包在我身上，明天我一定让你成为全场最瞩目的焦点。”

DG将这件事当成头等大事，团队里的人自然也不敢怠慢。周日一大早，我就被安歌的电话吵醒：“姑奶奶！都什么时候了，你还在睡！你给我起来！来公司！”

我有苦说不出，生日宴是在晚上啊，现在才早上八点。

我睡眼惺忪地经过周至深的房间，却发现里头空空荡荡的，他早就出去了。

我赶到公司时，发现所有人已经严阵以待，安歌甚至找来了几个造型师和化妆师，所以我一到，就被按在椅子上试造型。

DG设计的衣服就挂在一边，白底青色的旗袍，下摆却脱离了原来的模样，是展开的。DG的设计很巧妙，既保留了旗袍的韵味，又增添了一丝活泼的少女感，最重要的是，两者结合在一起，一点都不显得突兀。

我这时才明白为什么周至深当年面对打扮过后的我毫不动容，他说得没错，我那种只是平常装扮，如今安歌在我身上折腾的才叫盛装打扮，我感觉自己今晚都可以直接去参加奥斯卡颁奖典礼了。

“妆容和发型一定要搭。”安歌在一边提意见，“你们见过四五十年代的上海女人没有？要摩登！摩登懂吗？”

等折腾完，已经是下午四点，我这才明白为什么安歌一副如临大敌的样子。

由于我和苏维封约好是在茶道院等，安歌把我打扮好，就立刻将我送回去。

在打扫院子的胡爷一见我，吓得扫把都掉了，围着我研究半天才一拍大腿：“哎哟，是乔遇啊！我以为我见到了我的初恋！”

周至深不在，我也不知道我盛装打扮后究竟还符不符合现代人的审美，反正照镜子的时候，我已经认不出自己了。

晚宴六点开始，苏维封五点半就到了。他今天穿了正式的西装，站在茶道院外，衣冠楚楚的样子确实有些像骑马而来的王子。

我走出去的时候他呆了呆："乔……乔遇？"

我有些汗颜："我是不是打扮得太夸张了？"

他摇摇头："美得我都认不出来了，阿初见到你一定很高兴。"

我穿着有些年代感的旗袍，和苏维封站在茶道院这座有点历史的建筑物前，倒真有点时光倒流的感觉。

和苏维封一起去酒店的路上，他时不时望着我笑，笑得我有些羞恼："专心开车！"

"不行，我得多看两眼。"他笑了笑，"今天你不想万众瞩目都不行了。"

晚宴的会场是东城的六星级酒店，一下车，我就被那一排豪车的logo闪瞎了眼。难怪安歌那样激动，原来这生日宴的排场这样大。

我忽然十分庆幸在曼哈顿的那段日子里，雪莉把我弯腰驼背的毛病全矫正了，近日来周至深又赶着我去健身，我如今才能体态轻盈地站在苏维封的旁边，不至于显得过分的小家子气。

隔得远远的，我听见一个女孩子喊着："表哥！"

"是阿初。"苏维封提醒我。

那日在咖啡店嘟着嘴撒娇的小女孩如今换上了精致的礼服，完完全全是一副小公主的模样。还没等我们走上前去，她已经迫不及待地迎过来："这就是那位姐姐吗？"

苏艺初两眼放光地看着我："我就知道，我表哥那种俗人怎么会选到那么好的书！"

她围着我转："姐姐，你的打扮太合我胃口了！好像张爱玲那个时代的人，又不显得老气，和那些俗气的女人一点都不一样！"

她看了苏维封一眼，毫不客气地挽住我的手臂："干脆你当我嫂子吧！毕竟我的一个愿望就是有生之年能见到我表哥成家。”

没想到苏艺初一点千金大小姐的脾气都没有，然而她的热情让我的腿有些发软：“苏小姐，我和你表哥只是普通朋友。”

“才只是普通朋友？”苏艺初立刻放开我的手，转身去捶了苏维封一把，“你看你拖拖拉拉的！怎么才是普通朋友呢？你能用点心吗？”

苏维封一边躲一边求饶：“你这不是逼着我强抢良家妇女吗？”

苏艺初气结：“这时候你的中文倒用得挺顺口的！”

两兄妹打打闹闹的场面，我在咖啡店是见过的，只觉得温馨，正笑着摇头，就见不远处，DG从一辆十分闷骚的粉红色跑车里下来。

没想到他也在受邀之列。

跟在跑车后面的是一辆颜色低调的迈巴赫，而从车里下来的，赫然是今天失踪了一天的周至深！

我看着他绕过去，替副驾驶室里的人打开车门，里面的人盈盈地伸出手，笑着挽住了他的胳膊。

是卢娜。

自从周至深被驱逐出D&Z之后，他就从未在公共场合露过面，如今看来，他是准备有所行动了。

经过我们的时候，他朝我看来，似乎怔了怔，嘴角难得露出一抹笑意，然而那抹笑意稍纵即逝。我看着他与卢娜走进酒店里，忽然有种不安的感觉。

看来，今晚这场生日宴会很热闹。

不知道是因为DG设计的旗袍礼服太亮眼，还是因为站在苏维封和苏艺初身旁本来就足够引人注目，来询问我身份的人数不胜数。

往往是苏维封还未开口，苏艺初就在一旁兴高采烈地介绍：“还能是谁，我未来嫂嫂，怎么样？够文艺吧？”

苏维封头疼地揉了揉太阳穴，一边用眼神示意我不要介意。

我怎么会介意，如今我越是瞩目，等于广告效应越大，许多打听过我衣服的人，或多或少都往DG那边靠去了，甚至苏艺初都开口：“嫂子，你身上这套就是最近要在我们商场上线的牌子吗？我好喜欢，到时候牌子一上线，我也去买几套！”

苏艺初这颗掌上明珠开口说喜欢，我忽然觉得这个项目已经十拿九稳，便将所有的注意力都放在远处的周至深身上。

他今天穿着他最喜欢的英伦风西装，风采似乎比我初见他时还要胜过几分。我已经很久没有见过他穿得这样正式，在茶道院里，他似乎被我和顾子昂平民化了。

我给顾子昂买的那些并不高档的衣服，他也毫无怨言地穿在身上。

如今再见他这样西装革履的样子，我难免觉得恍如隔世。

“乔遇，你站在我身边却一直看别的男人，这样我会很挫败的。”我正出神，忽然听到苏维封在我身旁说话。

我回头看他，莫名心虚：“我……”

“我知道你们女孩子对那些八卦秘闻都很好奇。”苏维封扬了扬下巴，“我知道他，周至深，D&Z周家独子，如果不是他父亲突然病逝，现在你们公司的老板就该是他了。”

“他身边那位是卢家的女儿，卢家虽然不做服装，可是生意做得很大，有他们的支持，他要东山再起不是问题。”苏维封似乎真的有满足我好奇心的想法，竟然知无不言，“今天你们老板周成广也会过来，周至深这时候出现，无疑是示威了。”

我抿着嘴，不由得有些担心起来。周家的人是知道周至深的病的，如果他们像罗斯那样对付他，那他这次就等于进了龙潭虎穴。

“说曹操曹操到。”苏维封笑了笑，指着一个方向给我看。

我顺着他的手指望过去，就看到一个两鬓灰白的男人走了进来。虽然他的头发灰白，但脸色红润，和中年人无异。这是周成广，我在公司手册上见过他的照片。他看到周至深和卢娜的时候明显愣了愣，却还是大步迎上去。

我距离他们太远，只看见周广成和周至深两个人都面带微笑地说着话，仿佛熟人寒暄，然而其中的刀光剑影，连我这个站在远处的人都能感觉得到。

卢娜一直站在他身边，沉默微笑，像尽心尽责支持自己丈夫的太太。

我忽然明白过来，原来在曼哈顿的时候，周至深就是照着卢娜的样子来打造我的，他要我的一言一行、一举一动，都要像卢娜今天站在他身边的样子。

我飞快地移开目光，转身在长桌上拿了一杯鸡尾酒。

“咦，我以为你会对公司的秘闻有兴趣。”苏维封跟着来到长桌旁，“乔遇，你好像和别人不一样。”

我笑了笑，一口一口喝着酒，不作答。

见我对这些不感兴趣，苏维封干脆拉着我到休息区的沙发上坐下，苏艺初正像一只蝴蝶一样翩翩飞舞，一群女孩子围着她，各种恭维。

看见苏维封走过来，一群人都静了下来。

“哈哈，嫂子，这一群都是狐狸精，平日里就觊觎着我表哥了，你可小心点！”苏艺初将我拉过来，忙不迭地来挽我的胳膊。

我懒得解释，只能一笑而过，一扭头，就看见周至深不知何时也来了休息区，卢娜不在他身旁，他一个人握着一杯红酒，似乎在出神。

“姐姐，你和维封哥是同事吗？你是他的下属？”

“姐姐，你学历一定很高吧？才能降得住我们的大才子。”

“姐姐，你家里做什么的？我家是卖珠宝的，CJ听过吗？以后你去店里买东西，我让店员给你打折啊。”

……

问题一个接着一个，苏维封和苏艺初都没有说话，倒是不远处的周至深抬头看了我一眼。

那时陪周至深去罗斯和卢娜的游艇派对，我便因为出身问题被当面羞辱过。曾经我对这些问题讳莫如深，别人问起我，我也只是一味逃避，不过如今的我已经不是当初的我了。

“我和你们维封哥不是同事，他也不是我的顶头上司。”我笑笑，“我从前在美国当娱记，近两年才回国，现在在D&Z工作。”

“娱乐记者？！”一群女孩子面面相觑，一副不可思议的样子。

一个有着柳叶眉的女孩子突然开口：“姐姐既然从美国回来，那父母也在美国吗？”

我知道这些大小姐们的手段，要查一个人太过容易，与其她们去查，倒不如我自己告诉她们。

“养父还在美国坐牢。”我直视着那个女孩子，“家人目前在英国，不过我和他们没什么关系。”

听到坐牢这两个字，刚才表现出不可思议的女孩子们面上此刻都换上了惊恐。

“哇！嫂子！”倒是苏艺初对我的崇拜似乎又多了几分，“你这种身世，绝对是奇女子，太帅了！”

柳叶眉女孩忽然站了起来：“不过又是灰姑娘找白马王子的戏码，无聊透了。苏艺初你真是荤腥不忌，是个女的都叫嫂子，小心被人家吃了都不知道怎么回事。”

“你怎么说话呢？”苏艺初有些急了。

“就这么说话。搞不好这人也有案底，也坐过牢呢，脏！劝你们还是不要和来路不明的人打交道。”说完她越过苏艺初，头也不回地走出去。

“都是小女孩……”苏维封轻轻拉了我一把，然而话未说完，就被一声尖叫打断。

我们回过头，就见刚才那个柳叶眉女孩子气急败坏地低头看着自己满是红酒痕迹的裙子，而她的面前，站着周至深。

“抱歉。”

柳叶眉女孩子抬头正要发作，却莫名愣了愣，说话都结巴起来：“没……没关系。”

周至深没再停留，也没有善后的打算，转身就走。

柳叶眉女孩却追了上去，拉住了周至深。周至深皱着眉，不知道回答了她一句什么话，她的五官突然皱在一起，眼看快要哭出来。

“乔遇，”等周至深走远了，我才听到苏维封在叫我，“你在生气吗？”

我抬起头看他：“我应该生气吗？”

苏维封定定地看着我：“那些小女孩都被宠坏了，孩子心性……”

我打断他：“如果你想知道关于我的事情，你可以开口问我，能告诉你的，我不会隐瞒，你不必通过别人来了解我。”

说完我走出两步，却被苏维封拉住：“你以为是我授意她们那样做的？”

我笑了笑：“你没授意，可你也没阻止。苏先生，我不喜欢这种交朋友的方式，如今知道我的出身了，你可以对我敬而远之了。”

我没再理会苏维封，扭头就走。

我本想离开现场，然而在一个拐角处，却看见周至深和周成广还有几个人面对面站着，不知道在谈论些什么。那几个人看起来都是非富即贵，可能和周至深的品牌投资有关。

卢娜并不在周至深身边，我想了想，走了过去。

一走过去，我就听到周成广突然说道：“好侄子，你看我刚刚为了给你拿酒，还摔破人家一个杯子，手都被划伤了。”

说着他突然拉开自己的袖子，露出一道鲜红的伤口。

糟了！我惊慌失措地走过去，却在片刻间看见卢娜也赶到了：“至深！你去哪里了？我到处找你。”

然而太晚了，周至深已经看到了那道带血的伤口，在卢娜扶住他之前，他的脚步晃了晃。

周成广的面上露出了得意的笑容。

我忽然间毫无办法，我总不能在众目睽睽之下，还当着卢娜的面冲过去亲吻他。

然而过了片刻，周至深却没有表现出什么不适，但我确实看到他的眼神晃了晃，顾子昂被唤醒了。

然而顾子昂没有表现出太多的诧异，他低头对卢娜说：“时间差不多了，我先送你回去吧。”

卢娜眼睛眨了眨：“好。”

“等等！”周成广拦住了他，“好侄子，你没感觉到什么不舒服吗？”

说着他又将伤口在顾子昂面前晃了晃。

“我能有什么不舒服？”顾子昂笑了笑，“您老人家还是快处理一下伤口吧。”

周成广一脸狐疑，忙不迭拦住了他：“再聊一会儿。”

卢娜慌了神：“有什么好聊的？”

我终于可以确认，那几个和周成广站在一起的，必定是什么重要人物，能影响周至深新品牌的进展。我不知道顾子昂和周至深达成了什么协议，愿意帮着他在别人面前演戏，但再这么耗下去，顾子昂铁定要穿帮。

我连忙走过去，试图阻止。恰在这时，酒店大厅的舞台上响起密集的鼓点声，苏艺初站在台上：“谢谢大家今晚来我的生日宴，我不会让大家空手而归的，今天准备了几份礼物，要送给几个全场之最。”

我的手突然被拉住，一回头，就看到松了一口气的苏维封：“总算找到你了，我以为你走了。我想跟你赔罪，我要怎么做，你才会原谅我？”

我看了看周至深那边，那几个重要人物似乎被苏艺初搞出来的动静吸引了注意力。

苏艺初兴致勃勃地公布：“接下来一分钟里，我们来选出全场最瞩目的一对！礼品是我最心爱的绝版书里的任一套！”

我计上心头，扭头看向苏维封：“我想要礼品，你有没有办法？”

苏维封愣了愣，忽然笑了：“有是有，不过，要委屈你了。”

卢娜和顾子昂那边情况紧急，我来不及思考："不管怎么样，只要能拿到。"

话音刚落，苏维封就捧住了我的脸，轻轻地吻了下来。

台上立即传来苏艺初的尖叫："喔喔！看来不用比了！冠军诞生了！苏维封好样的！"

苏维封在人前稳重自持，这样当众亲吻一个女孩子算是出格的，加上苏艺初在台上推波助澜，场上所有的目光都被吸引过来。

卢娜并不笨，眼见所有人的注意力都被转移，拉着顾子昂，不顾周成广的阻拦，飞快离开。

我彻底放松下来的时候，苏维封放开了我："乔遇，你要的礼品我帮你拿到了，请不要再生我的气了，好吗？"

我没想到苏维封说的有办法竟然是这样的办法，然而事出紧急，我也无暇去计较，只是嘴巴碰嘴巴清清淡淡的一个吻罢了。

眼见顾子昂和卢娜已经成功离开，我放松的同时忽然沮丧起来，苏维封目光里的炽热我并不是看不懂，我只是遗憾，经此一役，或许我和周至深真的再无可能了。

宴会结束后，苏维封送我回茶道院，我一路无话，只是呆呆地看着窗外。

他依旧陪着我走到茶道院门口，忽然开口："乔遇，虽然我们认识的时间很短，可是我的感觉很特别。"

我沉默着，忽然觉得世事真是奇妙。若在几年前，我绝对想不到会有这样一个优秀的男人站在我面前，对我说他对我有特别的感觉。

"我从来没有这么莽撞过。"苏维封小心翼翼地看着我，"我希望你能理解，我是着急了，所以，你可以试着给我一个机会吗？"

苏维封背对着茶道院的大门，因此他没看见，二楼走廊上，周至深正靠在那儿往下望，将此刻发生的一切尽收眼底。

我张了张嘴，却说不出那个好字，只能笑笑：“顺其自然吧。”

我没料到的是，得到这个答案的苏维封已经很满足，他上前礼节性地抱了抱我，很快便撤离了：“那我们说好了，乔遇。”

苏维封离开后，我慢吞吞地挪回了房间。

安歌给我选的高跟鞋不是普通的高，我坐在床上脱下鞋子，发现脚指头有些红肿。

“阿遇。”一个身影出现在门口。

我抬起头：“完了，我现在分辨不出来了，你是顾子昂还是周至深？”

他没有笑，声音低沉：“是我。”

这副冷冷清清的样子，是周至深无疑了。

我仰着头看他：“你把顾子昂训练得很好。”

他拉过一张椅子，在我面前坐下：“这是我和他的交易，他帮我，作为代价，在他不在的日子里，我要对你好。”

我的心一坠再坠，这就是他这些日子来对我好的原因，只是一笔交易。

“所以看见那个女孩子欺负我，你就泼了人家一身红酒？”我笑着看他，“你们后来又说什么了？”

“她想认识我，”周至深垂着眼睛，“我告诉她，我不和来路不明的人打交道。”

我忍不住笑出声来，他把女孩子羞辱我的那句话还回去了。被一个自己欣赏的人这样拒绝，难怪柳叶眉女孩子差点当场哭出来。

“你可真够毒舌的，对人家小女孩也不留情。”我嘲笑他。

他抬眼看我：“其实你和她们的年纪差不了多少，何必听她们抬高你的年龄喊你姐姐？还有你的身世，我之前处理过了，你不说，她们不会查到的。”

“没有什么好隐瞒的。”我耸耸肩，“我经历了这么多，难道还怕这些啊？”

周至深沉默了许久，忽然开口：“阿遇，谢谢你。”

我笑着看他：“你今天这么客气？谢我什么？”

“周成广给我设了套，我这次去宴会，是想拉拢几个投资商。”他皱起眉头，“没想到那个老狐狸知道了，我虽然做好了准备，顾子昂答应帮我演戏，但也扛不了多久。”

他看向我：“我知道自己是怎么脱身的。”

我干笑几声：“你不要一副我为了你牺牲了多大的样子，不就是一个吻吗？”

我努力装作不在意：“你都不知道，习惯了当你的药，有事没事就往你嘴巴上啃一口，我都不知道正常的亲吻是什么样的了。我还担心以后如果和苏维封真正在一起了，每次接吻都会啃得人家乱七八糟的。”

“到时候什么初吻啊，美好的回忆啊，都不存在的。”我只是随口一说，谁知道手忽然被人握住。

我抬头，就见周至深目光深沉地望着我：“乔遇，你介意吗？”

我的心跳猛地加速：“介意什么？”

“如果你不介意，我来告诉你真正的亲吻是什么样子。”他低垂着眼眸朝我靠近一点，又靠近一点。

我忍不住往后退了退，却忽略了自己还坐在床沿上，这样往后一退便控制不住地向后倒。

周至深往前一步，一把捞住了我。

我的手心潮湿得不像样子，却还要假装不在意：“你还提供这种教学？都和你互相啃过那么多次了，我还能介意什么，就当……”

我的话还未说完，周至深就俯下身，一个浅淡的吻印在嘴边，却没有停下来。他仿佛在试探，一步一步，攻城略地。

我猛地闭上眼睛，任由他动作，只觉自己几乎要软下去，然而腰被他掌控着，除了承受，再无退路。

这个吻仿佛有一个世纪那样长，直到我的腰上传来冰凉的触感，猛地抽离的那个人却是周至深。

他喘着气，眼里情绪不明，而我几乎要瘫在他的怀里。

“抱歉，我逾矩了。”

至此，我才闻到他身上浓重的酒味，也不知道他喝了多少，我唯一确定的是，他醉了，否则冷静如他，怎么会用这样蹩脚的借口亲吻我？

我仰头看着他，忽然很想问问他，这个吻意味着什么？我在他心里，是不是也有一个不为人知的位置？

然而我刚要开口问，就听见他的手机响了起来。

他接起电话，有些疲惫地应：“还没休息。”

我不用问也知道电话那头是卢娜，他慢慢地退了出去，留下我呆滞地坐在房间里，甚至有些记不起来刚刚发生的一切是现实还是梦境。

我彷徨之下，给雪莉打了一个电话。

“乔遇！”雪莉的声音透着兴奋，“我刚好在想你，你就打过来了。”

我犹豫了许久才说出口：“雪莉，他……他吻我了。”

雪莉有些莫名其妙：“至深又病发了？这几次至深来曼哈顿，我也见到你说的顾子昂了，可能你和他提起过我了，我觉得他对我挺nice的，而且现在他和至深的关系挺和谐的。”

“我……”我忽然不知道如何开口。

然而聪明如雪莉，一下子就猜出来：“等等，如果只是病发时的亲吻，你没理由特地打电话给我，难道……你们是在清醒的情况下？”

“也不是清醒。”我将今晚发生的事情全盘托出，“雪莉，他喝醉了。”

“乔遇，至深去见过华医生。”雪莉在那头沉默了很久，忽然开口，“他有没有跟你说过，他偶尔会看见一些小时候的画面？华医生说，这代表两个人格有所融合，也就是说，顾子昂对你的感情可能会影响他……”

我怔在了那里，几乎握不住手机。我知道顾子昂对我的感情，他将我看得那样重要，甚至至今仍然为我走失的事情耿耿于怀，我是这世上除了他母亲顾双之外最重要的人。

如果顾子昂能影响周至深的感情，那么今晚的这个吻，只能说并非周至深的本意。

雪莉的声音充满惋惜："我曾经很希望你们可以真的在一起，可是我不希望是在他受影响的情况下，这对你们都不公平。"

"而且，"雪莉顿了顿，还是说出口，"至深现在能东山再起，大部分依仗卢家的帮助。我不知道他们之间的感情到底有多深，但是现在可以帮到至深的，只有她了。"

雪莉努力婉转地告诉我这个残酷的真相，我永远不如卢娜，只有她可以让周至深在短时间内东山再起。比起卢家的势力和财力，我对周至深的帮助显得可笑又天真。

"我明白了，雪莉。"我努力平复自己的情绪，"我会当今晚什么事都没有发生。"

雪莉似乎还不放心，她安慰我："你会遇到更好的。"

我刚刚挂断电话，便听见敲门声："阿遇。"

声音里带着的小心翼翼让我瞬间认出来，这是顾子昂。

这副身体刚刚洗过了澡，头发还有点湿，他在我身边坐下："我很想你。"

不知为何，今天的顾子昂看起来十分疲惫，我握了握他的手："我也很想你。"

我对顾子昂虽然没有暧昧的感情，但起码我知道，他于我是真正的朋友，是不可舍弃的友谊。

"这段时间，我一直在学怎么做周至深，我答应了他，即便苏醒，也要假装自己是他。"他的声音恹恹的，似乎真的极度疲累。

我觉得愧疚："其实你不必为了我做这些。"

"不，阿遇。"顾子昂抬头看我，"我要做这些，我要让他得到他想要的，这样你就不必再因为担心他而一直委曲求全，待在他身边。"

我的手蓦然收紧："子昂，我没有委曲求全。"

“怎么没有？”他目光灼灼地看着我，“你明知道他最后只会和卢娜在一起，却还舍不得离开！”

他的语气加重，似乎有些生气：“卢娜也为他做了不少，所以即便他不爱她了，他也不会抛弃她的。”

我的眼眶发酸，忍不住靠在他的肩膀上：“我知道你们都为了我好，你们放心，我知道没有结果，我会放弃的，再给我一些时间。”

“阿遇，那个苏维封如果足够好，”他握住我的手，“你就和他在一起吧……”

顾子昂的肩膀这样宽阔可靠，我挨着他，忽然就觉得无比安心：“好啊，我考虑考虑。跟我说说，你在曼哈顿醒过来后都做了些什么。”

顾子昂低低地哀号一声：“你觉得周至深能让我做什么好事？还有那个雪莉……”

他开始絮絮叨叨地说着在曼哈顿被雪莉地狱式训练的事情，声音里透着无限委屈，我听着听着，只觉得困意袭来，竟然靠着他睡了过去。

迷糊中，似乎有人抱着我躺平，轻手轻脚地替我盖上被子。

有个声音若远似近：“阿遇，如果我注定会消失，那么我离开前的最后一个心愿，就是希望你可以好好地活着，一定要幸福啊。”

我喃喃着重复：“一定要幸福啊……”

紧接着，我便沉沉睡去。

第十三章

这世上，他最爱我

在苏艺初的生日宴后，苏维封开始频繁地出现在我的生活里。

我去健身，他跟着；我下班，他来接我；我登上MSN，都可以看见他的头像闪动个不停。

苏艺初也加了我好友，一天到晚给我洗脑：“嫂子，你就从了我哥吧，像我哥那种条件，全世界找不出第二个！我就没见过他对一个女孩子这么上心过！”

我发过去一个笑脸，什么也不说，反倒惹得苏艺初抓狂：“嫂子你怎么不识货啊？你等着看吧！我哥那人是不到黄河心不死，他不会放弃的！”

我笑一笑，没有再回复。

人的生活很奇怪，位置像是在最初便定好了一样，但有一个人频繁出现在你的生命里，就意味着有人要退出你生活的舞台。

在生日宴后，周至深行踪不定，大半年的时间几乎都驻扎在曼哈顿，关于他的所有消息我都只能从雪莉口中得知。他建立的新品牌发展得很好，甚至被一个大公司看中，试图收入自己旗下当作子品牌。

他忙于工作，偶尔发来短信，也只有短短几个字：顾子昂一切安好。

他知道我记挂顾子昂，却不知道我同样记挂他。

年关将至的时候，胡爷一而再再而三地询问："你们分手了？还是异地恋了啊？哎哟，异地恋真的不好！小年轻怎么不懂事啊？小心到嘴的鸭子都飞了！你不是不知道，那阵子你不在，那个女人一直来找她。"

老人家一脸的关切让我都不好意思告诉他，周至深这只鸭子从来就不曾到我嘴边过，那个女人，才是周至深的正牌女友，我迫于无奈，给雪莉拨过去一通视频电话。

视频那头的雪莉看起来很是疲惫，她逮着我滔滔不绝地抱怨："乔遇！你不知道！至深这个可怕的完美主义者，我要后悔替他工作了，一份企划案要修改一百次！我快疯了！"

她耷拉着脑袋，一脸泫然若泣的表情："我好想展扬，好想你！"

自从离开伦敦以后，我和雪莉只靠电话联系，已经有一年多没有见过面了。她一心帮周至深工作，被迫和展扬异地分居。我时常笑她是世上最讲义气的人。好在展扬忙于自己的学业，两个人能互相体谅。

我只能安慰她："等我这边一有空就去看你。"

雪莉仿佛早就等着我这话，一下子精神起来："别等了，你来美国过新年吧，我们一起倒数！展扬也会过来找我，这样我就圆满了。"

我迟疑了片刻，公司元旦是会给假期的，如果去美国，是不是意味着我就可以见到周至深？

雪莉还在那头追问："怎么样？乔遇！不要考虑了，我现在就帮你订机票吧！"

她说这句话的时候，她身后不远处有个身影走过，那套深蓝色条纹西装我是认得的，包括那只拿着文件夹的手，每根手指修长，骨节分明，似乎总不够温度，握起来时总是冰凉。

就在看到那个身影的瞬间，我突然下了决心："好！我去请假订机票。"

我在心里说服自己，我此去不是为了周至深，只是为了见一见雪莉，也见一见许久不见的顾子昂而已。

有DG在，假并不难请，安歌很痛快地给我批了假。DG得知我要去美国，甚至亲自来找我："太巧了，我也好久没回去了，我们做个伴吧。"

那本图鉴还在我的手上，我至今没有找到用途。DG始终对它念念不忘，我不敢轻易打出这张王牌，必要时，这张牌对周至深至关重要。

我没有拒绝DG的请求，他热心地将我的机票换成头等舱的，一路上旁敲侧击，而我全程装傻，假装不明所以。

DG是个聪明人，在下飞机的时候，他已经了然："看来我不应该找你谈，应该找你背后那个人谈，就像上次一样，对吧？"我笑一笑，不置可否。如果DG能加入周至深的阵营，那周至深将会如虎添翼，这对D&Z也将会是一个巨大的打击。

我和DG直接在机场分道扬镳，雪莉和展扬来接我，他们两个多月不见，小别胜新婚，如胶似漆的样子看得我牙疼。

雪莉八卦兮兮地挨着我："你别羡慕嘛，听至深说，有个非常优秀的男人在追求你？"

雪莉说的是苏维封，我无奈地看向她："怎么办？换作以前，遇到这么优秀的男人，我早就投怀送抱，计划着和他成家立室、生儿育女，可是现在，我半点想法都没有。"

雪莉的目光闪动："为了至深？"

雪莉知道我对周至深的感情，我也不想对她撒谎："他在吗？"

雪莉叹了口气："他在，她也在。"

卢娜也在，这是自然的。这些日子以来，无论是我、周至深，还是雪莉，都在刻意让我和卢娜保持距离，其中的复杂关系我们都懂，因此也都不说破。

既然卢娜在，那我见周至深的愿望估计会落空，于是我试探着问："那我能不能见一见顾子昂？"

我实在太久没见他了，周至深这段时间一直忙于工作，肯定会把他闷坏，而且，我确实想他了。

雪莉点点头："我来安排，顾子昂也一定很想见你。"

雪莉直接将我带回了她在曼哈顿的新住处，每天除了让我当她和展扬的电灯泡，就是让我等消息。在等候的时间里手机铃声不断响起，是来自苏维封的电话，但我没有理睬，抽空去看了看罗希太太，回来后，终于等到了周至深的回音。

雪莉开心地通知我："等今晚倒数过后，他会来找你。"

我松了口气，能见到雪莉和顾子昂，那我这一趟总算没白来。

新年前夕，大街上到处人满为患，雪莉带着我和展扬到一家西班牙风格的酒吧，我们打算就在这间酒吧里倒数。

一进酒吧，雪莉就左顾右盼，我故意开她玩笑："男朋友在身边，就别想着猎艳了。"

雪莉对着我翻了个白眼："胡说，还不是为了你才选这里的，至深今晚约了DG，就在这里。"

我有些诧异，没想到DG这么快找到周至深。

雪莉笑眯眯的："我知道你想见他，远远看几眼也是好的嘛。"

我感激雪莉，她终究还是看穿了我的心思。我刚想道谢，就看见入口处走进来两个男人，一个是前几天还在飞机上对我滔滔不绝的DG，另一个人眉眼深邃，抬头时习惯性地眯起眼睛，是我日思夜想的人，周至深。

我坐的位置刚好可以清楚地看见他们，隔着一个装饰物，我可以肆无忌惮地看他而不被发现。

雪莉拍了拍我的手，叹了口气。

周至深和DG相谈甚欢，他的脸上还是那种礼貌而疏离的微笑。不知道他们谈了什么，DG看起来很高兴。他们的谈话没有持续太久，两个都是爽快的人，就像当初在船上，从不合作到合作，直到条件谈成了，也不过是一个小时的事情。

DG离开的时候，周至深似乎还没有要走的意思。

他坐在那里，手里拿着一杯威士忌，微微垂着头，安静地坐着，台上的萨克斯已经换成了悠扬的钢琴弹奏，我霎时间忘记了雪莉的嘱咐，站起来朝周至深走去。

只是电光石火间，我连见面时应该开的玩笑都想好了：“这位先生，你是不是在等我？”

“这位先生，你是不是在等我？”

我还未走近，就听见一个女声响起，像是在片刻之间出现了幻听。

然而事实是，在我走向周至深的时候，另一个人也走向了他。

周至深站起来，微笑着拉过她的手：“明知故问！”

我忽然庆幸酒吧里人来人往、灯光昏暗，让我离得那么近了也没有被发现。我呆站在原地，直到有人扯了我一把：“乔遇！”

是赶过来的雪莉，她皱着眉头将我往回拉：“抱歉，我不知道至深和卢娜也约在这里，我的本意只是想让你看看他。”

既然卢娜出现了，那我就只能离得远远的。雪莉说过，卢娜对我的存在耿耿于怀。虽然她不认为我真的可以构成威胁，但我曾在周至深身边待过这件事终究让她在意。如今周至深的事业处在关键时期，如果失去了卢家的帮助，他将功亏一篑，所以雪莉这样紧张，害怕我的出现让卢娜恼羞成怒。

我这小半生中有无数次感到自卑，却都没有此刻这样强烈。我忽然痛恨自己拼命努力后还是形同蝼蚁，空有热血和孤勇，却终究帮不上他。

雪莉握住了我的手：“我们别在这儿倒数了，换个地方？”

雪莉去找展扬，嘱咐我先出去等他们，我刚转身，就听见台上的钢琴声戛然而止，熟悉的女声响起：“周至深！”

我回过头去，就见卢娜不知何时站在了台上，她握着话筒，脸颊绯红。

“你跟我求过一次婚，我没有及时说Yes，所以这次换我来问你……”

场上安静下来，我的心跳忽然加速。我看向周至深所在的位置，他的目光在我身上扫过，有些惊讶地停住，接着他转过头来，似乎在确认着什么。

而我呆若木鸡地站在原地，和他隔空对视着，听着卢娜在台上问："Will you merry me？"

下一刻，人群起哄，灯光朝周至深的位置追去。

我就在那一刻回过头，朝出口跑去。

我走得很狼狈，我见证过他们第一次求婚了，一点都不想见证第二次。

踏出门口的时候，我听见场内传来密集欢快的鼓声。

我苦笑一声，看来，周至深终究还是说了Yes。

我走在曼哈顿熟悉的街道上。两年多以前，我就在这里四处寻找可以卖钱的新闻。也是在这里，我遇见了至今和我纠葛不断的周至深。

口袋里的电话响个不停，想来只能是雪莉打的了。我叹了口气，连来电显示都没看就接起来，报出自己的所在地之后就挂断电话。我心乱如麻，实在不想泄露太多的情绪，即便对方是雪莉。

我坐在长椅上，发着呆等待雪莉来找我。手机再度响了，我这次看了来电显示，是周至深。

我犹豫再三，终究接起了电话："恭喜啊！"

"在哪儿？"他的声音低沉，没有一点刚订婚的欣喜，也没有一点慌乱。

"你不陪着你的未婚妻，问我在哪儿干什么？"我装作不在意地调侃着，为了表现得自然一点，我甚至干巴巴地笑了两声。

电话那头似乎叹了一口气："你忘了，我们的手机有相互定位的功能，阿遇。"

这声"阿遇"刚落在耳里，我就看见不远处的阴影里站着一个熟悉的身影。

"周至深！"

我猛地站起来，却在踏出第一步时，听到身后有人在唤我的名字。

"乔遇！"

我困惑地转过身去，就看到穿着羊毛大衣的苏维封站在不远处的路灯下，笑容满面："终于找到你了！"

我太过诧异："你怎么会在这里？"

"我来陪你倒数。"他眨着眼睛，"安小姐说你一个人来美国过新年，我正好也一个人。"

想来想去，也只有安歌会这样理直气壮地把我出卖了。苏维封温润如玉地笑着，让我一瞬间恍惚得很。

"你又怎么会知道我在这里？"我皱着眉头，语气不善。

他总不会和周至深一样，手机可以查到我的定位吧？

他笑了起来："你自己告诉我的。"

原来刚才那个电话不是雪莉打的，是他。

我下意识地回过身去，阴影处的那个身影仿佛定格在了那里，一动不动。

"乔遇，"苏维封绕到我面前来，收起他有些玩世不恭的笑脸，"我真诚地为那天生日宴上的事情道歉，我的确很想了解你，也的确用错了方式。我不在意你的过去，因为那段过去才让你这样特别。"

"所以呢？"我的目光落在远处，心不在焉地问。

"所以，能不能让我将功赎罪，以男朋友的身份？"

苏维封没有等我回答，忽然伸出手拥抱我："乔遇，我希望可以得到肯定的答案。"

他的拥抱这样用力，而阴影里的那个人仿佛站成了雕塑，自始至终毫无反应，而他站的地方那样暗，让我连看清楚他表情的机会都没有。

他离得并不远，我确信他能听清苏维封说的每一句话。我想，但凡有一点点在乎我，他也不至于这样冷静从容。

我忽然觉得自己有些可笑，我为何还在对一个从来不可能的人抱有幻想？

耳边传来苏维封的催促：“乔遇，回答我，可以，还是不可以，就算你继续让我等，也没有关系。”

不远处欢呼声响起，原来大家已经开始倒数了。

我听着无数人在喊：“10，9，8，7………”

在新年的钟声响起的那一刻，我终于下定决心：“好！我答应你。”

与此同时，不远处的那个人终于挪动了脚步，他转过身，向反方向走去。

我大概做了一个可以得到周至深认同的决定，他说过：“乔遇，你值得被爱。”

只是那个人，不会是他。

苏维封牵着我的手送我回去的时候，焦急等候的雪莉几乎惊掉了下巴，以为我受刺激过度，在大街上随意找了一个男人。

等我解释清楚他就是那个近日来对我穷追猛打的苏维封时，她才松了口气，压低了声音对我说：“乔遇，你这个决定没有错。”

苏维封愉快地和雪莉打过招呼，和我约好明天见面，便笑着离开。

雪莉伸长了脖子看着人家走远，咧嘴笑得比嫁了女儿还高兴：“乔遇，我真为你开心！”

她笑着笑着，忽然又严肃起来，对着门廊处扬了扬下巴，低声道：“他等你很久了。”

我回过头，看着黑暗处的身影逐渐显露出来。

“周至深……”

“是我，阿遇。”站在光亮下的人笑得温和而疲惫，眼中却是掩饰不住的欣喜，“终于见面了，我好想你。”

我太久没见到他了，因此没有丝毫犹豫，疾步上前，一把抱住了他：“顾子昂！我也好想你！”

雪莉家的门廊下有个藤椅秋千，我和顾子昂坐在上面，看着沉沉夜色，即便不说话也觉得舒服。

自见面开始，他便一直紧紧地牵着我的手，此刻终于松开手，抿了抿嘴：“你有男朋友了，我以后是不是不可以这样牵着你了？”

我张了张嘴，却说不出一句话。

在那样的时间和地点跟苏维封确认关系，是我从未预料到的。我大约是受了卢娜的刺激，再看到周至深的时候，只觉得自己实在太累了，只想找个人依靠。既然那个人注定不会是周至深，那么是其他的谁又有什么关系？所以我答应得那样鲁莽而冲动，甚至在那片刻之间忘记了我依旧是顾子昂的牵挂。

“子昂。”我去握他的手，这副身体的手依旧冰凉，好像总是欠缺温度。

“我替你高兴，阿遇。”他笑了笑，目光比月色明亮，“这些日子，周至深总是去见华医生，他想找一个可以让我们和平共处的方式，可是我渐渐明白，他才是这副身体的主宰，所以……”

他沉默了片刻，才继续说下去：“所以，即便我真的很喜欢很喜欢你，我还是不能和你在一起，而且，你要的不是占有这副身体的我，你要的，是周至深。”

我在之前的人生里遇过形形色色的男人，不是没有人说过喜欢我，但那些喜欢带有太多的附加条件，唯有顾子昂的喜欢干干净净，纯粹得不掺任何杂质。

原来这世上，他最爱我。

“周至深给不了你要的，阿遇。”他扭过头看我，“所以你和苏维封在一起，是最好的选择。”

他的眼里聚着光亮，仿佛能把人吸进去，让我不由得开始想，如果我一开始遇到的就是顾子昂，而不是周至深，那么我现在也许能理所当然地和他在一起。

可惜，世上从未有得以实现的如果。

“阿遇，看见你真好。”顾子昂将头靠在秋千的扶手上，睁着眼睛看我，像个不谙世事的小孩子。

不过片刻，他努力睁大的眼睛慢慢闭起来，像是疲惫至极，终于安睡。

我静静地看着他，等着在片刻之后就会苏醒过来的周至深。

那双眼睛睁开的时候，是一贯的冷然，看到我的那一刻又缓缓地卸下了武装："你在。"

"见过他了？"周至深坐直了身子，理了理身上的西服，"他一直吵着要见你。"

"你不想见我吗？"我没有回答他的问题，只是歪着头打量他，假装在开一个无伤大雅的玩笑。

"乔遇。"周至深皱了皱眉头。

"哈，我开玩笑的。"我用力蹬了一下腿，秋千晃动起来，"我们今天也算是双喜临门，恭喜你呀，终于如愿以偿。"

周至深看着我，表情却没有变化："你想换我一句恭喜吗？"

他这是在指苏维封，我挑眉："你觉得我的决定不对？"

周至深忽然笑了："不，这是你这一生中做得最对的决定。"

"你为我高兴？"我转过头，手却在瞬间收紧。我忽然觉得自己太可笑，说了无数次放弃之后，却总忍不住希望着。

"乔遇，你不必再为我做什么了，周家的事情我自己可以解决。"他站起来，秋千晃了晃，随后他在我面前站定，俯下身，稳住了还在摇晃的秋千，"我和你之间本来只是一纸合约，但我没想到，在我最落魄的时候，是你让我振作，也因为你，我才和顾子昂有了如今和谐的关系。"

他眼底的情绪复杂，我看不透，可我忽然有了一种不好的预感。

"乔遇，你爱我。"这是肯定句。他定定地看着我，眼神像是从四面八方将我罩住，容不得我逃脱。

我忽然慌乱起来，下意识否认："不要乱开玩笑，我现在是有男朋友的人了。"

“正因为你现在是有男朋友的人，”周至深按住我的肩膀，“所以我才要跟你说清楚。乔遇，我不是木头，你留在我身边，为我做的那些事情，我很清楚是为什么。”

“你别多想了，我是因为顾子昂。”我还试图狡辩，然而周至深的目光这样肯定，我的逃避忽然显得更加可笑。

我冷静下来，干脆站起来靠近他：“你什么时候知道的？”

“一开始……”他忍不住后退了半步。

我笑起来：“所以，在我还没意识到自己爱上你之前，你就知道了。你不拆穿我，只是因为当时我还有利用价值。周至深，你未免太过坦白，你就不怕我恨你？”

他定定地看着我，大概是我产生了错觉，我竟看到他的眼底有一闪而逝的痛苦情绪。

“所以，你对我好，替我寻找亲生父母，送我去英国认亲，都是因为我有利用价值？”我仰头看他，再度逼近他，“你不顾自己的胃病陪我吃辣，在伦敦救我，在茶道院里吻我，也是因为我如今仍然有利用价值？你就不能承认，我在你心里有那么一点点位置？”

周至深任由我逼近，他没有再后退，只是低头看我：“我承认，你和雪莉一样，都是我生命里很重要的人。”

这不是我要的答案。

“乔遇，我不能够爱你，也不能容许顾子昂用我的身体和你在一起，所以，别再为我做任何事情。”他的目光冷下来，胜过冬季的寒风，“我知道我也许做了很多让你误会的事情，我咨询过华医生，她说，这是我将自己和顾子昂的感情弄混淆了。”

周至深说得这样清楚，我再追问下去，只会显得自己纠缠不休。

我来曼哈顿，原本只是想见他一面，却没想到误打误撞得到了一个结果。我坐回秋千上，捂住自己的眼睛：“所以呢？”

“看得出来，苏维封很喜欢你，所以乔遇，我希望你好好和他在一起，这是你能得到的最好的爱情。”他的声音也慢慢地冷静下来，冰冷得毫无感情，“别再为我做任何事情，别给我负担，这样我们还是朋友。”

我始终捂着眼睛，我看不见，也不敢去看此时此刻周至深的表情究竟有多么淡薄。

我一开始就知道这个结局，但亲耳听到他说不可能，终究还是觉得痛，痛彻心扉。

周至深没有再说话，我听着他的脚步声慢慢远去，直到有一只手把我拥进怀里，我才放下那只已经被眼泪浸湿的手。眼前是雪莉模糊的脸，即便如此模糊，我仍旧能看清她脸上的不忍。

“算了吧乔遇，你和他，本来就不是一个世界里的人。”

我顺势靠在她的怀里，看向墨色的夜空，那轮会发光的月亮已经不见了，我初见周至深那夜明亮的月光，这辈子大概只会出现一次。

所以算了吧。

周至深，我听你的。

我随苏维封回国的时候，给雪莉留下了那本服装图鉴，让她转交给周至深。

雪莉用复杂的目光看了看远处等我的苏维封，又看了看我：“你还在为他设想。”

我苦笑：“这原本就是他的东西，他当初给我，只是希望我有筹码在DG的团队里上位，可惜我没有派上用场。他现在不是正好需要这本DG心心念念的书，来说服DG倒戈吗？”

雪莉张了张嘴，却没再说什么，她将书放好，用力地拥抱住我：“乔遇，无论将来你和至深怎么样，我们还是朋友。”

我回抱了她，看向机场入口的方向，周至深没有出现，所以顾子昂也不会出现。他说过将我当朋友，而我这个朋友，他却不敢来送。

我没再停留，转身走向苏维封。

他穿着长风衣，笑容灿烂的样子也帅气得一塌糊涂，这的确是我能邂逅的最好的爱情了。我在握住他的手的那一刻也告诉自己，就这样吧，将这一切放下，好好生活。

我如自己承诺的那样做了，回到茶道院里，在胡爷面前没心没肺地插科打诨，努力掩盖周至深没有跟我一起回来的事实。

除此以外，我的工作亦出现新的转机。DG从曼哈顿回来之后神龙见首不见尾，我猜测周至深大约得手了。DG对中国古服饰那样着迷，没有什么是他不能放弃的。

DG对大部分工作撒手不管，安歌的工作量便骤然增多，我因此得到提升，成了她的左右手，跟着她忙得天昏地暗。

苏维封对我的忙碌意见很大，我跟着安歌四处开会应酬时总能接到他的电话，他在电话里哀号："乔小姐，你真的就这样置你的男朋友于不顾吗？我们还在热恋期啊，怎么我一个月都见不到你一面？"

我抱歉地说着对不起，苏维封被我一连串的对不起堵得无话可说，最后他干脆每天挤出时间接送我上下班，在午餐时间突然出现在我们公司，陪着我匆匆忙忙地在员工餐厅吃一顿工作餐。

安歌见了，笑着打趣我："我多想和你多搭档一段时间，可是看来你很快要嫁入豪门当阔太太了。"

我恨不得堵上她的嘴："别胡说。"

在一旁的苏维封倒是淡定："我看不是胡说，她说的是大实话。"

我看向苏维封，他不躲不避，笑得意味不明。

我忽然想起从前我那个最大的心愿——嫁个可以照顾我的男人，成家生子。

因为不愿被周至深看不起，我下定决心要让他刮目相看，如今我靠自己也可以好好生活，再想起那个心愿，只觉得可笑。

我才发现自己已经愣得太久，连忙笑起来："行了，你别跟着安歌学坏。时间差不多了，你该去上班了。"

我逃避得太明显，苏维封却不以为然，他依旧笑着："那你得亲自送我下去。”

苏维封一副赖皮样，我无奈，只能在安歌调侃的目光中将他送下楼去。

在公司的大门口，苏维封忽然停住，转身看向我：“乔遇，你有没有什么话要对我说？”

我愣了愣：“我应该对你说什么？”

苏维封的眼神黯淡了一瞬，很快又恢复原样：“比如，中国的农历新年你要和我一起过。”

我刚张嘴，就被他打断：“我想正式把你介绍给我家里人认识，我很认真，所以请不要拒绝我，OK？”

他的样子的确很认真，没了平日里嬉皮笑脸的模样。

我一时间不知道怎么回答：“我……我还没准备好。”

苏维封顿了顿，顷刻间神色变得有些复杂：“我刚才说的话不是在开玩笑，如果你愿意，我希望你辞掉现在的工作，来我身边。你什么都不用做，我有能力照顾你。”

“别急着回答，你考虑考虑。”苏维封又笑起来，故作轻松地张开手拥抱了我一下，“行了，我走了，不用送我了。”

说完他转身就走，我呆呆地立在原地，看着他走远。

我正发着呆，手机忽然响起来，胡爷在那头火急火燎地喊：“喂，你在哪儿呢？周至深回来了，说拿点东西就走，我替你稳住他了，你倒是快回来啊！这样下去像什么样子！”

我对胡爷的操心哭笑不得：“我还在上班，回不去。”

“男人都快没了，你还上什么班！”胡爷气得低吼起来，“请假！给我回来！”

说完他气咻咻地挂断了电话。

我捏着手机站了半天，终究还是转身走进公司大楼。在周至深说过不能爱我之后，我们再见面也只是尴尬。虽然我很想见见顾子昂，但我知道即便是他，也不希望我这样拖泥带水。

我在公司工作到下班，其间胡爷打了很多次电话，我都没有接。

等明月当空的时候，苏维封和往常一样开车来接我。他今天喝了些酒，脸色明显有些异样的红，我有些诧异：“你这是酒驾！不要命了？”

他不好意思地笑了笑：“今天有个饭局，想着要赶紧来接你，就顾不得那么多了。”

他看起来喝得不少，却固执地要将我送回去，无奈之下，我只能妥协，同意他找代驾。

代驾将我们送回茶道院，苏维封如同往常般陪着我走回去。

我心急让他回去休息，刚到门口就要和他挥手作别，他却一把抓住了我：“乔遇，等一等，我中午说的事情，你考虑了吗？”

我愣了愣，一时不知道怎么回答。

大约是喝了酒，他看起来有些无措：“我很想给你时间，可是又急着想知道答案。”

他的眼神太炽热，我忍不住避开：“维封，我现在没有办法回答你。”

“你需要考虑什么？”苏维封的语气急切起来，“我完全可以养活你，以后我的就是你的，难道不比你在D&Z疲于奔命要好吗？那一点点薪水……”

“维封！”我打断他，“我很努力才变成了今天这个样子，你要是见过从前的我，也许就不会对现在我的一切这么不屑一顾了。”

我突然爆发的怒气让苏维封呆了呆，他连忙道歉：“我不是这个意思……”

他沉默地注视着我，突然就向前跨了一步。我被他逼得后退，一下子靠在了墙上。茶道院有些历史了，外墙铺了粗砺的小石子，我这么蹭上去，疼得倒吸了一口凉气。

然而苏维封无知无觉，他眼神迷离地看着我，忽然间捧住了我的脸。

我不是天真无邪的小女孩，自然知道苏维封接下来要做什么。在我们确认关系之后，他一直对我彬彬有礼，我们之间最亲密的举动，除了牵手便是拥抱，而我似乎没有考虑过，有一天我要接受他的亲吻。

我在刹那间想起很久很久以前的阿赛，忽然心口涌起一阵反感，猛地扭过了头。

在扭过头的瞬间我才反应过来，苏维封不是阿赛，他比阿赛要好上千万倍，我这是怎么了？

然而我躲避的动作已经触怒了苏维封，他从捧着我的脸变成掐着我的脸，用力将我扳过来，眼神里甚至有了一丝狠戾："乔遇，你在躲什么？我是你的男朋友！"

我干脆抬头看他。我睁着眼睛，在心里告诉自己，不许躲，不许逃，反正我已经决定接受这一切不是吗？

苏维封离得越来越近，他手上的力度慢慢减小，整个人逐渐变得温柔。

在他即将触到我时，我们身边忽然响起"嘭"的一声，在寂静的夜里显得格外刺耳。我和苏维封同时扭头，就见离我们不远的地方有一个破碎的花盆，泥土四散，一株蝴蝶兰可怜地躺在地上。

我下意识地抬起头来，就见周至深站在二楼昏黄的灯光下，他的头顶悬着一颗发亮的灯泡，却照不清他脸上的表情。

他怎么还在这里？

我猛地将几乎要贴在我身上的苏维封推开。

"乔遇，你还想瞒我多久？"我收回目光，就看到苏维封维持着被我推开时狼狈的姿势，脸上满是痛楚，他指向二楼，"你认识他，而且关系非比寻常，你还要瞒我多久？"

我万万没想到周至深和苏维封会在这样的情况下见面。

关于周至深和我的关系，我自始至终都不曾告诉过任何人，所以苏维封要知道我和他的关系，只能通过一个途径。

我努力平静自己的情绪，然而说出口的话还是不由自主地带了些冷意：“你调查我？”

我以为在那次生日宴后，在诚恳地道歉过后，他不会再用那种手段来了解我，然而我错得太离谱。如果他有心要我嫁入苏家做苏太太，那除了让我辞去工作，更重要的是对我的过去了如指掌。

我站直了身体，不躲不避地看着他：“你早就查到了，你中午问我有没有什么话要对你说，指的就是这个吗？”

苏维封的酒仿佛已经醒了，他仰头看了看二楼走廊上的那个人，又低头定定地看着我，终于承认：“我再一次道歉，但是苏家的儿媳妇必须清清白白，我不得不调查你，可是乔遇，你也瞒着我不是吗？”

“那你查到的结果让你满意吗？”我看着他，出乎意料很平静。

苏维封的眼睛有些发红：“我认识你的时间不长，可是我真心地喜欢你。乔遇，只要你解释，我就相信你和他在一起是有苦衷的，而不是别人口中的只是为了钱，不知廉耻。”

“抱歉。”我笑了出来，忽然间又找回从前被人看不起时的那种倔强，“我就是别人口中那种为了钱不知廉耻的女人。”

苏维封震了震，说不出话来。

我转过身：“苏太太这个身份看来与我无缘了，苏维封，从开始到现在，我最需要的就是尊重，可是你不尊重我，我们还是算了吧。”

我刚踏出一步，手就被人拽住，力度之大，几乎让我的手脱臼。

“乔遇，你不可以这样子！”苏维封几乎是怒吼出声，他两眼通红，已经没有平日里谦谦君子的模样。

我挣了挣，却没有挣开，整个人被他扯进怀里死死禁锢住，只觉得浑身每块骨头都疼。

“放开她！”

挣扎间，我忽然听见一个熟悉的声音。我扭过头，就见周至深不知什么时候站在了门口。此时我终于看清了他的表情，平日里总是一脸冷然的他此刻隐约带了怒气。

苏维封不动。

周至深皱着眉头，仿佛叹息了一声："你弄疼她了。"

这句话一出，我感觉钳制着自己的力量忽然消失了。

此刻我只觉得狼狈，仿佛被苏维封扒掉外衣一样窥视的狼狈，被周至深再一次看见我恋爱失败的狼狈。我没办法再面对这两个人，干脆转身往茶道院里跑。

月光明亮，而我再一次觉得，我的人生这样糟糕！

第十四章

我们交错，又渐行渐远

我在房间里待了很久，直到敲门声响起。我还没说话，门外的人就毫不客气地推门而入。

“谁让你进来的？”我有些怒火中烧。

周至深却直接跳过了这个问题：“他走了。”

我不知道周至深和苏维封在我狼狈逃窜的这段时间里聊了什么，我也不想知道。我蜷缩在床上，抱着膝盖不说话。

周至深在我床边坐下：“你还好吗？”

“关你什么事！”我像一只奓毛的猫，无论眼前是谁，都想挠上两爪子，“你不是拿点东西就走吗？谁让你还赖在这里！我的事情，你插什么手？！”

周至深却不恼：“有点事情耽搁了。”

我定定地看着他，忽然开口：“花盆是你故意扔的？”

他垂下眼眸：“不小心撞到的。”

我沉默，他叹了一口气：“抱歉，乔遇。”

近来的周至深叹气叹得这样多，越来越不像周至深。

我昂着头：“不关你的事，如果他执意要调查我，迟早会知道。”

其实我不知道苏维封查到了多少，然而他那副怒气冲冲的模样让我觉得，他查到的是一切。

周至深摇了摇头："这件事我应该负全部责任，因为把我们的事透露给苏维封的，是卢娜。"

我愣了愣："不是他主动调查我的？卢娜为什么要这么做？"

我哭笑不得地自嘲："你已经答应她的求婚，也明确地拒绝了我，她总不会觉得我对她还有威胁吧？"

周至深定定地看了我一会儿才开口："我没有答应她的求婚。"

"什么？"我猛地坐直身子，"那天我明明听到……"

不对，那天我在周至深开口之前跑了，根本什么都没听到，可是周至深需要卢家的扶持，而且他和卢娜青梅竹马，他没有理由不答应卢娜的求婚。

仿佛看穿了我的困惑，他有些无奈地回答我："这是我和顾子昂的交易，在你找到幸福之前，我不能和卢娜结婚。"

我呆呆地看着眼前的人，仿佛透过他看到他身体里的另外一个灵魂。

顾子昂啊，好傻的顾子昂！

原来这就是他甘于沉睡在这副身体里，帮助周至深，听命于周至深的条件，原来他做的一切都是为了我。

"那你对他开出的条件是什么？"我努力克制住自己的情绪，刚才的狼狈都不能让我这样颤抖。

周至深似乎并不打算瞒我："从我们开始交易的那一天开始，直到我拿回属于我的东西，他都是周至深，不再是顾子昂。"

所以顾子昂接受的一切培训，都是在教他如何成为周至深，难怪我每次见他，他都那样疲惫。

我的脑海中猛地闪过一个不好的念头，随后我冲过去揪住周至深的衣服："你这样做，是不是会缩短他出现的时间？"

周至深不闪不避："是，华医生也说了，这有助于我们两个人格的融合。"

"你还想让他消失？"我瞪大眼睛看着他，不可置信地笑了。

他的眼神忽然有些闪躲："乔遇，你忘记了，我本来就是这副身体的主人格。"

"可他是你的一部分！"我尖叫起来，"周至深，你怎么可以这么残忍！他是你的过去，他是你的回忆！如果不是你母亲那场意外，根本就不会有你！周至深！"

"够了乔遇！"他猛地站起来，紧抿的嘴唇泄露了他的怒意，"不要得寸进尺！你太感情用事了！"

我差点忘记了，他母亲顾双从来就是他触碰不得的逆鳞。我总是小心翼翼地避开这个雷区，可是今天，我一点都不想躲。

我跟着站起来："感情用事的难道不是你吗？是你不够坚强，是你不能够接受已经发生的往事，才会导致今时今日这种情况！"

周至深的眼睛里烈火重重，几乎要将我烧灭："这是我和顾子昂之间的交易，我也付出了代价，所以你接受也好，不接受也好，这都已经是事实！"

我冷笑："你的代价，只不过是暂时不能和卢娜结婚！"

"乔遇，我不想和你吵了。"周至深深深地吸了一口气，猛地转身，"你好好休息吧，我走了。"

说完他就向门口走去，我追上去拉住他："你站住，你不能走，我要见顾子昂！"

我很想瞬间就流出眼泪，可是在这样痛不欲生的关头，我竟然一滴眼泪都流不出来。我心急如焚，干脆一把扫落桌上的玻璃杯，蹲下就去捡地上的玻璃碎片。

"乔遇！"周至深大惊失色，一把将我扯起来，"你疯了吗？为了见顾子昂，你就这么不顾一切？"

他不顾我的挣扎，一把将我按在椅子上："如果有一天我和顾子昂之间只能留一个，你是不是会义无反顾地放弃我？"

"是！"我不知道着了什么魔，想都没想就脱口而出。

而这话说出口之后，周至深明显愣了愣。

我的声音都是颤抖的："你做什么都考虑利益，在你面前，什么都是交易，我是，顾子昂也是，恐怕就连卢娜也是吧？你不在乎我，可是顾子昂是真的在乎我！"

这些话，我是说给周至深听，也是说给自己听。时至今日，我才终于确认，在这世上，最爱我的人，只有一个顾子昂。

周至深沉默着，良久才慢慢松开我："抱歉，乔遇，我暂时不能让他见你。我这次回来有要紧的事情要处理，所以他需要沉睡一段时间。"

我回过头，不再看他："你走吧。"

周至深的语气软了下来："等我办完事情，我让你们见面。"

"周至深，如果你拿回了属于你自己的东西，能不能让顾子昂留下？"我的声音止不住地抖，而我这是在哀求他了，"我保证，他不会影响你的生活。让他留下，只偶尔让他出现，这样就好。"

四周寂静无声。

过了很久，我才听到周至深回答："乔遇，你让我想想。"

他离开的时候，月亮已经慢慢沉下去，正如我在曼哈顿初见到他的那个夜晚。我靠在床上，睁着眼睛看着窗外的天色由黑变白。我在想，我还来不来得及为顾子昂做一些事情？

如果我能帮周至深快点拿回属于他的D&Z，那是不是也可以作为留下顾子昂的交易筹码？

第二天上班的时候，我马不停蹄地往DG的办公室走，半路上却被安歌拦了下来，她的表情有些凝重："你知道了？"

我有些困惑："知道什么？"

"DG跳槽了！"安歌压低声音，"被美国的一个神秘公司挖走的，高层震怒啊，不知道会怎么处理，你和我都很危险。"

我愣了愣，原来这就是周至深回来的原因，看来他终于拿到了DG这张王牌。D&Z这两年因为DG风生水起，此时失去了DG，无异于失去了一只臂膀。

我和安歌都在等待着周成广的处理结果，我已经做好了最坏的准备，然而直到年终奖发下来，我们还没等到任何的通知，就仿佛DG从没离开过一样。

和年终奖一同发下来的还有公司年会的邀请函。

自从那夜和苏维封决裂，又和周至深大吵一架之后，我已经消沉了好一段时间。苏维封没再出现过，也没有落井下石向D&Z告密，想来我还是错怪了他。关于我和周至深那一段合同恋情，不过是卢娜用来报复我的工具，而苏维封只是一把卢娜借来杀人的刀。

自始至终他都是无辜的，而我和当年的阿赛一样可恶。我何尝不是将苏维封当成了备胎，在确定与周至深再无可能的时候，鲁莽地借他的怀抱来疗伤。

对于他的离开，我没有遗憾，只有抱歉。

苏艺初很有义气地站在了苏维封那一边，迅速地将我从一切通信工具中拉黑，许久不见苏维封的安歌问我时，我只能佯装悲苦地笑笑：“没办法，是我没那个福分。”

安歌拍拍我的肩膀：“行了别想了，今晚的年会我陪你。年底的最佳员工我帮你提名了，也许你情场失意，职场得意呢。”

安歌的笑容有些僵硬，我没有多想，收拾了自己，和她一起前往公司的年会。

公司的年会在一家五星级酒店举行，今年似乎格外盛大，一点也没有DG离去后的愁云惨雾。

年会上，我再一次见到了周至深的叔叔周成广。

周成广站在台上，看起来意气风发：“这一年发生了许多事情，有喜有悲，我们的首席设计师DG的离开固然让人遗憾，但企业最重要的就是创新，我们趁着新年也来一场除旧迎新……来，给大家介绍一下，我们的总经理，兼任新的首席设计师，汪巍。”

我吃了一惊，汪巍在业内充其量是个三流设计师，周成广难道是气疯了，才让他来接替DG的位置？

我身旁的安歌飞快地鼓起了掌，她的脸上没有一点惊讶。

“你早就知道？”我问安歌。

安歌头也不回：“乔遇，汪巍是周成广的小舅子，你说你什么都不知道，以后位子能坐得稳吗？”

我觉得莫名其妙，刚想问清楚，就听见台上有人念出了我的名字，紧接着便是如潮水般的掌声。

我抬起头，就看见汪巍投来目光，而他手上还捧着给最佳员工的奖杯。

我恍惚地被众人推上台，晃眼的灯光下只能看到周成广和汪巍在对我笑，汪巍抓着我的手握了握：“以后可要拜托你了。”

我被催促着念获奖感言，在台上站定的时候，我仿佛看见大门口一个熟悉的身影一闪而过。

周至深？

我再定睛去看时，那个身影已经消失无踪。

我机械地念了几句感言，下了台就往门口走，却被汪巍拦住。

“拿了奖就急着走？不好吧？”

我定了定神，扯出一个社交笑容：“总经理，有事吗？”

汪巍戴着一副金边眼镜，笑容无懈可击。比起设计师，他看起来更像精于计算的生意人，上上下下地打量着我：“听说你可是DG的得力助手。”

我愣了愣：“总经理误会了，DG的得力助手是安歌。”

“可是我听说DG整个团队里只有你能破解他的设计理念，”汪巍笑着，“这是不得了的天赋。”

至此，我终于明白为什么周成广和汪巍要把最佳员工这个向来只眷顾资深老员工的奖项给我。DG没有带走安歌，她为了留下来，必定交代了一些和DG有关的事情。

以汪巍的才能，他无法延续DG的设计，所以他们把算盘打到了我的头上，想借着我对DG设计的了解，继续按DG的风格设计新款服装。

我的沉默瞬间被汪巍读懂：“你是个聪明人，以后在我身边好好帮我，我不会亏待你的。”

他说着话，手却攀上我的肩膀。

我从进D&Z那天起，便想着能接近公司管理层，那时连周至深都觉得我在痴人说梦，然而今时今日，这个机会却摆在了我的面前。

我强忍着与他故作亲密的不适，笑着应：“那就请汪总多多指教了。”

汪巍笑了笑，手却在我腰上游走：“看来你比安歌还要聪明。”

我一时没忍住，吃惊地看向他。

他和安歌？怪不得安歌作为DG的得力助手还能留在公司，原来她早已经和汪巍有了交易。

汪巍的风流名声在外，他从不掩饰对女色的渴望，自诩才子名士，加上有一副好皮囊，栽在他手上的女人不在少数。

我不着痕迹地扭过身拿酒，没想他却锲而不舍地追过来，手依旧在我腰间停留：“今年过节有什么打算，嗯？”

我深知此刻不能皱一下眉头，我即将接触D&Z的核心，这个机会这样难得，我很有可能借此机会帮助周至深夺回他的一切，也能借此换来顾子昂留在人世间的机会。

我只得努力地保持微笑：“春节和家里人一起过。”

汪巍抬头看了看四周，忽然低声跟我说：“这里太闷热了，我们出去走走？”

他笑容里隐藏的欲望这样明显，我瞬间慌了神，这不过是我们之间第一次见面，他就这样大胆直接，还是他吃准了我不会轻易离开D&Z，要以这种方式让我成为他的心腹？

我的反应迟钝下来，竟然一时想不到如何拒绝他。

他似乎将我的沉默当成默认，扶着我的腰推了我一把。就在这时，一个服务生端着托盘急匆匆走过来，和我们擦肩而过时，将托盘上的酒悉数泼在汪巍的裤子上，那湿透的位置特别容易让人误会。

“你怎么回事？”汪巍正要发怒，却碍于自己的身份形象，硬生生憋了下来，“你小心点！”

那个服务生连声说着抱歉，几乎是撒腿就跑。

汪巍低头看了看自己身上变了颜色的裤子，对我说：“你在这儿等我一下。”

说完他就急匆匆地往洗手间走。

我自然不会在原地等他，等他走远，我找到安歌：“我有点不舒服，就先走了。”

安歌吃惊地看着我：“这么急？今天可是你的主场。”

我没有跟她解释太多，转身就往大门口跑去。

往人身上倒酒这种事情我在苏艺初的生日宴上见识过一回，这次只是旧戏重演，只不过不是由他亲自动手罢了。

周至深，他一定在这里！

酒店外是寂静的街道，春节将至，所有的商铺都张灯结彩，在这深沉的夜色里，这一派为节日做准备的热闹景象显得我格外寂寞。

我一个人急匆匆走了一段，因为不确定周至深是不是往这个方向走，又往相反方向走了一段，停下来的时候忽然觉得自己像个傻瓜。

见到他又能怎么样？难道连最后的自尊都不要了吗？

“你在找我？”

念头刚冒出来的时候，忽然有个声音响起。

我扭过头，就看见周至深站在路灯下，脸上似笑非笑：“你知道我在这里？”

“用酒泼人这种拙劣的把戏，除了你还有谁？”我出言不逊。

“我可是在帮你脱身，”周至深笑得无奈，“你怎么一年比一年牙尖嘴利、得理不饶人？”

我不知道怎么的就从他这句话的语气里听出了一丝宠溺，一年又一年，是啊，我认识周至深已经有几个春夏秋冬了。

我不说话，他朝我走近："走吧，我送你。"

"你的车呢？"我不客气地问。

"我刚下飞机就赶过来了，"他不以为忤，"打车过来的。"

这个时候最不容易打车，这就意味着，我要和周至深一起走过这条长长的街道。

两人一时无话，最后还是周至深先开口："周成广给了你最佳员工奖。"

我低头看了看自己手里还捏着的那个奖杯："他们应该是找不到能真正代替DG的人，所以想把DG完成一半的设计继续做下去。"

"因为你看过那本图鉴，能理解他的设计理念和方向，所以他们扶你上位。"周至深接着我的话说下去。

我耸耸肩："这是个机会。"

周至深摇头；"乔遇，你没有必要继续留在D&Z，汪巍那个人设计天分一般，野心却不小，城府也很深……"

他停下来看着我："他刚才是在试探你，无论你向他示好或是拒绝，他都会怀疑你。"

我也停下来："但只要能接近他，就等于接近了周成广，我也许可以找到周成广篡改你父亲遗嘱的证据。"

说到这里，我热血沸腾。我总说要帮周至深拿回一切，从前可笑的妄想如今有机会变成现实，我心里是止不住的兴奋。

周至深看着我："我说过，你不必……"

"我没有在帮你！"我急急忙忙打断他，第一时间撇清这件事和他的关系，"我只希望你拿回D&Z之后，让顾子昂留下来。"

周至深的目光在路灯下闪烁着："他对你这么重要吗？"

"对！"我毫不犹豫地点头。

他不说话，只是转身便走。我追上去，急切地拉住他的衣袖："周至深，你考虑好了吗？如果你能成功要回D&Z，是不是可以让顾子昂留下来？”

他停下脚步，却没有回头：“乔遇，你不要太天真了，周成广和汪巍没有你想象中那么好对付，否则我也不需要这么折腾。”

他对我不抱希望，可是无论如何，我都想试一试：“最多丢了这份工作，我就买个单反重拾旧业好了。”周至深不说话，却突然反手拉住我的手腕，将我往他身边拉，又伸手截住了一辆计程车，二话不说就要拉着我上车。

我扯住他：“你还没答应我！”

他终于无奈地回头：“等你真的拿到了证据，我就给你一个答案。”

他的回答很是敷衍，我却从中看到了希望。

周至深这次回国需要待一周，他依旧住在茶道院里，我休假在家，暂时无须去应付汪巍和周成广，因此要和他抬头不见低头见。

胡爷每天都想方设法地给我讲道理：“我说乔遇，你好歹抓紧呀，周至深回了国不去住酒店，还来住我这破院子，为的是什么？不就是因为你在这里吗！”

我苦笑：“胡爷，人家有女朋友了，你就不要乱拉红线了。”

我更怕的是自己又有了希望，做出让自己都不齿的事情。

胡爷恨铁不成钢，却依旧没有放弃撮合我们。除夕那夜，他一早吃完团圆饭就嚷嚷着犯困，让我和周至深在院子里守岁。

我很想见见顾子昂，想方设法地让自己流眼泪，然而我刚拿出一管芥末，就被周至深按住了手：“你想见他，直接跟我说就可以。”

我大喜过望：“你肯让我见他？”

周至深摇摇头。

我气急，脏话都到了嘴边，又恨恨地吞下去。

我愤愤不平的表情不知怎么的将周至深逗乐了，他笑了笑：“乔遇，他让我陪你守岁，所以今天他不会出现了。”

我许久没有看见周至深这样笑了，他本来就是一个不怎么爱笑的人，此刻他站在挂着红灯笼的树下对我这样放松地笑，让我一瞬间有些恍惚。

我转过头不看他：“那我什么时候可以见到顾子昂？”

周至深无奈地叹息一声：“快了，乔遇。”

这是第二次我和周至深一起守岁，比起那一年的惨淡景象，如今的周至深早已不是当时的颓废模样。我们坐在树下，看着远处若隐若现的烟火。我有数次想开口询问他，陪我守岁，也是顾子昂提出的条件之一吗。

然而我最终没有问出口，我和周至深这样和谐平静的时刻着实不多，更何况，在他拿回D&Z之后，他要做回他的天之骄子，而我最终不是能和他并肩的那个人。

“乔遇，”在远方烟火的背景下，周至深忽然回头看我，“离开D&Z吧……”

“不要，”我哼唧着回答，“我知道你看不起我……”

他摇摇头：“从看见你的第一眼开始，我就知道你这个人倔强得可怕。”

他这么说，等于是放弃说服我了。相处这几年，他渐渐地成了最了解我的人。

我忽然有些释然：“你还不是一样。”

他仰着头看夜空，继续说下去：“遇到你的时候，你狼狈、愤世嫉俗，又像烧不死的野草一样，对时尚，甚至是对男人的品位都很糟糕，胸无大志，一心只想嫁人生子，让人怀疑你到底是不是在美国长大的。”

我扯了他一把，有些来气：“喂！大过年的，你翻什么旧账？”

他却不理会，笑着说：“后来雪莉跟我说，你从前那叫备胎体质，遇上的男人都不由自主地把你当备胎……”

要不是雪莉远在美国，我真想把她抓过来打一顿，我辩驳：“多亏我那备胎体质，要不都不知道被糟蹋多少回了。”

我本以为周至深还要继续嘲笑我，他却轻声地附和了一句：“是啊。”

他站起来，转身看我：“你变了，乔遇，无论哪一方面都不可同日而语了，当然，特别是对男人的品位……”

我想都不想便打断他：“你这是拐着弯夸你自己呢！”

刚说完我就咬到了舌头，空气瞬间安静下来，周至深静静地看着我，没有反驳。

我难得和他这样轻松对话，也难得听见他夸我几句，急忙想要补救：“我没有别的意思，你都有卢娜了，我也不想再当备胎，更何况卢娜那样的大小姐，我一点都惹不起。”

越紧张越出错，我恨不得将自己的嘴缝上。

周至深不知想起什么，眼里闪过一些不明情绪，他刚才还放松的语气突然变得有些僵硬：“你放心，那种事情不会再发生！”

自从卢娜将我和周至深那场交易告诉苏维封之后，我才明白她对我的存在那样耿耿于怀，以至于我不敢在周至深面前提起她，今夜我不知怎么的就乱了阵脚，说的话一句比一句混乱。

我闭着嘴，生怕自己又说错话。

周至深似乎失去了和我继续聊下去的兴致，他的脸上满是疲惫的神色：“我累了，可能要违背诺言，不能继续陪你守岁了……”

我只觉得遗憾，这一晚上和谐的气氛让我毁了个精光。我看着他转身，想了想，最终还是叫住他：“周至深，新年快乐！”

他顿住了脚步，只稍稍回过头：“新年快乐，乔遇！”

说完这句话，他便疾步走回了房间。我看着他的背影绕过长廊，登上楼梯，最终消失在一扇木门后面。

这一幕就像在我人生中，他和我交错，然后我看着他的背影渐行渐远，而我追不上他，也不能去追。

我抬头看着树上挂着的红灯笼，那灯光影影绰绰，像是映着我的前世今生。

我想，这应该是我最后一次和周至深一起守岁了。

过完春节，我回D&Z上班，周至深为他的新品牌到处奔走，寻找打入国内市场的缺口，我们再一次分道扬镳。

上班的第一天，汪巍就将我办公的地方调到顶层，他甚至给我安排了办公室，就在他的隔壁，同层的还有董事长周成广的办公室，简而言之，我终于打入了D&Z的核心。

“那天晚上不是让你等我吗？”汪巍似乎无所事事，在我浏览DG留下来的设计图时，他便到我办公室里转，“现在你天天在我隔壁，我不怕你跑了。”

我头也不抬：“汪总新官上任，不埋头苦干好好表现表现吗？”

“那得分时候，”他走过来靠在我办公桌上，“比如现在，我觉得我们可以好好聊会儿天。”

“汪总和周董升我的职，不就是为了DG这些未完成的设计图能完成继续用吗？夏装系列不久就要上市了，汪总现在还想和我聊天吗？”我干脆抬头，看着他笑，“我觉得我做你的特别助理比做你的女人更有价值。”

汪巍饶有兴趣地看着我：“你能这么快来到这个位置是有理由的。”

多亏周至深提醒，我才惊醒汪巍原来是在试探我。他想要女人，多的是人投怀送抱，没有必要特意勾引我。按他的思维，我要是试图借身体上位，以后必定得不到他的重用，安歌就是一个例子。

倘若我当场翻脸，又显得我对他不够言听计从。

因此，最好的应对法子是直截了当地表明我会效忠于他，用他想要的方式。

汪巍果然慢慢地对我放心了，逐渐地将事情交给我做。

春季过去的时候，汪巍安排我替他去纽约参加一场时装秀，我提前通知了雪莉，没想到飞机抵达机场后，来接我的人却是周至深。

他站在机场巨大的落地玻璃前，依旧是那副英俊模样，站在汹涌的人潮中一眼就可以望见。

“乔遇。”他微笑着和我打招呼。

我忽然觉得世事奇妙，我和周至深向来聚少离多，然而再见后总是如常，仿佛这些时日并没有离开过一样。

“我来出差。”我淡淡地应他，转念之间又觉得，我们终究不能如常了。我必须小心谨慎，掩盖我所有翻滚的情绪，掩盖那些我想要消除却不断狂增的爱意。

不能让他知道，一点都不能！

“我知道，汪巍让你来的。”他很自然地接过我的行李箱，“那场时装秀，我们也收到了邀请。”

周至深建立起来的新品牌已经成功打入美国市场，颇受年轻人的欢迎，他能受邀去时装秀，我并不意外。

之后，他将我带出机场。他今天是自己开车来的，没有带司机，不过他熟门熟路地将我的行李箱放到后备厢。

我不客气地问：“你司机呢？”

他关上后备厢，看了我一眼：“这些年的经历告诉我，有些事情亲力亲为并没有什么不好的。”

周至深从前虽然有抱负、有梦想，但终究摆脱不了大少爷这个身份，倨傲得很，如今他竟然懂得放下姿态，体会人世烟火。

“看来这些年变的不止我啊。”我调侃他，又用下巴指了指车门。

他愣了愣才反应过来，连忙走过来替我开车门：“我教你的东西，你挺会学以致用的。”

我有些得意忘形：“那是自然，习惯了有人替我开车门，我以后才能找到好一点的男人。”

他回到驾驶座上，系好安全带：“走吧，有人要替你接风洗尘。”

我诧异：“我上次回来，怎么没人替我接风洗尘？怎么你们也玩这一出了？”

周至深不说话，开着车将我带到一家餐饮店。

是普通的餐饮店，装修精致，但谈不上豪华，我不由得感叹周至深真是越来越接地气了。

刚感叹完，我抬头就见到穿着红色皮衣的DG，他朝我吹了一声口哨：“嗨，乔遇，又见面了！”

我愣了愣，要替我接风洗尘的人怎么是他？

周至深轻轻推了我一把：“走吧。”

用餐的气氛略诡异，但总体算得上愉快。在周至深出去接电话的时候，DG慢悠悠地凑过来：“乔遇，听说周成广找了汪巍代替你，还把你调给了他当助理？”

我诚实回答：“对。”

DG“哈”了一声：“老狐狸哦！我留下的那一系列的设计图只有一半，都是未完成的作品，靠汪巍那三流水平是续不上的，放眼公司，就只有你能行了。”

他故作无奈地摊了摊手：“谁让你看过了图鉴呢！”

我没打算对DG隐瞒什么，但也不会对他多说，只是笑着不作答。

DG却忽然神秘地笑了笑：“告诉你一个秘密，周成广可是借着董事长的职务从公司捞了不少钱，想扳倒他，这是个机会。”

我皱了皱眉头：“这件事情，你应该告诉周至深。”

“告诉他没用，他又不在D&Z。”DG笑得狡猾，“周太太可是我的粉丝，周成广亏空公款的证据在她那儿。你知道有些豪门夫妻也是钩心斗角的，为了稳妥，周太太把证据复制了一份给汪巍。”

我震惊地看着DG，立刻明白过来为什么汪巍能坐上D&Z首席设计师的位置。

“这事就让你吃惊成这样了？”DG笑着压低声音，“我知道更劲爆的。周成闻去世前匆忙留下了遗嘱，周至深是法定继承人，可是那遗嘱被周成广拿了。”

DG笑得更加放肆："可是他没销毁干净，又被他夫人抓住了痛脚，哈哈。"

"你是说那些证据都在汪巍那里？"我已经按捺不住激动的心情，恨不得立刻飞回国内将汪巍的家翻个底朝天，"你为什么告诉我？"

DG耸耸肩："我现在跟着周至深混，自然希望他好。目前有机会接近汪巍的人是你，去拿证据的最好人选也是你，可是如果他知道了这件事，肯定不会让你去的，所以我只能偷偷地告诉你，去不去你自己决定。"

我刚想问为什么他那么笃定周至深不会让我去，就听见周至深的声音在身后响起："你们在聊什么？"

DG抢先答话："还能聊什么！乔遇在服装设计上很有天分，培养培养，也许可以当我的接班人。"

周至深挑了挑眉："她志不在此。"

我以为他又要旧话重提，用我的"嫁人梦"来调侃我，正做好准备反击，就听到他说："她更喜欢摄影。"

我端到唇边的咖啡晃了晃，差点泼了自己一身。

他怎么会知道的？在皇后区的那些年月里，我因为得了一部二手的单反相机欣喜若狂，只觉得发现了自己此生的爱好，后来我更是用它来营生。

可是在遇见周至深之后，我没有再碰过相机，如今才恍惚想起，他当初拿走我的相机来威胁我，后来一直没有还给我。

见我发愣，DG打趣我："看，人家可是真的关心你。"

周至深皱着眉打断他："DG……"

DG耸耸肩："算啦，不打扰你们叙旧了，我还有节目，先走了。"

临走前，DG递给了我一个"你知我知，天知地知"的眼神。我知道他对我说那些有他自己的打算，这才是他突然要为我接风洗尘的真正原因。

走出餐厅的时候，周至深问我："DG说你是个得力助手，他很愿意你到他的新团队里工作。”

DG那样一个独行侠，其实根本不在乎团队，否则他也不会不顾安歌就跳槽。

让我到DG团队里工作的人，只怕是周至深。

我没有回答他的问题，在他帮我拉开车门的时候，我突然问他：“我的相机还在你那里吗？”

他顿了顿：“是。”

那年初遇周至深，他折断我工作专用的SD卡，后来为了偷拍他和卢娜，我用了我私人的卡，而那张卡里有大量的照片，夕阳、晨光、陌生人、树……

我继续问他：“那个相机对你毫无价值。”

他看着我，似乎在等待我的下一句话。

我说：“你从来没有告诉过我，你看了我里面的照片。”

他将我推上车，自己坐上驾驶座，边系安全带边说：“无聊的时候看的。”

我只觉堵得慌：“你把相机还我！”

他淡定地启动车子：“本来想还你的，可是初到茶道院那会儿，我身边只有你的相机，那时候没日没夜地睡不着，就看看你拍的照片，现在有感情了，不想还你了。”

我不知道应该感慨还是无奈，没想到我的照片能有幸陪他度过那段度日如年的日子。

“可是你怎么知道我喜欢拍照？”我忍不住问。

“因为你拍得很用心。”他的语气认真起来，“乔遇，如果你不想去DG的团队，你可以考虑转行，去当一个真正的摄影师。你现在已经有这个能力，服装并不是你喜欢的东西。”

这不知道是周至深第几次劝我离开D&Z了，然而这世界那么大，理解我真正喜欢的东西的人，只有周至深。

他利益至上，可是他心里或许还是有我的。

我扭头望向窗外，没有理会周至深的劝说，他轻微叹了口气，没有继续劝下去。

我打开窗户，迎面是曼哈顿春季的风。

我深吸一口气，心里已经有了决定。

让我最后为你做一件事吧，周至深。做完这件事，我就听你的，我会离开你，过我真正想要的生活。

第十五章

茫茫荒地，只剩我一人

时装秀是个服装盛会，参加的人从各国赶来。倒了时差后，每个人都显得神采奕奕，位于T台后的巨大黑色背景做成了水晶的效果，灯光一打，熠熠生辉。

D&Z的秀在下午，我以观摩学习他人作品为由，早早脱离团队。

我找到雪莉他们的时候，他们正围在一起讨论，每个人脸上都有些焦灼。

“怎么回事？”我朝雪莉做着口型。

雪莉把我拉到一边：“我们的主打模特在来这儿的路上出了意外，现在送医院去了，我们想找人代替，可DG死活不让，说我们找的人不符合他想要的气质，现在急急忙忙去哪里找人？！”

周至深不知从哪里过来，看见了我们：“你来了？”

我点点头，雪莉连忙问：“怎么样？他松口了没有？他不就是要中国人吗？不行我来！”

雪莉就差没拍着胸脯毛遂自荐了，但周至深摇了摇头，苦笑：“他说你有英国血统，不是纯正的中国人。”

雪莉抓了抓耳朵，看向我：“纯正的中国人，这里不就有一个现成的？！”

周至深转过头来打量我，竟然一脸认真地在考虑。

我震惊地看向雪莉："你这是病急乱投医！"

虽然我在中国女孩里算高个，近来加班也没机会胖起来，但和专业模特根本就没有可比性。

雪莉不应我，看向周至深："你觉得呢？"

我也看向周至深，相信他会理智地拒绝雪莉。

然而周至深沉吟许久，最终还是看向我："乔遇，这次走秀对我很重要，能不能麻烦你帮个忙？"

他甚至没有等我回答，拉起我的手就往后台走。我的手忽然被他带着凉意的手包裹住，让我一时间恍惚不已，周遭是来来往往的人，他拉着我在人群里左躲右闪地疾走，像在私奔。

这个念头一出现，把我自己吓了一跳。

乔遇啊乔遇，你争气点啊，不能被他一碰就胡思乱想。

DG正在后台忙着给模特整理衣服，匆匆瞥了周至深一眼就发起脾气来："我说了！如果找不到合适的人选，我宁可这套衣服不上台！！你是不是听不懂人话啊？"

紧接着便是一连串不堪入耳的粗话。

DG在涉及自己作品的事情上总是格外固执，一旦有人试图改变他的原则，他不管来人是谁，骂了再说。

周至深明显也知道他这副德行，因此没有生气，很淡定地站在他面前，口齿清晰地说了一句："把嘴先给我闭上！"

紧接着，周至深将我拉出来："你看看她行不行？你设计的那套旗袍，我觉得和她的气质挺配的。"

DG本来正要发火，看到我的时候愣了愣："乔遇？"

他的眼睛亮起来："行！就乔遇了！可比外头那个混血小妞好太多了！乔遇长得一点都不漂亮，可是那次她穿着我设计的旗袍，简直要艳压全场！她适合穿旗袍，太适合了！"

他连珠炮一样说话，让我哭笑不得，简直弄不清楚他是在夸我还是在损我。

“我不行。”我立刻表明态度，“别说我没有走过秀，一点都不专业，随时可能搞砸，最重要的是，要是让汪巍知道我替你们救场，回去我就得走人。”

我不怕丢脸，所以重要的是后面一点。我不能功败垂成，我还要接近汪巍，拿到周成广亏空公款和篡改遗嘱的证据。

DG和周至深都立刻了然，DG笑着说：“你怕什么？给你化个妆，配把团扇，保准你亲妈都认不出你来。你们中国不是有句诗，叫什么琵琶遮脸？”

“犹抱琵琶半遮面。”周至深纠正他，说罢看向我，似乎他也觉得戴面具或者用团扇遮脸是可行的，毕竟T台妆向来夸张，再有个遮蔽物，的确很难将人认出来。

DG翻了个白眼：“管他什么琵琶、吉他，反正乔遇，你得留下来给我当模特！”

他转身拿来一套衣服，果然是一套新型旗袍，看得出是重金打造，上面的刺绣十分精细。DG将它递给我：“快快快，穿上！没时间了，还要化妆呢！”

周至深没有说话，我在心里叹了一口气，终究妥协了。

后台都是专业模特，换装向来不避嫌，我站在那儿，只觉得脸上发热：“那个，换衣间在哪里？”

DG继续翻白眼：“哪儿那么多事！你看看她们，就在这儿换！”

我拿着衣服无措极了，这里男男女女的，可不少人。

“你过来。”周至深忽然伸手拉过我，将我拉到一个角落里，又随手摸过一大块布，伸长了手按在墙上，帮我隔绝了外界的目光，“在这里换吧。”

他给我创造了一个安全的空间，我放下心来，在里头窸窸窣窣地换衣服，然而这个空间实在狭小，我艰难地将旗袍换上，刚想穿鞋子，没想到一个不稳，整个人往外倒去。我下意识找东西扶，然而我周围只有墙壁，哪里有东西可扶，只能避无可避地倒到周至深的怀抱里。

几乎就在倒到他怀里那瞬间，他条件反射地抱住了我。

那块布随之落下，我眼前是周至深紧锁的眉头和不苟言笑的脸。我和他离得太近了，周围来来往往的人群仿佛就在这一刻静止不动，我只看得到他眼里的潋滟波光。

“什么时候了，你们还在这儿搂搂抱抱！”耳边传来DG的怒吼，我瞬间清醒过来。

周至深也恍如大梦初醒，猛地眨了眨眼睛，扶着我站直：“没事吧？”

我摇摇头，什么话也不敢说，低着头就跟着DG往化妆师的方向走。

DG说得没错，化了妆之后，估计乔亿在这里也认不出我来。那件委地的旗袍加上这个妆容，让我觉得自己像古代的嫔妃。

红颜未老恩先断，说到底，古代后宫三千人，也不过是皇帝一个人的备胎。

一时我胡思乱想，等反应过来，已经要上台了。

DG递给我一把团扇，嘱咐我：“你这是旗袍，不用像别人那样大步流星，你就……怎么说，走得像你们电视剧里的女人就对了。”

我一头雾水，他再次翻白眼：“慢！”

我懂了，转身就往外走。

台下全是人，还有不断闪烁的镁光灯，我努力地用团扇遮住脸，也不知道自己走成了什么鬼样子，脑海里全是某知名电影里那群风情万种的青楼女子。

这旗袍的定位可是皇室贵族级别的，要是DG和周至深知道我这种想法，铁定会七窍生烟。

按照DG的安排，我走完一个来回，便站在背景板下方正中央的位置，等其他人走完。

趁着空隙，我在人群里寻找周至深和雪莉的身影，然而不知是不是被太多镁光灯闪花了眼，我看到人们的表情变得恐慌起来。

再看T台上的模特，原本往回走的都停下了脚步，转身就往台下跳。

我正莫名其妙，就见周至深从人群里冲了出来。会场瞬间嘈杂极了，我只看到他和雪莉的嘴巴在动，却听不清他们在说什么。我只知道他们表情惊慌，好像我身后出现了什么洪水猛兽。

我下意识地回过头去看，就看到那块巨大的背景板在摇晃，仿佛随时会掉下来。

人在危险面前都有条件反射，而我偏偏在这一刻变得僵硬，连逃生的本能都忘记了。

不知是谁在我身后扯了我一把，将我整个人扯过去拉着跑。我跟着那个人跑出几步，忽然又被扯进一个怀里，紧接着，周至深急切的声音在耳边响起："护住头！"

这一切在数秒里发生，在我听话地抱住头的瞬间，我整个人被甩了出去。我摔下T台，在地上滚了几滚，只觉得头昏眼花，浑身哪里都疼。

"周……"我的声音还没完全发出来，就听到一声巨响，那块巨大的背景板终于砸下来，板上的浮雕装饰四散，锋利得能轻易划破皮肤。

我在下一瞬间终于找回到了所有的意识："周至深！"

我不管不顾地爬起来，就见台上满地残骸里，一个人被压在雕塑碎块下，身上穿着我熟悉的条纹西装。

雪莉追了上来："乔遇！你怎么样？你的腿在流血！"

我只觉得惊慌，抓住雪莉，仿佛抓住救命稻草："别管我，至深在那儿，快！"

雪莉带着几个人将周至深抬了出来，他浑身落满灰尘，狼狈得不像样子。

"周至深！"我哑着嗓子喊了一声，却发现自己的声音比鬼叫还难听。

他双目紧闭，没有应我。

我扑上去，开始给他做心肺复苏。

救护车和消防队来得很快，直到我被人从他身上拉开，他都没有睁开眼睛。

好在雪莉还算冷静，她将我和周至深一同送上救护车。车上的救护人员简单地帮我查看伤口，伤口不深，是我跌落在地上的时候蹭到了锋利的东西。

医生给我简单地处理了伤口之后，我不肯做进一步的检查，只想到周至深身边。

雪莉拦着我："乔遇！你必须检查！你又不是医生，现在过去的话，一点忙都帮不上！"

身上DG引以为傲的旗袍已经破了，我现在的样子一定好看不到哪里去。我挣扎着要下床："他是为了救我才受伤的，我不能坐视不管！"

雪莉一脸严肃地瞪着我："就因为他是为了救你才受伤！你这样不顾自己的身体，他的付出不就白费了吗？！"

我被雪莉彻底吼清醒了，她说得很对，周至深要是在这儿，他也会这样骂我。

我乖乖地躺在床上接受检查，雪莉两边奔走，为我带来周至深的消息。

"医生现在在给他做检查，目前没发现什么特别严重的外伤，需要做检查进一步确认。"

"医生做了检查，有些脑震荡，但不是很严重，"等我得到了下床的自由，坐着轮椅跑去探视周至深时，却发现他一动不动地躺在床上，双目紧闭，身上则是大大小小的伤口，看起来很恐怖。

雪莉安慰我："医生说，这些伤口只是看起来狰狞一些，没有什么大问题的。"

"他怎么还不醒？"我有些焦灼。

雪莉有些为难地皱眉，最终还是选择了坦白："医生说他也没见过这种情况。至深的情况良好，就是像是睡着了，始终醒不过来。"

我呆滞地看着雪莉，一瞬间说不出话来。

兴许是害怕我情绪失控，她连忙将我推出去。

在离开房间的那一刻，我扭头去看，床上的人安安静静地躺着。人生第一次，我恐惧起死亡。

周至深昏迷的第二天，卢娜从外地赶来，我在房内听着她对着雪莉咄咄逼人："你让她出来！我走的时候，至深还好好的，怎么她一出现，他就要遭罪？"

雪莉对卢娜亦没有好语气，她冷冰冰地回答："乔遇是为了帮至深才会上台，而且救人是至深自己的选择，和她有什么关系？"

"帮他？"卢娜冷笑，"她能帮上什么忙？不过是一个下三流的……"

她剩下的话被雪莉愤怒地打断："注意你的言辞！你好歹是受过高等教育的，连尊重人都不懂吗？"

"要我怎么尊重人？"卢娜的声音在抖，"你知不知道我爸爸给至深的品牌投了多少钱？他拒绝和大公司合作，固执地要自己打拼，可是他现在这样，还怎么维持公司运转？我花了多大力气才说服我爸爸，如果他投进去的钱打了水漂，他会怎么看我？"

这一刻，我忽然觉得很可笑。门外那个女人关心的，究竟是周至深还是他们公司的前途？

我站起来，不顾护工的阻拦就往外走。

门打开的时候，我听见雪莉的怒吼带上了哭腔："他还没有死！公司有我在！DG在！倒不了你的台！"

卢娜正要反驳，却越过雪莉看到了我，她冷笑着："怎么，你敢出来了吗？"

雪莉一回头，有些气急败坏："我让你不要出来！不要出来！这种人，你和她没有好说的！"

"我出来了，你想怎么样？"我站在卢娜面前，目不转睛地看着她。

“怎么样？”卢娜的表情有些狰狞，“离至深远一点，不然我不会让你好过！”

“你让我好过过吗？”我面无表情地反问，“我和苏维封分手，是你自己寄了我的资料过去，是你让他对我起疑，也是你亲手把我拉回周至深身边，我能说些什么？”

从前我面对卢娜时也许会怯，因为她是与我不同阶层的存在，她太耀眼，是女神，是公主，可是如今一路走来，我也能堂堂正正地站在她面前，觉得她不过是庸俗的凡人一个。

我的话成功激怒了她，她指着我骂：“做人不要太过分！还有，你以为你能离间我们的感情吗？在你和我之间，至深还用选吗？你连和我比较都不配。”

我觉得这样泼妇骂街的卢娜真是可笑极了，原来她在意的只是她自己的骄傲，而像我这样低贱的存在毁坏了她的骄傲。

我觉得没有必要再和她争论下去：“卢娜，他有病时，你不要他；他受伤躺在医院里，你想的却是公司的前途，可我不一样，我爱他，无论他怎么样，我都爱他！”

这话说出口的时候，连我自己都震惊了。我竟然能够大大方方地承认我是爱着周至深的，虽然我知道我和他没有结局，虽然我在被他拒绝之后一直小心翼翼地和他保持距离，可我不能骗自己我不爱他。

卢娜似乎没有想到我会这么大胆地在她面前表白，愣着没有说话。

我没有等她反应过来，拉过雪莉转身进入病房里，关上了门。

卢娜没有待太久，也没有冲进来找我们麻烦，她离开的时候，一直趴在门上偷看的雪莉这才扭头看我：“你没有必要和她正面冲突，何况……”

我点点头，示意我知道。

我知道周至深无论从哪方面出发，都没有理由放弃卢娜。我把心里话说出来并不是为了和她争，而是我太清楚结局，所以我隐瞒或者不隐瞒，表白或者不表白，都没有区别。

我出院的时候，周至深还没有醒过来，卢娜天天来看他，甚至请了保镖守在他门口，不让我进去探视。

医生说周至深的身体机能正常，只是睡着了，只要等他醒来就好。

我决定在他醒来之前留在美国。我拍了自己的伤腿给汪巍发过去，并告诉他我在美国遇到了DG，可以借此套取一些关于设计的资料。

汪巍有些怀疑，但并没有阻止我。

在我断断续续地给他发了一些关于DG的设计信息之后，他渐渐地相信我，并让我继续留在美国，看看能不能再找到一些新的设计灵感给他，说白了，就是看看市场上是否有值得模仿的商品。

我表面上应承，实际上，我日日待在雪莉的公寓里，等着她从医院带回来关于周至深的消息。

日复一日，有时候看着逐渐黑下去的天空，我甚至觉得，周至深是不是就此不会再醒过来了，那顾子昂呢？

我脑海里全是时装秀那一天，他朝着我跑过来的样子。那一刻，我甚至分不清楚，奋不顾身飞扑过来救我的人是周至深还是顾子昂。

所幸周至深在一个晴朗的日子里苏醒了，他昏睡了十天，终于醒过来。卢娜欣喜若狂，我到病房门口的时候，那保镖不在，我正好听见卢娜的声音传来。

“至深，我爸爸要我回去……”她欲言又止。

周至深沉睡了这些天，声音有些哑：“他又替你安排了新的交往对象吗？”

卢娜急忙解释：“你放心，我只是回去应付一下，不会假戏真做的。”

周至深不说话，她继续说：“那次有那么大的公司要把你的品牌收到旗下，你偏偏不要，损失了多少你知道的，我爸爸非常生气……”

周至深打断她：“卢娜，我要说多少次你才明白，我要建立的是真正属于自己的品牌，而不是别人的附属品。”

他的声音冷硬，卢娜半天没有说话，最终她说：“至深，你知道我爸爸的脾气，无论如何我都要回去一趟……你不要担心，像之前我和罗斯都已经谈婚论嫁了，我还不是回到了你的身边……"

"你回去吧，我没事。"他的声音变得疲惫，"什么时候走？"

"今天，一会儿的飞机，我已经买了机票。"卢娜的声音弱下去。

周至深沉默了半晌才开口："那你快去吧，别误航班，一路小心。"

卢娜走出来的时候，我已经躲到了角落里。我看着她进了电梯，才去敲周至深的门。

"进来。"

我走进去，他看到我的时候愣了愣："乔遇，你还在。"

"你为了救我昏迷不醒，我总不能丢下你跑回去。"我故作轻松，仿佛周至深不过生了一场小病。

他不说话，只是看着我，像从未见过我一样。

我被他看得不自在，只能干巴巴地笑："总之，谢谢你救了我。我当时还以为救我的人是顾子昂。"

周至深看着我，眼神是前所未有的深沉："无论是顾子昂，还是周至深，都会奋不顾身地去救你。"

"奋不顾身？"

"对，奋不顾身！"

在周至深笃定地点头时，我忽然觉得眼眶一热。我已经许久没哭了，甚至在周至深昏迷时，我都没有流过眼泪，偏偏此刻因为他一句话而泪流满面。

周至深看着我呆滞了半晌，慢慢闭上眼睛又睁开。

我抹了抹眼泪："顾子昂？"

顾子昂对着我笑，只是他今日的笑容远没有从前灿烂："阿遇。"

我已经很久没有见过顾子昂了，久到只觉眼前的人有些许陌生。我上前握住他的手："你还好吗？"

他愣了愣，慢慢握住我的手："我很好，阿遇。"

他这副呆滞的样子怎么看都不像很好的样子："你睡得太久了，顾子昂！我已经很久很久没有见过你了！你傻不傻？为什么要和周至深交换那种条件？对，如果他娶卢娜，我会很难过，但是如果以后都见不到你，我会更难过。"

他的手摩挲着我的手背："阿遇，你还爱他？"

"感情这种东西，又不是风筝，说割断就割断。"我撇撇嘴，"可是我有听你的话，在努力地放下。"

他定定地看着我。

我凑上前去，掐他的鼻子："你怎么了，是不是睡太久睡傻了？"

我和顾子昂之间向来这样没大没小，我料想着他会像从前一样假装皱眉，笑着说："阿遇，你就欺负我吧。"

然而他却忽然抓住我掐他鼻子的手，望进了我的眼里。

他的目光太专注，让我有一瞬间的慌乱："你别再学周至深了，越来越像他，阴阳怪气的。"

顾子昂终于笑起来："哈，看来我很成功，连你也可以骗到。"

他看着我："我只是想告诉你，以后我会经常出来陪你的。"

"好啊！"我那如乌云密布的心情终于好起来了，"等你出院了，我们一起去玩。你不是说周至深老是困着你吗？我带你出去看看，美国好玩的地方可多了。"

我原本只是随口一说，因为在我的认知里，周至深不可能分给顾子昂那么多时间，然而出院之后，他竟然真的天天陪着我。

我们一起去中央公园，到布鲁克林大桥上看风景，到现代艺术博物馆装文艺，在街头吃刚刚做好的热狗。

离开曼哈顿那天，我已经一扫阴郁的心情，在机场大厅拥抱他："顾子昂，真的谢谢你陪我这么久。"

我想了想，又有些担忧："你天天和我在一起，周至深同意吗？"

顾子昂只是笑："你放心吧，我和他说好了。"

我还是有些狐疑："你总不会又用什么和他交换条件了吧？"

顾子昂摇摇头："我像是那么笨的人吗？"

我快乐起来："不像！我们顾子昂最聪明！好了，你该回去了，免得我还要一步三回头。"

他却不走："我看着你走。"

顾子昂固执起来十头牛都拉不回，我便由着他陪着我，想着离登机的时间并不远了，然而我们在机场等了三个多小时，晚点的飞机一直不来，最后广播干脆宣布航班取消。

我和顾子昂面面相觑，我有些沮丧："出行不利啊，白等了。"

顾子昂忽然说："既然回不去，那我们去旅行吧。"

"啊？"我差点以为自己听错了，"你不要任性，周至深不会同意的。要是他醒过来，看见自己在别的城市，杀了我的心都会有的！"

"不会！"他笃定地拉着我走，"我保证！"

我的阻拦仿佛一点都不起作用，我没想到他竟然随身带着护照，连同我的一起递给售票处的小姐："帮我定下一班飞机，去哪里都行。"

售票处的小姐有些莫名其妙，和他确认了好几遍，最后卖给我们两张去泰国曼谷的飞机票。

我们是跑着进安检的，他拉着我的手一路飞奔，我忍不住尖叫："顾子昂！你一定是疯了！我的行李托运了，还没拿回来呢！"

他不理我，只是往前跑。

"不行了，我跑不动了！"我跟不上他的节奏，一个踉跄，差点摔倒。

眼看离起飞的时间越来越近，广播已经在念我们的名字，顾子昂干脆回过头，蹲下："来！我背你。"

他的脸上难掩兴奋的神色，这一刻我忽然想，管他呢，就让我任性这一回。

我跳上顾子昂的背："来吧，我陪你疯！"

和顾子昂踏上泰国的土地时，我还有些回不过神来。

我们两个人一件行李都没有，只能在当地买换洗的衣服，同款的花裙子和花衬衫，穿在身上活像情侣装。

米已成炊，我干脆豁出去："我们去普吉岛吧？我想看海。"

他便二话不说带着我去。

当我赤着脚踩在沙滩上时，我简直快乐得要疯掉。我拢着手掌对着海面喊："喂！顾子昂，我好开心！我太喜欢你了，你比周至深好太多了！"

喊完后我回头看他，夕阳西下，他整个人被笼罩在橘黄色的阳光下，看不清表情。

我静下来，和他遥遥相望，不知为什么生出一股生离死别的伤感。我知道，无论是和顾子昂，还是和周至深，这种旅行必定是最后一次了。

他迎着光慢慢走来，伸出手将我抱住。

海水涨潮，拍上裸露的脚掌，我听到他的叹息从胸腔之中溢出来，震耳欲聋。

我想他也明白这是一场无法逆转的离别，他这副身体终究要到卢娜身边。

我笑着说："别叹气，能和你有这一次旅行，我已经很满足了。"

他只是抱紧我，一言不发。

我沉迷于海滩的景色，日落之后仍旧不肯回酒店，坐在沙滩上听潮起潮落。

顾子昂从附近的饭店买来海鲜炒饭，我们并肩坐在海滩上，就着海浪吃晚餐，一点都没有意境，但我觉得心满意足。

吃完饭，他陪着我踩着海浪散步。月光下的海面上，有一个发光的点漂漂荡荡，我嚷起来："顾子昂！你看，是不是漂流瓶？"

他皱眉："怎么可能！"

我不管不顾，掉头就往海里走："你在这里等我，我去捞起来！"

他要拉住我的时候已经来不及了，我一头扎进海里，往更深的地方走去。

一个浪打过来，我站立不稳，跌落在海里，立刻被海浪卷出了好几米。

夜晚的海水太冷，我的小腿猛地一抽，我尖叫一声：“我脚抽筋了！”

说着我就往下沉，浪把我越卷越远，我的脚已经踩不到地了。

岸边传来一声焦灼的叫喊：“乔遇！”

我在浮浮沉沉中看着那个身影飞奔进海里，逆着浪迅速游过来，准确无误地拉住我的手，将我拉进怀里。

在被他拉到怀里的那一刻，我的嘴巴只能尝到阵阵的咸味，咸到发苦，让人分不清究竟是海水还是眼泪。

我的声音无限悲凉：“你还要假装到什么时候啊？”

拉着我拼命往回游的那个人顿了顿，却没有停止动作，一路将我拉回沙滩上，半跪在沙滩上喘着气：“你在胡说什么？”

我呆呆地笑出声来：“周至深，你忘了？顾子昂是不会游泳的，更别提在浪这样大的海里救人。”

他终于抬起头来：“你是什么时候发现的？”

他顿了顿又说：“无论你是什么时候发现的，用自己的生命来试探我，都是愚蠢的行为！”

“这些日子里，其实你伪装得很好，可是我总感觉不对。”我的喉咙发苦，“你们终究不是一个人。”

我颤抖着问他：“顾子昂呢？”

他在月光下看了我许久，终于无力地倒在了沙滩上：“不在了，或者说，从今以后，我是顾子昂，也是周至深……”

“因为那场意外？”

“是！在背景板砸下来的那一刻，我忽然什么都想起来了，我的母亲顾双，还有她出意外的真相，每一幕都像电影在眼前播放。我还记起小时候的你，记起自己是那个倔强的男孩，记起我们的约定。”他喃喃着道。

“在我昏迷的那段时间里，我见到了顾子昂，他有着和我一模一样的脸，可是他笑得比我开心。”周至深的眼睛在月光下发亮，“我们像老朋友一样谈天说地，聊了很久很久。我们终于真正和解了，所以他不会再出现了。”

我跌坐在周至深身旁，一时间说不出话来。我就这样毫无预兆地失去了顾子昂。这几日的快乐都是假的，是周至深特意为我营造出来的，因为顾子昂从他身体里消失了，他对我有愧疚。

我只觉胸腔里有个地方在塌陷，一点一点，碎成锋利的刀，划出深深的血痕。

他说过我是他在这个世界上最重要的人。

他说过他要竭尽所能保护我。

他说过他只希望我能幸福。

可是，这个世界上最疼爱我的人忽然之间就不在了，像是茫茫荒地里，忽然就只剩下我一个人。

“他让我对你说，希望你记得你答应过他的，余生都要好好活着。”周至深没有看我，“这是他想对你说的最后一句话。”

“为什么要瞒着我？”我终于找回自己的声音，即便沙哑难听。

他苦笑：“因为我怕你会恨我，恨我不让你们见面，恨我连他的最后一面都不让你见，我怕你一辈子都不会原谅我。”

他终于转过头来看我：“乔遇，我在意你。”

我忽然觉得海风这样冷。我用力抱住自己。

周至深爬起来，在我手臂上碰了碰：“你很冷，我们回去吧，好吗？”

我顺从地被他拉起来，我们沉默地走过沙滩，走过昏黄路灯下的路，没有再说一句话。

洗完澡从浴室出来，我依旧觉得冷，刚想钻入被窝就听到了敲门声。

周至深站在门外，他也已经梳洗完毕，头发还有些湿。他径自走进来，手里拿着几瓶酒："晚上的海水冷，喝一点，驱寒。"

他放下酒，转身走出去，在门口却忽然停住，头也不回地问："乔遇，你恨我吗？"

我张了张口，却不知道说些什么。如果我要恨他，早就该恨了，何必等到今时今日。

他转过身看我，目光炯炯，像在逼问："那你爱顾子昂吗？"

我终于找回自己的声音，苦笑着看他："他对我来说是亲情，不是爱情，如果我爱上的是他，那一切都会变得简单。"

"你爱我。"这句话是肯定句。

我没有否认，只是歪着头看他："周至深，我连去想如果早一点遇见你会怎么样的机会都没有，因为你在那么早之前就认识卢娜了。"

他忽然往前一步："乔遇，你忘了，我是先认识你的。"

我有些恍惚："不对，那个人是顾子昂。"

"你为什么还不明白？"他皱起眉头，"顾子昂就是我，小时候的我，没有目睹母亲身亡前的我！"

我忽然心慌起来："你为什么对我说这些？你不要再受顾子昂的影响了，他喜欢我，但你不。"

周至深笑了一声，转身在沙发上坐下，拧开酒瓶抬头就喝。他喝得很猛，一瓶酒很快就见了底，接着他伸手去拿第二瓶。

在第二瓶酒见底的时候，他终于抬头看我，眼睛却是红的："你怎么知道我不？"

他的声音很轻很轻，可听在我耳中像九天外的雷鸣，震得我的耳朵嗡嗡作响。

我咬咬牙，尽量让自己理智一些："因为你已经有卢娜了。"

他低下头，像是在笑："我和卢娜很小就认识，算得上青梅竹马。可能是因为圈子的关系，我们都是利益当先的人，知道和对方在一起能带给自己最大的利益，而无论哪一点，我们都足够匹配。可是因为顾子昂的存在，她和她的家人都心有戚戚。我从前向她求婚，更多是因为我的私心，为的是借助她家族的力量，让我在我父亲面前有一席之地。”

他抬头看我：“我们都在演戏，演得那样逼真。我从前看不起你，可是现在回头看看，我最看不起的是我自己。”

他伸手去摸第三瓶酒：“卢娜很骄傲，她不会允许自己的东西落到他人手中，所以在曼哈顿得知我和你在一起，她立刻回头来找我。是，那个时候，是我利用了你。”

他的目光炯炯，亮得可怕：“在我落魄后，我和她断绝了联系，因为我太清楚世间的利益原则。我对她再无益处，可是她重新来找我，为了证明她还爱我。我就在那个时候看到了希望，因为我也太过骄傲，不甘愿自己就那样被打趴下。”

“可是和她在一起之后，我总莫名忐忑。”他声音低沉，“回到茶道院看到你，答应顾子昂去接你下课，和你在一起，我又觉得安心，可是这种感觉让我觉得害怕，于是我只能自己找理由。当华医生告诉我顾子昂的人格可能影响我的感情时，我松了一口气。”

我沉默着，等着他说下去。

他看向我，苦笑一声：“可是背景板砸下来的那一刻，我第一次那么害怕。即便是被逐出周家，我也不曾那样恐惧过。那一刻，我很怕自己失去你。”

房间的窗没有关，海风吹来，将我们两个人的头发都吹乱。

他站起身时有些摇晃，像是醉了：“我一直以为我是受顾子昂的影响，所以才会嫉妒苏维封在生日宴上亲吻你，才会在他送你回来的那天晚上故意推下花盆。我告诉自己要疏远你，让你去别人身边，这样顾子昂的人格就再也不能左右我，可是离你越远，我越是忍不住想你。”

他朝我走近：“这几天，我假装成顾子昂和你在一起，总是忍不住想，去他的事业和前途，不如抛下一切带你走。”

那阵阵海风吹进了我的眼里，我用力闭上眼睛，生怕这只是一场梦。

可是耳边的声音这样真切，他呢喃着我以为这一生都不可能听到的话，他说："乔遇，我爱你。"

下一秒，我仰起头，踮起脚亲吻他。

就当这是一场梦吧，梦里他这样热切地回应我，仿佛在证明他说的那句"我爱你"是真的。

在我们双双睡去之前，我想，就让这个梦没有尽头吧。

第十六章

我最好的命，不过是个笑话

世上做梦的人太多了，所有的梦都会有醒来的时候。

我在第二日独自离开了普吉岛，汪巍的未接电话和短信密密麻麻地布满屏幕，我知道我该回去了。

周至深还在睡梦中，我看了五分钟他微颤的长睫毛，终究没敢叫醒他和他告别。

在机场的时候，周至深打来电话，他的声音沙哑，是刚睡醒的样子："你在哪里？"

我故作轻松地回答："我在机场，我要回国了。"

电话那端沉默下来。

"周至深，"我斟酌着开口，"如果有一天你拿回了D&Z，可以不用再依靠卢娜家，我们就在一起吧。"

我没有等他回答，飞快地挂断了电话。

在顾子昂消失之后，在周至深说过爱我之后，这也许是我唯一的念想了。我曾经想帮着周至深拿回D&Z来换取顾子昂留在这世上的机会，可是如今我奢望的是，在拿回D&Z之后，我能够得到和周至深在一起的机会。

我带着DG透露给我的秘密回了国。我以为汪巍见到我的第一句话会是追问我这些日子的去处，然而他只是笑吟吟地说："我们的功臣回来了，真是辛苦你了，腿怎么样了？好多了吗？我瞧瞧……”

说着他便真的从办公桌后起身，作势要来看我的伤口。

虽然我穿着半长的裙子，挡住了伤口的大部分，但还是不想让他看到，于是我不着痕迹地后退了一步：“不劳汪总操心了，谢谢您给我放假。我受伤后，医生说我暂时不能搭飞机，这才耽误了回来的时间，现在已经好多了。”

“不要紧，即使人在他乡，你的工作也完成得很好。你送回来的设计方向，我已经让手下的人去做了，出来的效果非常好。”他依旧笑吟吟的，笑得毫无破绽，“说起来还是我不好，如果不是你替我去参加那场时装秀，你也不会受伤。”

我不知汪巍的话哪句是真，哪句是假，这时候我才发现周至深说得没有错，汪巍这个人实在是老狐狸一只，让人捉摸不透。

为求保险，我只能沉默着微笑，不说就不会出错。

我的反应似乎在汪巍意料之中，他伸手搭在了我肩膀上：“收拾一下，今晚我请我们的功臣吃顿饭。”

若在平时，我恨不得离这个人远远的，可是要扳倒周成广的证据就在汪巍手上，我除了接近他，别无办法。

汪巍刚来公司，办公室都是新装修的，他不可能将那么重要的东西带来，那那些证据应该就在他的家里。因此我要拿到证据，就要想办法到他家里去。

我知道这事不能操之过急，和他吃饭，得到他的信任不过是第一步。

我答应下来，看着汪巍满意地将搭在我肩膀上的手收回去，又摆了摆：“今晚见。”

我笑着退出他的办公室，这才觉得心惊肉跳。

在回国的时候，我瞒着雪莉给展扬打了电话。展扬是计算机领域的高手，我请他入侵汪巍的电脑，看看里面有没有周成广亏空公款的资料。

展扬很讲义气，几乎什么都不问就帮了我，只因为我是雪莉的朋友，然而结果很让人失望，汪巍私人和公用的电脑里都没有任何有关周成广的东西。

我本来就没指望事情能这么顺利，因此早早地想好了下一步。

展扬提醒我："按照你说的，如果那东西不是被拷到了储存工具里，那就是纸质版本。现在互联网太发达，很多数据资料都会轻易泄露，有时候反而是纸质的资料更加安全。"

我深以为然。不入虎穴，焉得虎子，我思虑再三，还是决定冒险一回。

夜色降临的时候，汪巍无比准时地来到我的办公室："我的缪斯女神，可以走了吗？"

汪巍带着我来到一家法国餐厅，看样子他经常来，服务员都认识他，一口一句汪先生地喊。

"你的餐桌礼仪真好。"他夸我，"你是从美国回来的啊，可有些做派真像英国那边教出来的。"

我手中的餐刀顿了顿，果然，汪巍还不完全信任我，这顿晚餐又是一次试探。不过也对，连苏维封都能调查我，更何况汪巍。

我不知道他查到了多少，一时间有些心虚，然而周至深说过，他已经将我和他交往的一切痕迹都抹掉了，而卢娜再愚蠢，也不会做出向汪巍告密这样自毁长城的事情。

我脑海里百转千回，还没想好怎么回答，汪巍却已经自动跳过了这个问题："你之前和DG是怎么认识的？我还没听说过恃才傲物的DG那么欣赏过一个人。"

"哪里，不过因为我手上恰好有他要的东西罢了。"我知道这件事瞒不住，干脆说了真话。

果然，汪巍的眼睛亮了起来："哦？方便告诉我吗？"

我笑着应："一本中国古代服饰的图鉴，您也有兴趣？可惜我已经卖给DG了，不然也得不到在D&Z立足的机会。"

“哈哈哈，好，够坦诚！”汪巍看似很满意我的回答。

汪巍更多的是个商人，他才不会花大力气去进修自己的设计技能，所以对DG来说是至宝的图鉴，对他来说不过是一件垃圾，他询问我，不过是为了测试我的忠诚度。

汪巍很快将话题转到其他无关紧要的事情上，我知道，今天这关，算是过了。

吃完晚饭的时候，汪巍笑着问我：“时间还早，不如去我那儿喝杯咖啡？”

“我还有点事，今晚恐怕不能继续陪您了。”我笑着伸手拦下一辆计程车，“下次吧。”

汪巍没有继续挽留，笑着看我上车。

我不禁在心里骂，果然是老狐狸，又是一次试探！

我刚上车，手机就响起来，对面是DG懒洋洋的声音：“嘿，乔遇啊。”

DG那种不管世事的人竟然给我打电话，我立刻猜到他要说的事情和周至深有关：“怎么回事？是不是周至深出了什么事？”

“你是给他下了什么迷药吧？他突然闹着要和卢娜划清界限，要把卢家投资的股份买回去。”DG不住地感叹，“可这事哪里有这么容易！现在双方僵持着，闹得不可开交。”

我一阵沉默，心里说不清是欢喜还是唏嘘。

DG又开口：“听说他最近打算回国了，你那边有进展吗？”

我知道DG问的是什么，连忙回答：“在进行了，你帮我拖住他，先别让他回国。”

要是周至深回来，我的计划就没有办法进行下去了。

DG在那边叫嚷：“天啊，我好好一个设计师，怎么现在连这种事情都要做了？我可拖不久，你自己看着办吧！”

说完，他挂断了电话。

我拿着手机发呆，忍不住想，原来那一夜他在普吉岛对我说的话都是真的。他要离开卢娜，他要脱离卢家的掌控，他将我离开那天说过的话放在了心上。

我心里的欢喜几乎要开出花来。

我握紧手机，再一次下定了决心。我要在周至深回国之前将证据拿到手，这是我能为他做的唯一一件事情，我要帮他把D&Z拿回来。

DG在那通电话之后便没了消息，我只能天天和雪莉打电话，旁敲侧击，得知周至深还在美国和卢娜周旋，暂时回不来时，我才安心。

汪巍对我明显比之前信任得多，很多重要的事情都交由我去处理，我心里着急万分，却不敢轻举妄动，只能等汪巍主动。

有一天，一个小项目启动成功，汪巍很高兴，下班时特地拦住我："来，陪我去喝两杯。"

我大喜过望，机会终于来了。

汪巍带着我去了酒吧，他高兴得很，不用我劝酒，也一杯接着一杯喝，很快就有了醉意。

有穿着性感的夜店女郎来请汪巍喝酒，汪巍竟然笑着拒绝："今天可不行，今天我的女神在这儿。"

他转过身看我，一把抓住我的手："今天可不许跑了，上次说好了，去我家喝咖啡。"

我忍着恶心，笑着应："好呀。"

汪巍很高兴，他一路拉着我出了酒吧，指挥着代驾将我们送回他家。

汪巍这些年赚得不少，房子买在最昂贵的富人区，装修浮夸得像是国王的宫殿。一进房子，他就扯了扯领带："我去洗澡，等我洗好了，给你冲咖啡。"

我心知时间有限，目送他进了浴室之后，便第一时间往主人房走去。

从前乔亿偶尔赌钱赢了，都会把钱收在离自己最近的地方，我想着这大概是人的本性，怕东西丢了，所以一般不会放远。

我小心翼翼地翻动着，幸运的是，抽屉都没有上锁，不幸的是，我想找的东西压根不在这里。

汪巍从浴室出来的时候，我正好关上最后一个抽屉。

我不等他开口，抢先说："咖啡就不喝了，你家里有没有酒？"

汪巍本来就喝得不少，一个澡洗去了他三分酒意，但他还是不如平时精明，他高兴地应："有！来，接着喝！"

我暗自庆幸事情的发展尚算顺利。我的酒量不好，和汪巍喝了不过几杯，我已经感觉到了晕眩，而原本就醉眼蒙眬的汪巍更是有些不知人事，甚至都开始说胡话了。

人们总说"酒后吐真言"，我咬牙，打算赌一把。

我回忆着从前华医生引导我说真话时的方法，用温和的语调在汪巍耳边问："周成广是不是篡改了他兄长的遗嘱？"

汪巍醉眼迷蒙地看着我："咦，我以为就我和我姐姐知道，原来你也知道。你是哪里来的仙女，知道的怎么这么多？"

我惊喜不已："你知道？"

"我当然知道！"他开心地嚷起来，"那老头子快死了，叫律师来写遗嘱，想把D&Z留给自己的儿子，可是他怎么也想不到，那个律师早就被周成广收买了。呵呵，那律师的小助手可精明了，想借着机会上位，在周成闻口述的时候录了音威胁自己上司，不过那录音后来被我姐姐买下来了。"

周成广亏空了那么多公款，又和周至深本来就水火不容，如果周至深继承了D&Z，怎么会容他，所以他才想到了篡改遗嘱，只是没想到自己最亲近的人留下了证据。

我继续追问："你知道那段录音现在在哪里吗？"

汪巍看了我好久，才笑嘻嘻地说："我当然知道，一般人我不告诉他，我把它藏在我办公室的盆栽里了。"

周成广亏空公款的证据可以慢慢查，不一定要通过汪巍，但是篡改遗嘱的证据就不一样了。只要拿到了那段录音，再找到那个小助手，周至深就可以翻案了。

我又陪汪巍喝了两杯，等到他彻底醉倒，我才脚步虚浮地离开他的公寓。

汪巍家的酒实在太烈，我在茶道院门口吐了两次才清醒了一些，一边想着明天胡爷会杀了我吧，一边拨通了周至深的电话。

熟悉的声音在那头响起时，我开始傻笑。

“乔遇？”周至深有些意外，“这么晚了，你还没休息？是不是有什么事？”

“周至深！周至深！周至深！”我一声声地叫着他的名字，“我很想你！”

电话那头安静了一会儿，紧接着便有人温柔地说：“乔遇，我也很想你。”

这大约是我这一生中最甜蜜的时刻了，我心满意足地挂断了电话。

我在心里想，再等几天，几天后，我就可以到你的身边，把你失去的东西送还给你。

我带着笑入睡，那时我尚且不知，有时候生活并不是写好的剧本，它不会按照你想要的情节去发展，它会埋下伏笔，在你最得意的时候，给你迎头痛击。

在之后的几天里，我一直观察汪巍的日常作息。我手上有他的行程表，只要机会恰当，我就可以进入他的办公室，找到那段录音。

而当时给周成闻记录遗嘱的那个律师已经退休，那个小助理也不知去向，好在世上有私家侦探这种人，不出三天，我已经有了那个助理的消息。

然而那段录音才是重中之重，我打算先拿到录音再做下一步的打算。

在五一假期的前一天，汪巍到楼下摄影部看模特拍照，我终于找到进入他办公室的机会。看模特拍照是汪巍最喜欢的工作，没有一两个小时他不会回来。

我潜入他的办公室里，寻找着他口中的那盆栽。要命的是，当时汪巍买了许多盆栽做摆设，我只能一个一个地翻找。

时间有限，我翻得满手是泥，终于在窗边一盆花的盆底找到一只金属U盘。

我喜出望外，手脚麻利地将U盘插进汪巍的电脑上，将证据拷进自己带来的U盘中，之后我将那U盘放回原位，转身就要原路返回。

然而在打开门的那一刻，命运这架天平开始倾斜，我看着汪巍站在门外，皮笑肉不笑地看着我："怎么样？拿到你想要的东西了吗？"

我连恐慌都来不及，便听到汪巍对站在他身旁的秘书说："报警！我们公司出贼了。"

"贼……"我终于反应过来，手里的U盘变得无比烫手。我还是输给了老谋深算的汪巍，他早就知道了，所以这是一个圈套，U盘里的东西也不是那段录音。我刚才手忙脚乱，根本来不及确认U盘里的内容。

"U盘里面是什么？"我努力让自己冷静下来，看着汪巍，"你什么时候知道的？"

汪巍笑着走进来，顺手将门关上："U盘里是你以前在安歌团队，协助DG挪用公款的证据，还有我最新的服装设计图。窃取商业机密，挪用公款，乔遇，你猜猜你得坐几年牢！"

我直视着他的眼睛："你这是污蔑！"

"污蔑？"汪巍笑了出来，"这可不是污蔑，安歌是你们挪用公款的人证。"

我张了张嘴，却只能冷笑。

安歌，被DG留在D&Z之后投靠汪巍的安歌，说欣赏我的安歌，竟然帮着汪巍一起陷害我。

"那天你没有醉？"

"不不不，醉是真的醉了。你伪装得很好，可是你输就输在太着急。你怎么也想不到吧，我很没有安全感，所以我在我的办公室，包括我家里的每个角落都安了针孔摄像机。”汪巍笑得得意，“所以，我还有物证。”

我的手颤抖起来，是，我的确没有料到，我竟然会输在这一步。

汪巍坐在沙发上，跷起腿，似乎在欣赏我的狼狈：“我本来还不知道你在我家翻来翻去要找的是什么，好在天都帮我。有人告诉我，他在泰国看见你和周至深携手同游，我再顺着想下去就不难知道了。果然，我发现你在找那个助理。”

他盯着我，像盯着一只猎物：“乔遇，你是周至深的人，那就别怪我不能留你。周成广要是倒了台，我就什么都没有了。”

所以他就以静制动，设了这个圈套等我来钻。

我没有再听他说下去，掉头往门外跑。

汪巍在我身后哈哈大笑：“乔遇，我不拦着你，你走，可是你跑不掉的。”

他的笑声像刀划在玻璃上，刺得我耳朵发疼。我一路跑到了大街上，烈日炎炎，我被照得无所遁形。下一瞬，我只觉天昏地暗，顷刻间失去了意识。

醒过来的时候是在医院里，穿着制服的护士关切地看着我：“醒了？你低血糖，晕倒在了马路上，被人送进来了，输完液休息一下就可以走了，打电话给家里人让他们来接你吧。”

我看着眼前笑容温暖的护士，差点就脱口而出告诉她，我在这世上独身一人，不，我还有周至深。

我抓起手机，给周至深打电话。

这个时间，美国正是深夜，周至深接起电话时声音沙哑：“乔遇？”

我的嘴唇都在颤抖：“至深，对不起对不起！我没能帮到你……”

周至深的声音立刻变得担忧起来：“乔遇，你怎么了？你不要急，慢慢说。”

我磕磕巴巴，带着哭腔，将DG告诉我遗嘱的事，将我没能成功拿到证据，反而把自己和DG搭进去的事情，统统告诉了周至深。

电话那头沉默了许久，最终我听到周至深沉重的一声叹息。

我以为他会骂我，骂我不听他的劝，让局面变成今时今日的模样。汪巍一旦警惕起来，要拿到证据就不是那么简单的事情。

然而他只是安慰我："你不要轻举妄动，我来想办法。"

我恨自己的鲁莽和愚蠢，然而在我最恐惧无助时，我能求助的人，只有周至深。

在他挂上电话的那一刻，我忽然觉得一阵轻松。

我想，未来即使荆棘满途，知道他会在身旁，我就可以安心地、义无反顾地走下去。

我的前半生一直在等待，等待一个对的人，一个能将我带出黑暗牢笼的人，后来我以为我终于等到了，可以不再颠沛流离、踽踽独行，然而我以为我最好的命，原来不过是一个笑话。

我在家中等了半个月，等着周至深的消息，也等着法院的传票，然而我什么都没有等到。

汪巍来找过我，他笑着对我说："乔遇，你如果聪明一点，弃暗投明，我可以考虑放过你。"

我知道他要的是什么，DG设计的衣服在美国卖得极好，他留我，不过是想让我去窃取DG的设计，甚至要我倒戈，再给他们一个陷害周至深的机会。

我将他从我的公寓中打了出去，我想，至此，他必定不会放过我了。

我竭尽全力地去维护那个我想维护的人，我相信他会回来，即便不能救我，也能在艰难的时刻陪伴在我的身旁。

可是他没有。

整整半个月，我联系不到周至深，打他的手机，全部转到了留言信箱，给他留的几百条语音信息也全部石沉大海，就连要我保持联系的DG，也像人间蒸发一样没有消息。

我按捺不住，终于打电话给雪莉。

雪莉对这一切并不知情，她在电话里义愤填膺："前阵子闹着要和卢娜分道扬镳，我还以为他浪子回头了，谁知道最近又和她出双入对，腻歪得不行。"

我沉默着听她继续说："据说卢娜为了他放弃了一个什么名门富豪，难不成他又因此感动了？她三心二意又不是头一回了，至深真是傻！"

我握住手机的手上都是汗，花了好大的力气才找回自己的声音，我听到自己说："雪莉，我要去美国。"

我要去找周至深，我想去见他，我想问问他，为什么一切又变成了这样？我买了最快的机票，从雪莉那儿问到了他的住处，马不停蹄地往曼哈顿赶。

雪莉说："他和卢娜在一起，这半个月来的每一天，他们都在一起，你还要去见他吗？"

我要见他，我必须见他，恐惧快要将我折磨疯了。

我狼狈地在他和卢娜所在的酒店见到了他。我等了一夜，如同三年前一样，最后见到的是携手同行的一对璧人。

原来时间的魔咒这样可怕，整整三年过去了，他还是那个他，我还是那个我，即便我们曾经离得那样近，还是无法跨越横亘在我们之间的万丈深渊。

我不远万里而来，却只换来他的一句："你不应该在这里。"

在他身旁的卢娜像个胜利者，看我的目光里充满了不屑。

我听着周至深用冰冷无情的声音对我宣判死刑。

他说："我并没有要求你为我做这一切。"

他说："你的事情，我无能为力。"

他说："我要结婚了，请你不要再来找我。如果这句话对你有用，那么我希望你知道，其实我从来没有爱过你。"

他说："你对我来说，已经没有丝毫用处了。"

这一句一句，终于将我对他的信任一丝一丝碾碎。

说完，他和卢娜坐上汽车扬长而去，没有再看我一眼。

原来我为他做的一切都是笑话，然而我还不死心，我想拦住他，我想告诉他，无论他做了什么，我对他的感情都是真的。

我没有追上他们的车，我被保安拦了下来。我拼命挣扎，我张开嘴咬上了保安的手，那人吃痛，惊呼着用力将我一推。我收不住自己的脚步，顺着惯性，一头磕在了酒店外层僵硬的墙壁上。

头上传来剧烈的疼痛，三年来发生的一切一闪而过，在黑暗笼罩下来的那一刻，我终于明白过来，我以为的最好的命，也许在这一刻终结了。

在医院醒过来的那一刻，我看到了双目红肿的雪莉，她看着我，眼里的怜悯无论如何都隐藏不住："乔遇……"

她刚开口，手机就响了起来，她愤愤不平地接起来："你想干吗？你都把她弄成这样了，你还想怎么样？……她不会和你通话的！"

我顷刻明白过来，电话的那一头是周至深。

我拦住雪莉："让我和他说。"

雪莉不可置信地看着我："乔遇，你确定吗？"

我没有回答，只是坚定地看着她。

雪莉叹了口气，无奈地将手机交到了我的手上。我将手机用力地贴在耳边，却只听到一阵沉默。我想扯出一个笑容，却扯出了一行眼泪。

"你说过你爱我。"我固执地重复着，仿佛这样可以提醒电话那头的那个人他许下过的承诺。

那头的人声音无奈："乔遇，你认识我这么久，怎么还这样傻？难道你至今还不明白，我还是那个利益至上的人，我一直在利用你。"

"不对！"我不相信，"如果你要利用我，何必一直阻止我接近汪巍？”

他缓缓地说：“倘若我不这样说，你会心甘情愿替我去卖命吗？我太了解你了。我越是阻止你，你越会奋不顾身，可是我没想到你这样蠢，连这点小事都做不好，还把自己搭上。”

我的心一点一点地凉下去，最后一点希望彻底破灭。

而周至深的声音还在继续：“乔遇，我从来没变过。我只会和有价值的人在一起，而你没有。你的事情我无能为力，请不要再来纠缠我，这是我给你打的最后一通电话，从今以后，不要再联系了。”

几乎在他话音落下的同时，电话里的忙音就响起来，他这么着急地挂断电话，甚至容不得我说一句再见。

雪莉在一旁看着我，脸上满是失望：“忘记他吧乔遇。我认识他这么久，一直将他当作知己，可是我没想到他是这样的人。我已经和他、DG都确认过，是他让DG故意告诉你周成广亏空公款和篡改遗嘱的证据都在汪巍那里，是他有心设计好这一切，就连他要和卢娜划清界限这件事都是假的！他只是想给你希望，让你替他卖命！他一直在利用你！我不能够原谅他，我已经离开了他的团队，我不会再回去了！”

我不说话，只觉得头上的伤口像再度裂开一样，疼得我泪流满面。

“乔遇，我会动用我所有能用的资源来替你打这场官司，你不要害怕，周至深放弃你了，可是我没有。”雪莉握住了我的手，“来，我带你回家。”

雪莉带着我回了国内，如果这世界上还有哪个地方可以被称为家，那也只有胡爷的茶道院了。

得知这一切的胡爷气得七窍生烟，直骂自己当初瞎了眼，收留了一个白眼狼。

雪莉和胡爷如遇知己，每天两个人除了忙着陈列周至深的罪状，就是为我的案子四处奔走。

是的，汪巍终于发来律师信，他一直没有打算放过我。

在得知一切真相之后，我是否会有牢狱之灾已经不那么重要了，我只感觉半生的希望破灭，我所追求的、信任的通通在那个瞬间坍塌。

我每天待在房间里睡得昏天暗地，活得像行尸走肉，等着开庭，等着周成广和汪巍将我送进牢里，等着周至深和卢娜结婚的消息传来。

我躺在床上望向窗外，可我看不见天光。世界是灰暗的，我只想沉沉睡去，不再醒来。

然而在我彻底绝望的时候，一个我意想不到的人出现在了茶道院里。

雪莉把我拉出去的时候，苏维封正坐在石桌旁接受胡爷的盘问，见我下楼，立刻站起来："乔遇，好久不见！你瘦了。"

我料想我此刻的形象一定极度狼狈，便转过了头："你来做什么？"

"你的事情我都听说了。"苏维封大步走来，"乔遇，你别怕，我会帮你！"

他背对着阳光，我看不清楚他的脸，可是他说话的语气让我瞬间想起顾子昂，那个消失了的顾子昂，那个说会保护我的顾子昂。倘若他在，绝对不会容许周至深这样欺负我。

我猛地捂住嘴巴，才能阻止自己哭出声来。

苏维封沉默地看着我，突然伸手将我拥进怀里："没事的，你相信我，给我点时间，我能摆平这个案子！"

我其实根本不相信苏维封能摆平这个案子，汪巍的心思深沉，他要我三更死，怎么会留我到五更？

然而出乎意料的是，苏维封只用了一个礼拜就让汪巍撤销了控诉，速度之快，连雪莉都咂舌："乔遇，汪巍主动撤销了控诉，苏维封是怎么做到的？"

我躺在床上，看着雪莉猛地拉开窗帘。阳光立刻倾泻了一地，我被照得眯起眼睛。

"乔遇！你到底听见我说的没有？汪巍撤销了控诉！"雪莉从包里拿出一个U盘，"苏维封说，你翻他家里和在办公室找U盘的录像都在这里了，他亲眼看着汪巍拷过来的，没有留底！”

我有些恍惚。大难得救，我应该欢天喜地，然而我心里却是莫名的平静，没有一点波澜。

“乔遇！”雪莉看不惯我这副样子，“你振作起来啊！不好的事情已经过去了，你以后还是可以好好生活！”

雪莉将我从床上拉起来：“起来，洗个澡，化个妆，去感谢一下你的救命恩人！他才是那个值得你依靠的人！”

自从回国以后，雪莉都小心翼翼，不敢在我面前提起周至深，就连和胡爷一起数落他时，也用了各种让人哭笑不得的代号。

我被雪莉拉到了镜子前，镜子里的自己憔悴消瘦，眼下一圈黑色。

雪莉见我不动，终于叹了口气：“乔遇，你觉得顾子昂会想看到你现在这个样子吗？”

她终于捏到了我的软肋。是啊，顾子昂不会乐意见到我这个样子的，他在这个世界上最大的心愿，就是希望我余生安好。

我深吸一口气，在雪莉的注视下慢慢打理自己，将凌乱的头发一缕一缕地捋好，再在她欣慰的目光中走进了浴室里。

梳洗后，我给苏维封打了电话：“你现在有空吗？我想和你见个面。”

我在苏维封公司楼下见到了他，我们坐在苏艺初的小店里，只觉得一阵恍惚。

苏维封笑着看我：“能再这样和你坐在一起，真好！”

我有些尴尬，当时是我为了周至深将他拒之门外，我万万没想到，在我最落魄、最无助的时候，是他递给我一段救命的浮木。

我斟酌许久，最终还是决定直接问出口：“让汪巍撤销控诉，你付出了什么代价？”

“你不需要知道。”苏维封定定地看着我。

我苦笑：“维封，你对我这样好，我无以为报。”

“那就以身相许好了！”他嬉皮笑脸地开着玩笑，忽然又正色起来，“你唯一需要知道的是，我还爱你。乔遇，你能不能再给我一次机会，回到我的身边？”

听到这话，我愣了愣。我知道他还在意我，否则他也不会在我最困难的时候出现，然而对于他的告白，我所有的感觉只有麻木。

“你不用急着回答我。”苏维封温和地看着我，“乔遇，看到你振作起来，我就很满足了，等你愿意了，再来回答我这个问题。”

我对苏维封有着愧疚和感激，然而我无法用这些情感来代替爱情，我只能如他所愿，尽快振作起来。

雪莉替我考虑得很周到，我在D&Z的离职手续是她帮我办的，之后她陪着我晨跑、逛街，还拉着胡爷一起。胡爷想来想去，决定还是教我茶道。

苏维封也变成茶道院的常客，偶尔带点小吃，带点我喜欢的小玩意。得知我要继续去夜校进修的时候，他就每天按时去接我下课。

远远地看到树下等待的身影时，我总会觉得恍惚，曾几何时，也有人在树下默默地等过我。

渐渐地，他们开始放心我一个人出门。我买了一部高配置的单反相机，爬山、逛公园、看摄影展。

我已经很久很久没有因为周至深难过了。

我终于可以确认，他已经从我的生命中渐行渐远，我们甚至没有告别。

最终章

纵使岁月迢迢，我们也不离散

在冬天来临的时候，我做了个让众人吃惊的决定。

我接受了一个杂志社的邀请，替他们当旅拍摄影师，薪水很低，但我还是义无反顾地答应下来。

我曾答应过顾子昂要好好去过自己想要的生活，而看看世界、拍拍照片，就是我想要的生活。

我出发那天，雪莉、胡爷还有苏维封都来送我，我和他们一一告别。

雪莉拉着我的手说："出去看看也好……乔遇，你还恨他吗？"

"不恨。"我笑着摇头，如果不是周至深，我也不会遇到胡爷和雪莉，我也许还在皇后区的某个角落做着我的嫁人大梦。雪莉拍了拍我的手，给了我一个拥抱。

苏维封也上前拥抱我："没想到你做了这样一个决定，怎么，你是要赌一赌我会不会等你回来？"

我知道苏维封是懂的，懂得离开就是我的答案。我不能欺骗他，也不能欺骗自己。

在我离开的那一刻，苏维封朝我挥手："乔遇，你快点回来，不然我不等你了！"

我笑着转身，头也不回。

一年里，我去了很多地方，见过壮美的河山，也看过贫瘠的土地，拍了数不清的照片，那些照片在杂志上刊登，反响不错。有不少读者来信，而杂志社将信转寄给我的时候，我竟然发现其中有乔苑的信。

信里夹着一份写着我和乔冠生的名字的亲子鉴定书，还有一把刻有地址的钥匙。

那个地址我很熟悉，是乔冠生家的地址。

当初离开伯明翰之后，我就换了新的联系方式，乔苑大概是没有办法，才会给杂志社写信。

我想了想，还是决定给她打个电话。

乔苑在电话里惊喜地喊起来："乔遇！我总算等到你的电话了！你收到我的信了对吗？那是爸爸让我寄给你的，你看懂了吗？他让你回家！"

我还没来得及拒绝，就听见她接着说："多亏你那个周先生，他后来又来了一次，把爸爸骂了个狗血淋头，说爸爸不配为人父亲。他说你比谁都努力，更要比乔家其他任何一个女儿都优秀……他走后，爸爸发了好久呆，最后把周先生留下的你的头发拿去做了鉴定……"

周先生？她是说周至深？

我平静得以为已经死掉的心忽然又剧烈地跳动起来，我以为我不会再因为他的事情绪起伏，原来这不过是我以为而已，只是一个名字，就在我的心中激起千层浪。

乔苑接着说："这一年来，周先生把你每一期的杂志都寄过来给爸爸，爸爸每一本都翻到快烂了，终于让我寄信给你。他这人倔强得很，这样已经是在认错了。"

"乔遇？！乔遇，你还在听吗？"

乔苑的声音仿佛从远空中传来，我猛地醒过来："你刚才说，周至深给你们寄的杂志？"

"是啊，你不知情吗？"乔苑有些莫名其妙，"乔遇，你什么时候回来？我们都在等你回家……"

我沉默了很久，我不是圣母，没有瞬间就原谅一个人的能力。虽然我早已经不需要乔家的认可来证明自己的能力，也已经不恨乔冠生，但这不代表我可以和他们其乐融融。

最终我叹了一口气："也许以后我会回去看看，但不是现在……"

乔苑听完沉默了很久，但她终究没有勉强我："我理解你，乔遇。你慢慢来，我们等你回来……还有，帮我们谢谢周先生。”

我挂断电话，重新拿起单反相机时手都在颤抖，为什么是他？为什么是周至深？为什么那个一心利用我的人要在乔家人面前为我出气？

我这一年来四处拍照，只埋头工作，有些与世无争的意味，很多事情，早就已经不关注了，比如D&Z，比如DG，比如卢娜，还有……周至深。

我告诉自己不要去想，但是心已经乱了。一天下来，我拍的照片有一大半是废品。

我没有忍住，终于还是打开了电脑上网。不敢直接搜索周至深，我退而求其次，搜索了周至深之前创建的新品牌，然而跳出来的却是D&Z子品牌的字眼。

怎么周至深的品牌会在D&Z旗下？难道他最终还是成功拿回了他的公司？然而再看下去，我的心凉了一半。D&Z如今的董事长不是周成广，首席设计师也不是汪巍，其中到底发生了什么？

我再也按捺不住，给雪莉打了电话。

雪莉在那头欲言又止，最终还是叹了口气：“乔遇，我们都错怪至深了。”

我的心瞬间缩成一团：“怎么回事？”

雪莉挠了挠头：“我也说不清楚，你去问苏维封吧！”

我没想到这件事竟然会和苏维封扯上关系，便挂断雪莉的电话，第一时间拨打了苏维封的视频电话。我要他看着我的眼睛，无所遁形地告诉我真话。

然而苏维封似乎根本没有打算隐瞒：“我一直在想你到底什么时候才会问起他，我等了整整一年，也好，免得我整天背着别人的功劳不自在。”

他正色说道：“乔遇，把你从汪巍手中救出来的人根本不是我。在汪巍给你设了圈套之后，周至深直接和他联系了，他们谈了条件。”

“汪巍他们同意撤销控诉的条件，是要周至深拿自己的品牌来换，但你知道，那个时候卢家还是大股东，他要将品牌卖给汪巍，必须卢家点头。”苏维封顿了顿，“所以他将自己卖给了卢娜，卢娜的条件很简单，要他和你划清界限，所以，他才会捏造出那些子虚乌有的事情。他其实真的不知道DG告诉你遗嘱的事情，他也并不是要利用你。他想让你误会他，他想让你从此忘记他，对他死心。”

“为什么？”我的声音颤抖着，比鬼话还难听。

苏维封苦笑一声：“我也问过他这个问题，他说他太了解你了，如果你知道他为你做的事情，你永远都不会安心。”

他在屏幕那头直视我：“其实他明明可以请一个律师为你打官司，可是他说，他见过在法庭上咄咄逼人的律师有多恐怖，他不想你遭罪。他告诉我，我的机会来了，之后他将所有功劳都让给了我，条件是我要永远保密。明明是他帮了你，却让你以为是受了我的恩惠。他想让你有人可以依靠，那个时候我才发现，原来他比我爱你。”

我喃喃自语：“可是你现在为什么要告诉我？”

苏维封没有直接回答我的问题：“那次在茶道院门口，我问他爱不爱你，他的答案不是爱，也不是不爱，而是不知道。他告诉我，你很不容易才变成今天的样子，艰难地建立起自己的自信心，但我出现的时机还是错了。他告诉我，如果我真的爱你，那就等，等有一天你离开D&Z，那我的机会就来了……”

他顿了顿，接着说：“可他说错了。你离开了D&Z，却还是没有爱上我，即便你误以为我给了你天大的恩情，所以我只能告诉你真相，不然有一天你知道了这一切，估计会一辈子都不原谅我吧。”

所以周至深根本没有利用我，他没有让DG来哄骗我去接近汪巍，他和卢娜在一起也只是一场交易，他甚至为了区区一个我，放弃了他辛苦建立的品牌，放弃了他一直想要夺回来的D&Z……

我的嘴唇颤抖得厉害，几乎连话都说不出来：“那他现在拿回D&Z了对吗？！”

我抱着唯一的希望，希望苏维封给我肯定的答案，然而他神色为难：“周成广和汪巍因为意见不合闹了内讧，最后两败俱伤，谁也没有讨到好处。虽然汪巍把那段录音交出来了，周至深也终于成了继承人，可是他最终没有接管D&Z，只是其中内情我就不是很清楚了。”

“他现在在国内吗？我立刻回国！”我慌慌张张就要去关闭视频。

苏维封开口阻止了我：“你先等等！我们都不知道他去了哪里。”

我去关视频的手停在了半空中：“你这是什么意思？”

苏维封叹了口气：“乔遇，他失踪了。没有人找得到他……”

将视频关闭之后，我在电脑前坐了许久，也许是几个小时，也许是整整一夜。我只知道在我抬头的时候，窗外的天色已经发白。

我忽然想起那一夜他在普吉岛对我说过的话，他说：“乔遇，我爱你。”

他说的是真的。

我怎么会那么愚蠢，我怎么会相信一个不顾生命危险把我从鬼门关拉回来的人其实一直在利用我！

我总说周至深太冷情，实际上冷情的人是我。我口口声声说爱他，却辨别不出他眼神里隐藏的情绪。

可是周至深，世界那么大，我到底要去哪里才能把你找回来？

接下来的日子变得很难熬，从前为工作到处奔走，我只觉得世间景色壮丽，如今我无论走到哪里，都试图用自己的镜头去找一个人，可是我怎么找都找不到，一直找不到。

我联系过乔苑，然而她告诉我，周至深寄的邮件都是中转站发出来的，没有具体的寄出地址。

我一边和苏维封、雪莉保持联系，竭尽全力地去找周至深，一边心不在焉地工作。

我拍照的水平日益下降，杂志的主编对我忍无可忍，打电话来轰炸我：“乔遇！你搞什么？你拍的什么乱七八糟的！下一站去曼哈顿，你再拍不好，就直接回来算了！”

曼哈顿，我和周至深初见的地方。

我抵达曼哈顿时是晴天，之后我鬼使神差地去了那条我初见周至深的街道。站在那个我站过的位置，我恍惚觉得自己还是数年前那个从皇后区横冲直撞跑出来的女孩子。

我呆呆地站了好久，把单反拿起又放下，可是街的对面再也没有出现那样一个人，一个可以让我的镜头停留的人。

如果不是突然有人喊了我一声，我也不知道我会呆站到什么时候。

“乔遇！哈，真的是你！”

我扭过头，见到来人时几乎有些见到故人的激动，虽然这个故人是我曾经鄙视痛恨的渣男阿赛。

阿赛胖了不少，手里还抱着一个小男孩："我有半辈子没见到你了吧？嘿，这是我儿子，我老婆在这酒店工作，我来接她下班。"

我不由失笑，没想到从前最怕结婚的人终于还是结了婚，世界上那些所谓的渣男，大概只是还没遇到能治他的人吧。

他和我寒暄几句，忽然又对我说："看来你们过得不错啊，我之前就猜到了，你们果然最后在一起了。"

我莫名其妙："你在说什么？"

"你以为我认不出来？我记性好着呢。"阿赛对着我身后扬了扬下巴，"好了，我该走了，下次见啊。"

我顺着阿赛的目光回头去看，本来只是无意的一个动作，却让整个世界都静止下来，让所有的喧嚣顷刻远去。

我看到我刚才站过的那棵树旁立着一个身姿挺拔的人，他风度翩翩，眉目依旧。

周至深！

我下意识地抬起相机，飞快地按下快门。

镜头里的人还在原地，我没有做梦。

阔别一年后，他缓缓地走到我的面前，轻声笑着和我打招呼："乔遇，好久不见。"

何止好久，他一定不知道，这一年里的每个夜晚，无数次午夜梦回，都是漫长难熬的失眠。

"好久，不见。"我明明很想很想见他，然而在见到他之后，所有想说的话都消失无踪。

他双手插在兜里："请你喝杯咖啡？"

当我和周至深坐在咖啡厅里时，我仍旧觉得恍惚："你为什么会在这里？他们都找不到你……"

他笑着喝了一口咖啡："这些年来钩心斗角、争名夺利，我累了，想休息一下。你拍下来的景色那么美，我也想亲眼去看看……"

所以他一直都跟在我身后，从没有离开过。

我呢喃着："可是D&Z是你的梦想……"

他还是笑："D&Z不是我的梦想，只是我的执念，而且那已经不重要了。"

他今天笑得这样多，笑得我心里乱。

我盯着他的眼睛："我什么都知道了。"

他似乎一点都不意外："没有可以藏住一辈子的秘密，我也不打算瞒着你一辈子，可是我没想到这么快。"

我抿了抿嘴："你没有和卢娜在一起……"

"你低估了卢娜的骄傲，她不笨，时间一长，她就无法容忍自己和一个不爱她的人在一起，也明白过来放过我也是放过她自己。"

他没有说真话，或者说没有将全部的真话说出来。

我说出自己的猜测："可是她也不是轻易就善罢甘休的人，你离开她，是以D&Z的股份为代价的……"

周至深赞赏地看着我笑："乔遇，你变聪明了！"

我咬牙看着他，想看穿他笑容底下的情绪："为什么，为什么要花这么大的代价救我？"

周至深无奈地笑了笑："你是因为我才会遭遇那样的局面，是我欠你的。"

这大约是最标准的答案，然而我却觉得怅然若失。

沉默了一阵之后，我再次开口："是你给乔冠生寄的杂志？"

周至深没有否认："是！他应该知道他的女儿有多优秀，也应该后悔曾经那样对待你。"

"那你也觉得我足够优秀了吗？"我有些咄咄逼人，我想我至今还是渴望他的肯定。

然而他一眼就看穿了我："你在过着你想过的生活，做着你自己喜欢做的事情。乔遇，你早已经不需要我的肯定。"

这个对话仿佛只是两个老友的寒暄，咖啡喝尽之后，我和他一起走出咖啡厅。

这一刻，我忽然觉得曼哈顿很大，东南西北，不知道往哪里走才好。我有些迟钝地看向周至深："你去哪里？"

他看了我半晌之后，说："没有安排。"

“我要回酒店，那我先走了。”这话说出口之后，我自己都愣住了。我好不容易才和他重逢，事情为什么会这样发展？我的手脚、我的声音，全部都不听我使唤。

我很想逃跑，我很害怕，害怕这一切只是我的另外一场梦境，我害怕经历过这一切之后，我和他终究还是走不到同一个世界里。

他沉默了很久，终于回答我：“好。”

我像个被人扯着线的木偶，生硬地笑了笑：“那，再见。”

他面无表情：“再见。”

道别后，我们背对背，往各自的方向走去。

我走的每一步都沉重得像踩在很深很深的雪里，远处有车的喇叭声响起，我忽然惊醒，这不是我要的结局！

我猛地回头，却看见那个本应该已经走远的人就立在街对面，正一动不动地看着我。

这一刻，所有前尘过往一闪而过，过去的已经过去，不重要了。

我拢起手，不顾周围来来往往的人群大喊：“周至深！你说过你爱我，这话还作不作数？”

街对面的人忽然就笑了，他没有回答，可是我觉得我已经得到了答案。

我梦里的小男孩这一次终于没有转身就走，他就站在那里，等着我以飞蛾扑火的姿势投进他怀里。

“阿遇，这些年，我一直在你身后，我一直在等你回头。”

从中国到越南，从越南到斯里兰卡，从斯里兰卡到印度，从印度到迪拜，从迪拜到美国，他一直在我身后，从来没有离开过。

我抬头仰望他，曼哈顿的日光照得他光芒万丈，然后我听见他的声音从很遥远很遥远的地方传来：“来我身边，我要和你签一份新的合同，时效是一辈子，你愿意吗？”

我在日光里闭上眼睛，不知道流泪了没有。

可是我知道，纵使岁月迢迢，山高路远，从今往后，他在哪里，我就在哪里，再也不离散。

【全文完】